공주와 나

The Princess & The Pauper
by Kate Brian

Original English language edition:
Copyright © 2003 by 17th Street Productions, an Alloy Company
All rights reserved. No part of this book may be reproduced or transmitted in any form or by any means, electronic or mechanical, including photocopying, recording or by any information storage and retrieval system, without permission in writing from the Publisher.
This Korean edition was published by DoDream Publishing Co. in 2007 by arrangement with Simon & Schuster Books For Young Readers, an imprint of Simon & Schuster Children's Publishing Division, New York through KCC(Korea Copyright Center Inc.), Seoul.

이 책의 한국어판 저작권은 (주)한국저작권센터(KCC)를 통한 저작권자와의 독점 계약으로 도서출판 두드림에 있습니다. 저작권법에 의해 한국 내에서 보호를 받는 저작물이므로 무단전재와 복제를 금합니다.

발칙공주와★삐딱모범생의★좌충우돌★가출기

공주와 나

케이트 브라이언 지음
한진영 옮김

두드림

“뱃속에서 나비 수백 마리가 팔랑거리며 날아다니는 것 같아.”

prologue

LA의 밤하늘은 끝없이 펼쳐져 맞은편 대륙의 해안까지 그 따뜻함을 보내고 있었다. 나는 내가 숨 쉬고 있는 공기가 바인랜드까지 떠가는 것을 상상했다. 많은 것을 알고 있지만 한 번도 가보지 않은 나라, 바인랜드.

내가 항상 바라보던 밤하늘을 이 발코니에 서서 올려다보고 있다는 것이 믿어지지 않았다. 나를 둘러싼 이 상황에서 유일하게 낯익은 것은 밤하늘뿐이었다.

내 청바지는 사라졌고(대신 바닥까지 닿는 검은색 실크드레스를 입고 있다), 머리는 염색되었고(밤색에서 광택 나는 금색으로), 손목에는 플라스틱 시계 대신 루비가 박힌 번쩍이는 팔찌가 여러 개 채워져 있었다. 엄마가 그걸 보면 뭐라고 할지 눈에 선했다.

"세상에, 줄리아. 어쩜 좋아! 그 팔찌 하나만 팔아도 내가 5년 동안 버는 돈보다 많겠다."

물론, 그날 나는 줄리아가 아닌 다른 사람이었다.

드레스도, 머리도, 팔찌도 내 것이 아니었다.

나는 마르쿠스 잉발드선을 슬쩍 쳐다봤다. 바인랜드 문화부수상의 아들인 그는 내 옆에 서서 태평양을 바라보고 있었다. 바람 때문에 머리카락이 얼굴에서 흩날리고 있었다. 그의 턱시도 소매는 약간 짧았다. 나는 그의 손을 내려다봤다. 손가락이 길고 가늘어 아름다웠다. 가운뎃 손가락에는 대대로 이어받은 인장반지를 끼고 있었다. 대대로 이어받은 반지.

내가 가진 물건 중에서 역사를 들먹일 만한 건 창고세일에서 산 롤러블레이드뿐이다.

내 눈길을 받은 마르쿠스가 미소를 짓자 왼쪽 뺨에 작고 사랑스러운 보조개가 드러났다.

어쩔 수가 없었다. 나는 감상적인 기분에 빠져 헤어나지 못하고 있었다. 절대 그러면 안 되는데 말이다. 외국 고위관리의 아들은 독선적이고 지루하고 거만해야 했다. 어깨가 건장해서도 안 되고 보조개도 있으면 안 되는 거였다! 왜냐하면…… 어, 왜냐하면…….

왜냐하면 나는 사랑에 빠지면 안 되기 때문이다.

잡지나 텔레비전뿐 아니라 엄마도 열여섯 살짜리 여자애가 남자에게 빠지는 것은 지극히 당연한 일이라고 했다. 하지만 집주인한테 퇴거통지서를 받고 장학금도 놓치지 않아야 하는 열여섯 살짜리가 써클케이(24시간 편의점 이름–옮긴이)에 새로 온 매력남 때문에 고민할 시간이 어디 있겠는가. 남자친구 한번 못 사귀고, 심각한 짝사랑도 못 해보고, 같이 영화 보러 갈 남자도 없이 나는 열여섯 살이 되었다. 하지만 후회는 없다.

지금도 마찬가지다…… 그런가?

마르쿠스의 미소가 커지고 보조개도 더 깊어지자 나는 눈을 깜빡이며 한 걸음 물러나 발코니 너머로 시선을 던졌다. 팔리세이드 절벽의 불빛이 보였고 그 불빛에 태평양의 검은 잔물결도 언뜻언뜻 드러났다. 나는 그 해변의 자전거 도로에서 조깅을 하기도 했고 모래사장에 누워 선탠을 하기도 했다. 살을 골고루 태워보려 했지만 한 번도 만족스럽게 된 적은 없었다.

연회장 안에서는 알마니 턱시도를 차려입은 남자들과 화려한 보석으로 장식된 실크드레스 차림의 여자들이 현악 4중주단의 연주에 맞춰 춤을 추고 있었다. 신선한 꽃향기와 비싼 향수 냄새가 섞인 실내에서 사람들은 모두 더할 나위 없이 편안하고 차분해 보였다. 나만 빼고 말이다. 어떻게 침착할 수가 있겠는가? 이렇게 버티고 서 있기에도 식은땀이 나는데 말이다.

조금 전에 마르쿠스와 연회장에서 춤을 췄다. 다른 사람들은 플로어를 비워주고 둘러서서 우리의 우아한 춤을 감상했다. 사실 그것도 다 가짜였다. 평소에 나는 우아함과는 거리가 멀었다. 허구한 날 사물함에 부딪치거나 보도 턱에 걸려 넘어지거나 커피를 블라우스에 엎지르기 일쑤였다. 하지만 오늘 밤에는 그러지 않았다.

갑자기 몸이 떨렸다. 얼굴에 와닿는 미풍은 따뜻하고 부드러웠는데 말이다.

"추워?" 마르쿠스가 가까이 다가오며 물었다.

"아니." 나는 거울 앞에서 연습해둔 목소리로 대답했다. 내가 진땀을 빼며 "난 괜찮아"라는 말 한마디를 수십 번 연습하고 있을 때 내 고양이는 '뭐 하는 짓이야?' 하는 눈으로 나를 쳐다봤었다.

마르쿠스는 그래도 한 걸음 가까이 다가와 난간을 잡고 있던 내 손에 자신의 손을 얹었다. 큼직한 그의 손을 느끼자 나는 숨도 제대로 쉬지 못했다. 유전자를 변형시킨 나비 50마리가 뱃속에서 일제히 팔랑거리고 있는 느낌이었다.

'실수하면 안 돼.'

나는 심장박동을 정상으로 되돌리려고 애를 썼다.

"여기, 여기 밖은 정말 아름다워."

말문이 겨우 터졌지만 목소리가 약간 갈라져 나왔다.

"정말 그러네." 마르쿠스가 대답했다.

그러고 나서 나는 내 평생 가장 바보 같은 짓을 저질러버렸다. 그의 눈을 들여다본 것이다.

이게 판에 박힌 표현이라는 건 너무 잘 알고 있지만, 정말 마르쿠스의 깊은 바다색 눈동자는 하늘보다도 태평양보다도 그리고 오늘 본 사람들을 모두 합친 것보다 아름다웠다. 말 그대로 다리에 맥이 풀렸다.

마르쿠스는 내 시선을 받고 다시 미소를 지었다. 그러고는 손을 뻗어 내 볼을 쓰다듬으며 말했다.

“너도 정말 아름다워.”

아, 어떡해. 나는 그 자리에서 토하고 정신을 잃을 것 같았다. 하지만, 그건 전혀 공주스럽지 않다.

물론, 공주는 얼굴을 붉혀서도 안 된다. 하지만 나는 그 순간 머리끝에서 발끝까지 온몸이 다 빨개진 느낌이었다. 이 밤이 내 인생에서 최고의 순간일까 최악의 순간일까.

“마르쿠스…….” 나는 말을 하려다 말고 입을 다물었다.

“음?”

“아무것도 아니야.”

“다시 들어가고 싶어?”

“아니.” 나도 모르게 불쑥 나온 대답이었다. ‘오, 이런. 너무 빨리 말했잖아. 공주가 이렇게 들뜬 것처럼 말해도 되는 거야?’

“조금만 더 있다 들어가.”

나는 담담하게 들리기를 바라며 간신히 덧붙였다. 그는 내 얼굴로 흘러내린 머리카락 몇 올을 귀 뒤로 넘겨주었다. 난간을 잡은 내 손에 더 힘이 들어갔다.

“정말 괜찮겠어?” 그러더니 그는 입을 일자로 굳게 다물며 이마에 주름살을 만들었다.

“네가 왜 이러는지 알아.”

그날 밤 처음으로 듣는 심각한 말투였다.

나는 숨을 멈췄다. “안다고? ……정말?”

그는 고개를 끄덕였다.

"아까 어떤 여자랑 얘기해서 그런 거잖아."

나는 그의 얼굴을 뚫어져라 쳐다봤다. 속으로는 그가 아직 아무것도 모른다는 갑작스러운 안도감과 그가 무슨 말을 하는지 몰라서 오는 혼란 사이에서 나는 갈팡질팡하고 있었다. 여자라니?

"정말, 프뢰켄 반델코프는 나하고는 아무 사이 아니야."

마르쿠스가 이어서 말했다.

어떤 프뢰켄 말이야? 나는 마르쿠스처럼 심각해 보이려 애를 쓰며 가볍게 고개를 끄덕였다. 이어서 아까와 같은 상황이 다시 벌어졌다. 입 끝이 말려 올라간 너무나 멋진 그의 미소.

"게다가, 그분은 나이가 아마 쉰다섯은 됐을 걸? 나하고는 먼 사촌뻘이기도 하고."

어쩔 수 없었다. 푸하하 웃고 만 것이다. 공주가 이렇게 웃어도 되는지는 내가 알 바 아니었다. 나도 모르게 그런 웃음이 나왔다.

마르쿠스도 따라 웃었다. 어느새 그가 팔로 나를 안아 끌어당기고 있었다.

"너…… 오늘 밤에 너무 달라 보여."

그의 숨결이 얼굴에 느껴질 정도로 그는 가까이 있었다.

"그래?"

나는 머리가 하얗게 비어 그 다음에 할 말이 떠오르지 않았다.

"오늘 밤은 이상하게 비현실적으로 느껴졌거든."

나는 그의 가슴에 시선을 두며 웅얼거리듯 말했다.

"그렇게 불편했어?" 마르쿠스가 다정하게 물었다.

내가 채 입을 열기도 전에 그가 고개를 숙여 내게 키스했다. 어떤 키스와도 비할 수 없이 황홀한 키스였다. 영화에서 본 키스 말이다(명화를 말한다. 프레디 프린즈 주니어가 하는 싸구려 키스가 아니라). 나는 일순간 이상한 머리스타일과 낡은 신발, 최종 퇴거 통지서 그리고 골치 아프고 심란한 일들을 까맣게 잊어버렸다.

마침내 키스가 끝나고 우리 둘이 마주보고 섰다.

'오, 마르쿠스. 내가 누구고 내가 너한테 무슨 짓을 했는지 알면 절대 나한테 키스 따위를 했을 리가 없어.'

Chapter 1

✉

보낸 사람: princessgirl@vineland.org
받는 사람: rockmyworld@aol.com

자, 이제 준비 끝이에요! 일주일만 있으면 미국으로 출발해요! 정말 너무 신나요. 드디어 당신을 만나러 가다니. 당신이 연주하는 걸 직접 들을 수 있다고요. 지금 너무 흥분돼서 가만히 있을 수가 없네요. 정말 믿을 수가 없어요! :-)

Love

C.

✉

보낸 사람: rockmyworld@aol.com
받는 사람: princessgirl@vineland.org

헤이~. 네 진짜 이름을 알려주면 정말 좋을 텐데…… 우리 밴드도 그 콘서트를 미치도록 기다리고 있어…… 아마 끝내줄 거야. 게다가 외국에서 온 팬을 만나다니 그것도 굉장해!!! 근데 우리 콘서트에 오는 걸 부모님한테 허락받은 거야???

어쨌든 그때 봐!

리빗

✉

보낸 사람: princessgirl@vineland.org
받는 사람: rockmyworld@aol.com

리빗,

걱정 마세요. 잉그리드라는 친구랑 함께 갈 거예요. 그 애는 아주 똑똑하니까 어떻게든 거기 갈 수 있는 방법을 찾을 거예요. 그러니 걱정 말고 우리가 나타나기만 기다려요! 너무 기대가 돼서 가만히 앉아 기다릴 수가…….

그때 문이 휙 열려 나는 노트북에서 눈을 들어 얼른 그쪽을 쳐다봤다. 이런. 공주들한테는 항상 왕비들이 문제다(잘 때 쓰는 모자보다 더 한심한 왕관을 써야 된다는 것 말고도. 정말이다). 문을 연 사람은 엄마였다는 말이다. 옅은 자주색의 새틴 가운 차림으로 문간에 나타난 엄마는 몹시 지친 얼굴이었다.

내가 말한 가운은 연회장에서 입는 드레스 같은 게 아니다. 공주나 왕비도 연회장이나 기념식, 또는 정말 중요한 만찬이 아니면 그런 화려한 드레스는 입지 않는다. 엄마가 입고 있는 것도 그냥 평범한 나이트가운이었다. 맞다. 왕실 사람들도 보통사람들처럼 잠옷과 나이트가운을 입는다. 그리고 가끔은 우리도 아침에 일어났을 때 입가에 침이 말라붙어 있을 때가 있다(물론 시녀들이 있기 때문에 그런 모습으로 사람들 앞에 나서는 일은 없지만 말이다).

엄마는 문가에 서 있었다. 얼굴에 침을 흘린 흔적은 없었지만 눈 밑이 거무스름했다. 외할머니가 당뇨병을 앓고 있는데 몇 달 전부터 더 악화된 것 같았다. 외할머니 병간호를 하고 있는 엄마는 요즘 들어 늘 지친 모습이었다.

"뭐 하니?" 엄마가 문가에 기대며 물었다.

"아무것도 안 해요." 나는 이메일을 쓰던 창을 모니터에서 최소한으로 줄이고 노트북을 닫아 마호가니 탁자에 내려놓았다.

엄마는 얼굴을 찡그리더니 다가와서 침대에 앉았다. 내 고양이 캘리포니아가 못마땅하게 쳐다보더니 바닥으로 뛰어내렸다. 캘리포니아는 페키 페이스 페르시안인데 버릇이 잘못 들어 성격이 고약했다. 나처럼 그 녀석도 인구 200만인 국가가 해줄 수 있는 최고의 몸치장을 하고 있다. 하지만 나와는 달리 그 녀석은 그것을 즐기고 있다.

"네 아버지가 예정보다 늦게 오신다는구나. 영국에서 오늘 돌아오시기로 했는데." 엄마는 한숨을 쉬며 옅은 금발의 단발머리를 가볍게 두드렸다. 그러고는 할 말이 없는지 내 방을 휘 둘러봤다.

"오늘 못 오신다고요? 와우." 나는 눈을 크게 뜨며 과장스럽게 말했다. "정말 꿈에도 생각 못했던 일이네요."

잠시 어색한 침묵이 흘렀다.

"어…… 네가 따분하면 비디오 인터내셔널에서 비디오나 빌려오라고 시킬까." 엄마가 마침내 할 말을 찾았다. "끝까지 내가 볼 수 있을지는 모르겠다만. 그래도 짧은 걸 빌려오면……."

아빠가 해외에 나가 계실 때면 엄마랑 나는 밤에 함께 놀면서 시간을 보냈다. 요리사에게 초콜릿 밀크쉐이크를 만들어달라고 해서 위성방송으로 미국 텔레비전을 보거나 사람을 시켜 비디오가게에서 미국영화를 빌려와 보기도 했다. 아빠는 미국영화가 '나쁜 가치관을 가르친다'고 생각했다. 하지만 내가 보기에 미국은 바인랜드와 딴판으로 신나는 나라 같았다. 모델들과 우주인들과 갱단과 대통령을 납치하려는 사람들로 가득 차서 말이다. 몇 달 전에는 우리 둘 다 프로젝션 스크린 앞에서 정장 차림으로 영화를 봤지만 지금은 그러지 않는다.

"좋을 대로 하세요. 하지만 전 영화는 별로 안 보고 싶네요. 오늘은 일찍 자려고요." 나는 거짓으로 하품을 했다.

"그럴래? 너 편한 대로 하렴." 엄마는 굳이 안도의 기색을 숨기지 않았다. 나는 이번에도 약간의 가책을 느꼈다.

엄마와 나는 매일 조금씩 멀어지는 것 같았다. 엄마는 외할머니를 간호하느라 바빴고 나는 이메일을 주고받느라 바빴다. 그리고 엄마는 이해하지 못했지만 내 신세를 한탄하느라 바쁘기도 했다. 엄마는 내 나이인 열여섯 살 때 아빠와 결혼했기 때문에 10대 때

해볼 만한 짜릿한 일탈을 한 번도 해보지 못했다. 하지만 별로 아쉬워하는 것 같지 않다. 조쉬 하트넷이 나오는 영화를 가끔 보는 것이 공주에게 충분한 일탈이라고 생각하는 엄마는 내가 왕실생활이 지루하다며 하소연할 때마다 그것을 서운하게 받아들였다.

그래서 언제부턴가 나는 내 생각을 비밀로 하기 시작했다. 내 생각과…… 리빗과의 관계도 말이다.

그건 정말 근사했다. 내가 마치 흡혈귀들을 처단하고 다니면서 그것들을 자기 엄마한테는 비밀로 하는 버피(영화 〈뱀파이어 해결사〉의 주인공-옮긴이)가 된 것 같았다(내가 악마나 흡혈귀들을 없앤다는 건 아니지만 말이다).

엄마는 헛기침을 하더니 이렇게 말했다.

"카리나, 네 아버지는 정말 오늘 돌아와서 우릴 만나고 싶어하셨어. 그건 알아줬으면 좋겠구나."

"물론 그러시겠죠. 아빠는 저랑 같이 보내는 시간을 무척이나 좋아하시잖아요."

"카리나, 이건 아버지 잘못이 아니잖니. 폭풍 때문에 영국에서 제트기가 뜰 수가 없었어. 기왕에 일정이 그렇게 됐으니 여왕즉위 50주년 기념식에 참석하셨다가 내일 밤에나 돌아오실 거야."

"저도 그 기념식에 가고 싶었다고요! 거기에서 스컬 보일러가 공연을 하잖아요!"

"그 악마숭배를 하는 리드싱어 말이냐?"

"엄마!" 나는 눈을 부라리며 말했다. "제발요. 요샌 누구나 별

모양 문신을 한다고요. 엄마는 뭘 너무 몰라요." 몇 달 전에 내 친구 잉그리드는 클래식 음악 시디 케이스 안에 고스(기타, 베이스, 드럼으로 연주하는 강렬한 록음악-옮긴이) 음악 시디를 넣어 몰래 나한테 넘겼다. 그 음악들은 정말 환상적이었다. 자신이 생각하는 것을 그렇게 강렬하고 어둡게 표현할 자유가 있다니.

바인랜드의 고스 공주. 그렇게 불리고 싶었다.

엄마가 먼 곳을 바라보듯 멍하니 앉아 있는 동안 나는 바닥에서 생물학 책을 집어들어 책장을 넘겼다. 쓰던 이메일을 마저 쓰도록 엄마가 어서 방을 나가주면 좋겠다고 생각하면서 말이다.

하지만 이번에는 엄마가 얼른 나가려 하지 않았다.

"그런데 네가 거기 미국에 가 있는 동안 잉발드선 수상내외가 그 대사관 연회를 주최할 거란다." 그러고는 애써 미소를 지으려 했다. "마르쿠스도 거기에 갈 거다."

뭐라고. 그 먼 미국까지 가서 마르쿠스 얼굴을 봐야 한다고?

우리 부모님과 마르쿠스 부모님은 절친한 사이였다. 마르쿠스의 아버지는 바스타 지방의 백작이었고 우리나라의 무슨 수상을 맡고 있다. 마르쿠스와 나는 네 살 때부터인가 함께 어울려 놀았다. 그는 나무블록을 가지고 노는 것을 좋아했고 나는 반짝이 풀을 가지고 노는 것을 좋아했다.

마르쿠스가 못된 사람은 아니지만, 우리 부모님이 요 몇 년 동안 항상 우리 둘을 붙여 놓으려고 애를 쓰는 데는 반감이 들었다. 마르쿠스는 모든 엄마가 사윗감으로 점찍을 만한 유형이었다. 겸손하고 예의바르고, 누가 썰렁한 농담을 해도 정말 재밌다는 듯이 웃어주는 사람이었다. 중년 여자들에게는 바로 '일등 사윗감'이었다. 다른 말로 하면 마르쿠스는 더할 나위 없이 따분한 사람이라는 뜻이다.

특히 리빗과 비교하면 완전히 딴판이었다. 리빗은 무척 재밌고 섹시하고 생동감이 넘치는 사람이었다. 그는 항상 의미심장한 노래를 절규하듯 불렀고 세상의 규칙은 무시했다.

"전 마르쿠스하고 별로 얘기하고 싶지 않아요."

"우리 공주님, 마르쿠스는 너한테 관심이 많아."

나는 엄마가 '우리 공주님'이라고 부르는 것이 너무 싫었다. 그 말을 들으면 엄마가 얼마나 고리타분한지, 내 인생이 얼마나 답답하고 꽉 막혀 있는지를 상기하게 된다. 나는 머리를 흔들고 손톱을 물어뜯기 시작했다.

"제발 손톱 좀 물어뜯지 마. 공주답지 않은 버릇이야."

엄마가 나무랐다.

그것도 내가 싫어하는 말이다. 나는 항상 '공주다운' 행동을 하라는 충고에 염증이 났다. 난 옷핀 꽂은 찢어진 청바지를 입고 싶었고 웃으면서 콧방귀도 뀌고 싶었다.

나는 손톱 물어뜯는 걸 멈추고 하소연하듯 말했다.

"전 미국에 가서만큼은 새로운 사람들을 만나고 싶다고요. LA가 아니더라도 마르쿠스랑 만날 시간은 많잖아요." 나는 로스앤젤레스가 아니라 LA라고 하는 게 멋있게 느껴졌다. TV에 나오는 사람들처럼 말이다. 말하면서 나는 목소리가 너무 들뜨게 들리지 않도록 노력했다. 내가 이번 여행을 얼마나 고대하는지를 엄마가 눈치채면 수상쩍게 생각하여 못 가게 할 수도 있기 때문이다. 엄마는 내가 신나게 노는 꼴을 절대 못 본다.

"우리 공주님, 정말 이번 친선여행을 혼자 가도 되겠니? 내가 따라갈 수도 있는데." 엄마가 손을 뻗어 내 머리를 쓰다듬으려 하자 나는 슬쩍 손길을 피했다.

엄마가 따라오면 몰래 빠져나가 리빗을 만나는 것이 불가능해진다.

"괜찮아요." 내가 재빨리 대답했다. "게다가 외할머니가 그렇게 편찮으신데 엄마가 돌봐드려야 하잖아요. 걱정 마세요. 제가 언제 처신을 잘못 한 적 있어요?" 그리고 '말도 안 되는 규칙까지도 다 지키잖아요'라고 속으로 덧붙였다.

"킬조이(원래 이름인 킬로이를 '즐거움을 깨뜨린다'는 뜻으로 킬조이로 비꼬아 부르고 있다 – 옮긴이)도 같이 갈 건데 뭐가 걱정이에요."

"카리나, 무슨 말을 그렇게 하니. 프뢰켄 킬로이는 아주 오랫동안 왕실 가족들을 세심하게 돌봐온 사람이야. 너를 얼마나 끔찍하게 위하는데 그러니."

프뢰켄 킬로이는 왕궁의 '훈육담당'으로서, 옷만 근사한 걸 입었다 뿐이지 하는 일은 교도관과 비슷했다. 나는 그녀가 나오는 악몽을 수도 없이 꾸었다. 주로 나는 새장 안에 갇힌 앵무새였고 그녀는 철사에 먹이를 꿰어 새장 안으로 밀어 넣어주는 조련사였다.

한번은 내가 그녀의 손가락을 물어버린 적도 있다.

"엄마, 잉그리드도 함께 가는데 왜 킬로이까지 같이 가야 되는 거예요."

엄마가 한숨을 쉬었다. "얘야, 로스앤젤레스는 너무 넓고 무서운 도시잖니."

"무섭다고요?" 내가 코웃음을 쳤다. "어떻게 무서운데요?"

"어……." 엄마가 잠깐 생각하는 동안 캘리포니아가 엄마를 찬찬히 쳐다보고 있었다. 야자수에서 내리덮치는 난폭한 개 얘기라도 기다리는 것 같았다.

"듣기로는 로스앤젤레스에는 손으로 신호를 주고받는 갱들이 있다면서." 엄마가 손가락 두 개를 구부려 아래를 향하고는 흔들어 보였다. "그리고 차들도 정신없이 질주하고 해변에는 미친 듯이 달리는 롤러블레이더도 많다더라. 스모그도 건강에 치명적이잖니. 거기서는 숨도 깊이 쉬지 마라."

"너무 멋있다!"

나도 모르게 불쑥 나온 말이었다. 엄마 눈이 주먹만 해졌다.

'읍, 입 조심해야지.'

"카리나, 넌 이제 겨우 열여섯 살이야. 벌써 어른 흉내 낼 거 없잖니."

"그냥 제 생각엔……." 나는 말꼬리를 흐렸다.

"네 생각엔 뭐?" 엄마가 부드러운 목소리로 물었다. 나는 한숨을 쉬었다. "아니에요. 신경 쓰지 마세요." 캘리포니아가 내 무릎

위로 기어오르자 나는 그것을 침대 아래로 던져버렸다. 그러자 그 녀석은 바닥에서 증오에 찬 눈으로 나를 노려봤다. 엄마를 봤더니 엄마도 그런 표정으로 나를 노려보고 있었다.

"카리나, 요새 네가 무슨 생각을 하고 있는지 모르겠구나. 도무지 모르겠어." 엄마도 한숨을 쉬더니 자리에서 일어났다. "외할머니가 어떠신지 궁금해하지도 않고 말이다."

"지금 막 물어보려던 참이었어요." 내가 재빨리 대답했다. 사실 지난 몇 달 동안 외할머니는 거의 뵙지도 못했고, 입원하신 뒤로도 한 번도 찾아뵙지 않았다. 머릿속이 복잡해서 말이다.

"좀 어떠세요?"

"별로 안 좋으셔서 걱정이다. 네가 찾아가면 좋아하실 텐데."

"미국에 갔다오면 찾아뵐게요."

엄마는 눈을 크게 떴다. "그 약속 지켜라. 공주라서 모범을 보여야 되기 때문만은 아냐. 언젠가는 너도 외할머니 처지가 될 거 아니냐. 그때가 되면 너도 외손녀가 찾아오기를 학수고대할 거다." 그 말을 남기고 엄마는 방을 나갔다.

나는 눈을 가늘게 뜨고 엄마가 나간 방문을 쳐다봤다. 최근에는 엄마와 얘기하고 나면 항상 비슷한 기분이 남았다. 참을 수 없이 화가 나면서도 약간의 죄책감 같은 게 느껴지는 것이다. 엄마는 왜 항상 공주의 의무만 상기시키는 걸까. 할 얘기가 그것밖에 없는 걸까.

나는 침대에 드러누워 창턱에 있는 워크맨으로 손을 뻗었다. 헤드폰을 끼고 버튼을 누르자 리빗의 목소리가 귀에 가득 들어왔다.

그대여,

접착제를 내 손에 발랐다가 떼어내는 걸 좋아하는 나

그리고 그것을 이해해줄 유일한 사람

당신은 너무 멋져요

당신은 너무 뜨거워 만지면 손이 델 것 같아요

당신의 침을 한 그릇 마시고 싶어요

당신은 태양처럼 뜨거워서

양산이 없으면

나는 빵조각처럼 타버릴 거예요

당신은 모차렐라 같아서…….

저절로 웃음이 나왔다. 맞다. 침을 마시고 싶다는 부분은 좀 역겹지만, 그럼 어떤가? 그는 아티스트가 아닌가. 아티스트들은 보통사람보다 좀 열정이 넘치는 사람들이니 이해해야 한다. 이제 며칠만 있으면 내가 기다리고 기다리던 자유와 모래사장과 서핑과 야자수와 토드머핀을 만난다. 그것에 대해 너무 많이 생각하면 안 된다. 그러면 잠을 이룰 수 없는데, 1764년에 통과된 바인랜드 법률에 의하면 공주는 최소한 여덟 시간은 자야 되기 때문이다. 농담이다. 어쨌든 킬조이는 내가 수업시간에 조는 걸 보면 혀를 끌끌 찼고 아빠는 내가 피곤해하는 걸 보면 내 식습관이 어쩌고 단

백질이 어쩌고 보건체조가 어쩌고 야단을 쳤다. 보건체조라니 그런 말 들어본 사람?

난 헤드폰을 벗고 침대 옆의 은색 버튼을 눌렀다. 즉시 내 시중을 드는 어셔가 문 앞에 나타났다.

"네, 공주님."

"어셔, 내 옷장에서 흰색 실크 잠옷을 갖다줘. 그리고 주방에 얘기해서 핫초콜릿 큰 컵으로 하나 만들어달라고 해."

"네, 알겠습니다." 어셔가 잠옷을 건네주고 주방 쪽으로 총총히 사라졌다.

"다크초콜릿하고 밀크초콜릿을 섞어달라고 해." 그녀의 뒤에 대고 내가 소리쳤다. "안 그러면 너무 쓰니까."

잠옷으로 갈아입은 후에 나는 갑자기 핫초콜릿이 먹기 싫어졌다. 그래서 '수면 중'이라고 쓰인 팻말을 얼른 문밖에 내걸었다. 잉그리드는 그런 나를 변덕스럽다며 놀렸지만 어쨌든 끝내주게 편리한 방법이다.

불을 끄고 눕자마자 전화벨이 울렸다. 나는 어둠 속에서 손을 더듬어 전화기를 찾았다.

"여보세요?"

"카리나."

"누구세요?" 나는 장난을 쳤다.

"잉그리드야. 네 절친한 친구."

"흠. 잘 모르겠는데요."

"존경하지도 않는 사람들을 존경하는 척하는 친구 말이야. 춥고 외로운 너에게 기쁨의 빛을 주는 유일한 친구."

"아, 이제 알겠다. 근데 무슨 일?"

"어, 나 지금 궁전 뒷담 바로 아래 웅크리고 있어. 방금 담 너머로 보니까 근위병들이 담배 피우러 잠깐 자리를 비웠더라. 행동 개시해."

"잉그리드, 너무 늦었어."

나는 침대에 누워 리빗에 대해 생각하고 싶었다.

"잉그리드, 너무 늦었어."

잉그리드가 내 말투를 똑같이 흉내 내더니 툴툴거렸다.

"언제부터 10시 5분에 잠자리에 들었다고 그래? 얼른 나와."

대답도 하기 전에 전화가 끊어졌다. 나는 일어나서 창문을 열고 창턱에 올라섰다. 그리고 끙끙대며 울타리를 타고 내려갔다. 울타리는 꽃이 핀 위스테리아 덩굴로 덮여 있었다. 초봄이 아니라 9월에 꽃이 피다니 이상했다. 이따금 내 발가락이 옅은 자주색 꽃에 걸려 덩굴이 아래로 처졌다. 땅바닥에 내려설 때쯤에는 초록색 잔디 위에 그 꽃들이 카펫처럼 깔려 있었다.

나는 근위병들이 있나 살피며 맨발로 궁중 정원을 가로질러 육중한 돌담 쪽으로 슬금슬금 다가갔다. 작년에는 그렇게 몰래 빠져나가다가 근위병한테 들켜서 곧장 부모님 앞에 불려갔었다. 그날 밤에는 아빠가 궁중에 계셨는데 — 깜짝 놀랄 일이었다 — 헬리콥터가 후원에 내려앉아 아빠를 프랑스로 태워갈 때까지 엄마한테 딸 간수 잘하라고 끝없이 잔소리를 하셨다. 나는 벌로 2주일간 외출금지를 당했고 그것도 모자라 이메일 사용이 금지되었다. 그것은 야만국의 왕도 생각 못할 잔인한 고문이었다.

뒷담에 이르러 나는 관목 가지들을 옆으로 제치고 화강암으로 된 담에서 발붙일 홈을 찾았다. 거기를 딛고 올라가 손잡을 자리도 찾으며 담을 넘어 반대쪽으로 뛰어내렸다.

머리 위에 보름달이 시원스럽게 떠 있었고 얼굴을 스치는 산들바람에는 라벤더 향기가 섞여 있었다. 라벤더 향수를 즐겨 쓰는 잉그리드가 근처에 잠복하고 있다는 뜻이다. 잉그리드는 짧은 금발에 눈이 아주 컸고 입술은 도톰했다. 하지만 깡마른 몸매에 발은 큼직하고 투박했다. 잉그리드의 엄마도 그랬고 외할머니도 그랬다. 핏줄을 어떻게 이기겠는가? 나도 노력해봤지만 허사였다.

잉그리드는 왕가의 혈통은 아니었지만 그녀의 가족과 우리 가족은 오래전 18세기부터 한 핏줄처럼 친하게 지내왔다. 나처럼 잉그리드도 외동딸이고, 자기 부모님을 시대에 뒤떨어지고 고루하다고 생각했다. 나처럼 잉그리드도 따분하고 지나치게 간섭이 많은 생활에 넌더리가 나 있었다. 또한 잉그리드도 마르쿠스를 생물학보다 더 따분하다고 생각했다. 이렇게 우리는 공통점이 많다.

"잉그리드!" 어둠 속에서 내가 불렀다.

두 손이 내 눈을 가리는 것이 느껴졌다. "누구게?" 잉그리드가 내 귀에 대고 속삭였다.

"모르겠어요."

잉그리드는 아무 말 없이 내 얼굴에서 손을 떼더니 따라오라고 손짓하며 숲 속으로 걸어갔다.

나는 밤에 맨발로 걷는 것이 좋았다. 자유로움을 느낄 수 있기 때문이다. 보름달이 하늘에서 밝게 비추고 있었고 우리의 맨발에 밟힌 이끼와 비단 같은 잔디에서는 슥슥 소리가 났다. 우리가 향하는 숲 속의 작은 빈터에는 평평한 바위 두 개가 나란히 놓여 있었다. 우리가 이따금 한밤중에 빠져나와 가는 그곳을 우리는 성역이라 불렀다. 특히 요즘에 무척 자주 가는 곳이다. 그곳에 있으면 우리가 금방이라도 바인랜드의 일반 서민들 집으로 가서 어울릴 수 있을 것 같았다. 포크 쥐는 법, 격식에 맞는 인사법, 우아한 몸짓, 병원 행사 참석 같은 것과는 상관없는 그런 보통 집안 말이다(오해 마시라. 내가 아픈 사람들에게 반감이 있는 건 아니다. 다만 병원 냄새가 싫고 내 얼굴에 대고 터트리는 카메라플래시가 싫고 나와 악수하려고 달려드는 간호사들이 싫을 뿐이다. 그리고 기침을 해대는 환자들에게 따분해 죽을 것 같은 책을 읽어주는 것도 너무 싫다).

바위에 도착하자 우리는 그 위에 올라앉았다. 잉그리드는 내가 처음 보는 크림색 튜닉셔츠와 생사 견직바지를 입고 있었다. 나와는 달리 잉그리드는 섬세한 고급 디자이너의 옷을 좋아했다. "카리나, 네 문제가 뭔지 알아?" 그녀가 항상 하는 말이었다. "왕실의 특혜를 고마워할 줄 모른다는 거야." 그 말은 비꼬는 게 아니라 그녀의 솔직한 생각이었다.

잉그리드는 바지주머니에서 수입담배인 실크컷을 꺼냈다. 그리고 담배 한 개비를 꺼내 금색 지포라이터로 불을 붙였다. 담배를 깊이 빨자 담뱃불에 비친 그녀의 얼굴이 오싹하게 느껴졌다. 잉그리드가 담배를 내게 넘겨줬다. 하지만 담배를 빨자마자 기침이 터져나왔다. 콜록, 콜록, 콜록…….

나는 담배연기가 주는 혜택을 잘 알고 있었다. 권위에 대한 반란, 부모님의 화 돋우기, 공주의 몸에서 나야 하는 장미향 없애기. 문제는 내가 담배연기를 싫어한다는 것이었다. 하지만 나는 그것이 창피해서 담배를 거절하지 않았다.

잉그리드가 내 등을 두드렸다.

"괜찮아?"

"하아."

잉그리드가 담배를 다시 가져갔다. "아참, 공주가 얼마나 섬세한 몸인지 깜빡했네." 그녀가 웃으며 말했다. "그건 그렇고," 말을 멈추고 다시 담배를 깊이 빨더니 물었다. "토든가 뭔가 하는 남자한테 답장받았어?"

"그 사람 이름은 리빗이야." 내가 또박또박 일러줬다. "그리고 그 사람 밴드는 토드머핀이고. 토드머핀."

"아, 맞다, 그랬지. 나도 그 웹사이트 들어가 봤어. 〈내가 광대들을 모두 죽이면 그 서커스단은 눈물을 흘리겠지〉 정말 끝내주는 노래더라."

"너도 알겠지만 정말로 죽인다는 건 아냐. 은유적인 표현이지.

〈내 여자는 꼭 끼는 셔츠를 입은 무지개〉처럼 말이야."

"아하, 은유. 그렇군."

"리빗이랑 아까 저녁때도 이메일을 주고받았어."

"정말이야?" 잉그리드가 놀라며 소리쳤다. 잉그리드는 가끔 못되게 굴 때도 있지만, 이번에는 정말로 기뻐하는 것 같았다. 무척 사랑스러운 얼굴이다. 그녀는 마르쿠스에 비하면 내가 아깝다고 생각했다.

담배를 한 모금 더 빤 그녀는 그것을 바위 모서리에 비벼 끄고 바닥에 던졌다.

"그래, 그 사람이 뭐래?"

"뭐, 나를 빨리 만나고 싶어 죽겠다고, 그런 말이지."

"그 사람한테 네가 누군지 말했니?"

"'나 실은 바인랜드의 공주예요. 라푼젤 공주보다 몇 배 숨막히게 사는 여자 말이에요.' 내가 이래야겠어? 당연히 말 안 했지! 그 사람은 내가 보통 여자애인 줄 알아. 그리고 나도 그 사람 만나면 그렇게 행동할 거고."

"잘도 그러겠다. 보통 여자애라…… 운전사 딸린 메르세데스 벤츠에 인상도 매서운 킬조이를 대동하고 말이지? 킬조이는 너희 두 사람이 1미터 이내로 가까워지기만 해도 파르르 떨 텐데?"

"그럼 절대 안 되지. 킬조이랑 운전사한테서 벗어날 길을 궁리해야 해. 그러니까 네가 나 좀 도와줘."

"안 돼." 잉그리드가 대답했다. "밧줄로 만든 사다리랑 크리스

마스 때 가짜 여권 선물한 거 때문에 아직도 나 꼼짝 못하고 있잖아. 너희 부모님은 왜 그걸 나쁘게 생각하시는지 모르겠더라."

나는 웃음이 났다. "그러지 말고, 잉그리드." 나는 불쌍한 표정을 지으며 하소연했다.

"나를 킬조이한테서 빼내줄 사람은 세상에 너 하나뿐이야. 〈알카트라즈 탈출〉에서처럼 멋지게 탈출시켜줘. 전에 엄마랑 빌려본 영화인데, 감옥 안에 있던 죄수 몇 명이 뗏목을 만들어서 탈옥하는 거야. 실제 있었던 일이래."

"그래서, 하고 싶은 말이 뭐냐고."

"탈출이 불가능한 건 아니라는 거지."

"킬조이가 교도관이었으면, 그 사람들은 지금쯤 감옥에 앉아 왕실 인사법을 배우고 있을걸?"

"잉그리드, 지금 농담할 때가 아냐."

"알았어, 알았어. 궁리하고 있어. 너를 따분함의 대명사 마르쿠스한테서 따돌리는 것만으로도 해볼 만한 일이야."

"그 사람 가족도 LA에서 열리는 대사관 연회에 참석할 거래."

"그래?"

"어젯밤처럼 밤새 그 사람하고 얘기하게 될까 봐 걱정이야."

"그러게. 그 인간은 너무 지루해서 토할 것 같다니까." 잉그리드가 눈알을 굴리며 말했다. "그래, 리빗을 직접 만나면 무슨 말부터 할 거야?"

"이렇게 말할 거야. '안녕하세요, 제가 그동안 당신과 메일을 주고받았던 사람이에요.'"

"이름은 뭐라고 할 건데?"

"모르겠어. 하나 지어야지." 나는 리빗의 이메일 주소를 왕실의 인터넷보안 총책임자한테서 얻어냈다. 뇌물을 준 건 아니지만, 그의 딸이 바인랜드의 최고 여학교에 입학할 수 있도록 담당자한테 몇 번 전화를 해주긴 했다. 공주라는 신분이 좋은 점도 있다.

산들바람이 시원하게 우리 살갗을 어루만졌다. 머리 위에서는 별이 반짝였다. 잉그리드와 나는 하늘의 별을 잠깐 바라봤다. 그 별들 중 하나가 나를 이 왕국에서 들어올려 LA에 내려놓으면 좋겠다는 생각이 들었다.

"너무 근사할 거야." 내가 속삭였다. "야자나무, 발아래 밟히는 모래밭, 나무딸기 맛이 나는 아이스티, 서핑하는 사람들, 영화배우들, 밤새 춤추는 사람들. 사람들이 완전히 알몸으로 돌아다니는 해변도 있을 거야."

"알몸으로?" 잉그리드가 긴장한 얼굴로 말했다. 그녀답지 않은 반응이었다. "그럼 킬조이에게 큰 구덩이를 파서 거기에 내 머리만 내놓고 묻어달라고 할거야. 그렇게 해서 먼저 남자들을 낚는 거야. 남자들이 내 얼굴에 홀딱 반하게 한 다음에 모래구덩이에서 빠져나와야지."

"중요한 건, LA는 완전히 딴 세상이라는 거야. 나는 거기 가서까지 재미없는 리셉션에 참석하고 연어 크로켓을 먹고 나를 만나서 영광이라는 둥 주저리주저리 떠들어대는 소리를 들으며 시간을 낭비하고 싶지 않아. 그러니 네가 도와줘야 돼, 잉그리드. 빈틈없는 계획을 짜야 한다고."

"가만있어봐. 지금 생각하고 있잖아."

잉그리드가 담배 하나를 꺼내 피우는 동안 나는 다시 밤하늘의 별을 올려다봤다. "이제 7일만 지나면 우리는 거기에 가 있는 거야." 내가 꿈꾸듯 말했다. "7일만 있으면 완전히 다른 세계에 간다고. 아름답고 매혹적인 LA로……."

chapter 2

아름답고 매혹적인 LA는 아침 7시였고 나, 줄리아 존슨은 물방울 떨어지는 소리에 잠이 깼다. 욕실 세면대의 수도꼭지에서 물이 새는 소리였다. 우리 아파트 관리인인 도미닉은 그것을 고쳐주기로 약속했었다. 가스레인지랑 전자레인지랑 거실 벽을 가로지르는 파이프랑 똑똑 소리가 나는 히터 그리고 갈색 물이 줄줄 흘러나오는 냉장고도 고쳐준다고 했다. 우리 부엌을 둘러본 도미닉은 표정이 할리우드에 온 선교사, 또는 캘커타에 온 국제구호원 같았다. 할 일이 너무 많아서 어디서부터 시작해야 할지 엄두가 나지 않은 얼굴이었다.

도미닉은 우리 욕실 문도 고쳐주기로 했었다. 욕실은 엄마 방과 내 방 사이에 있어서 엄마는 반대쪽 문으로 드나들었다. 그런데 내 방과 욕실 사이에 있는 썩은 문을 도미닉이 고치겠다며 떼어놓고 내버려두는 바람에 사태가 더 심각해졌다. 문을 닫을 수 없으니 물방울 떨어지는 소리가 훨씬 더 크게 들리는 것이다. 기다리는 동안 엄마는 바비 인형이 그려진 낡은 시트를 문 대신 쳐놓았다. 내가 다섯 살 때 덮고 자던 시트였다. 가장자리를 따라 수십 명의 바비 공주가 춤을 추고 있었다. 똑같은 인물에 똑같은 분홍 드레스에 똑같은 미소였고 눈은 백치처럼 멍했다. 이제 보니 우리 학교 애들과 닮은 것 같다.

나는 구르듯 침대에서 일어나 눈을 비비며 욕실 쪽으로 비틀거리며 걸었다. 물은 쉬지 않고 떨어지고 있다. 똑, 똑, 똑. 나는 온수 쪽 수도꼭지를 틀었다. 그것도 운 좋은 날에나 나온다. 그리고 세수를 했다.

나는 거울을 들여다보며 생각했다. 이만하면 괜찮은 얼굴이야. 우리 학교 애들만큼 LA스럽진 않지만 그 애들은 300달러짜리 부분염색을 하고 입술을 돋보이게 해주는 맥 립글로스를 쓰고 있으니 똑같이 비교하는 건 불공평하다. 나는 본 벨 립글로스를 썼고, 머리는 엄마가 부엌가위로 잘라주는 형편이었다. 그렇다고 내가 질투가 난다는 말은 아니다. 사실, 나는 그런 애들이 안됐다고 생각한다. 그 애들은 아침 시간을 멋 내는 데 바치지만 나는 시간이 많다……. 세면대에서 물 떨어지는 소리를 들을 시간.

발목에 부드러운 털이 스치는 게 느껴져 내려다보니 데스퍼릿이었다. 이 고양이는 새끼일 때 퍼시픽 가와 베니스 운하 사이의 골목길에서 떨고 있는 걸 내가 데려왔다. 데스퍼릿은 좋은 이름이 떠오를 때까지 쓰려고 임시로 지은 이름이었는데 지내면서 보니 그 녀석에게 딱 맞는 이름이었다. 내 이름이 내게 딱 맞듯이 말이다.

데스퍼릿은 건강하게 자랐지만 털이 감당할 수 없을 만큼 빠져서 집 안 여기저기 흩날렸다. 데스퍼릿은 괜찮은 고양이었다. 녀석은 가구 위에 올라가 엄마가 만들어놓은 모자를 물어뜯기도 했지만 그때마다 미안한 표정을 지었고, 잘못을 반성한다는 뜻으로 욕실 문 대신 쳐놓은 시트의 아래쪽 가장자리를 물어뜯어 레이스를 만들어놓았다.

"야옹." 데스퍼릿이 뭐라고 말을 걸었다. "밥 좀 줘요"라는 뜻일 수도 있고 "조금 전에 부엌에서 무사히 살아 있는 쥐를 봤어요. 이 공격본능을 어떻게 할 수 없으니 나 좀 말려줘요"라는 뜻일 수도 있다.

"또 쥐를 잡았니?" 내가 데스퍼릿에게 물었다.

"야옹." 녀석의 대답이었다. 자백하는 거야? 곧 알게 되겠지.

부엌으로 가다가 엄마 침실을 지나는데 문이 반쯤 열려 있어서 안을 들여다봤다. 엄마는 잠들어 있었고 흰색 바탕에 분홍색 줄무늬가 있는 종업원복이 의자 등받이에 걸쳐 있었다. 규칙상 엄마는 굽이 7센티미터인 구두를 신고 머리를 뒤로 묶어야 하며 요란한 주름장식이 있는 유니폼을 입어야 했다. 마치 만화 속 웨이트리스가 그대로 현실세계로 빠져나온 것 같았다. 엄마는 오션 가에 있는 엔드존이라는 스포츠바(간단한 식사와 술, 칵테일, 음료 등을 즐기면서 매장에 설치된 모니터로 스포츠 경기를 관람하는 곳–옮긴이)에서 웨이트리스로 일하고 있었다. 거기는 샌디에이고 차저스 팬들이 단골로 오는 곳이다. 시합이 있을 때마다 팬들이 몰려와서 대형 스크린으로 경기를 관람했다. 차저스가 이기면 환호성을 질렀고 지면 침묵 속에 빠져 팁도 주지 않았다. 물론 엄마가 차저스나 미식축구를 특별히 좋아하는 건 아니었다. 그런 것들은 엄마에게 술 취한 사내들과 김빠진 맥주 그리고 타버린 닭날개를 의미할 뿐이었다. 모자 왕국을 운영하며 살아야 하는데 보잘것없는 일을 하며 힘겹게 살아가는 인생이 한심해지는 것이다.

엄마는 20대 중반 짧은 기간이나마 모자 디자이너로 이름을 날렸다. UCLA대학에서 패션디자인을 공부하고 있을 때 어느 고급 양장점 주인이 엄마가 만든 모자를 보고는 몇 개 더 만들어달라고 부탁했다고 한다. 그러다 엄마는 유명한 모자 디자이너가 되어 부와 명성을 얻기 위해 학교까지 그만두었다. 모든 일이 일사천리로 풀릴 상황이었다. 그런데 그 무렵 엄마가 사귀던 행동심리학을 전공하는 의대생이 임신한 엄마를 두고 떠나버렸다. 한 번도 그 사람을 만난 적은 없지만 학교 컴퓨터에서 찾아본 적은 있다. 그때는 비벌리힐스에 살면서 청소년 심리상담 전문의로 있었으니 틀림없이 부자였을 것이다. 만약 내가 그 병원에 예약을 하고 그 사람 앞에서 '아버지한테서 버림받은' 얘기를 털어놓으면 그가 뭐라고 할까.

어쨌든, 엄마는 나를 키우기 위해 일을 나가야 했고 모자 디자이너의 삶은 잠시 접어두는 수밖에 없었다. 그래도 완전히 포기하지는 않고 근처 양품점에서 얻어온 자투리 천으로 모자를 만들어 화려한 쇼핑가인 애봇키니 가의 작은 가게에 위탁판매를 했다. 나는 시내에서 엄마가 디자인한 모자를 쓴 여자들을 여럿 봤는데 모두 멋져보였다. 그래서 엄마에게 가격을 올리라고 했다. 비싸져야 디자이너가 유명해지는 거라고요. 케이트 스페이드 성공한 것 좀 봐요. 나는 엄마에게 그렇게 말했지만 엄마는 내 말을 듣지 않았다. 그러면 아무도 그 모자들을 안 살까 봐, 그래서 그나마 있던 수입마저 끊길까 봐 겁이 난 것 같았다.

하지만 우리가 비참한 신세라는 건 아니다. 허구한 날 앉아서 팔자타령만 하는 것도 아니다. 물론, 우리가 현금을 뿌리고 다닐 처지는 아니지만 한 번도 굶거나 한 적은 없다. 그뿐 아니라 엄마와 나는 정말 재밌게 잘 살고 있다.

아침 해가 창문으로 들어와 엄마 얼굴을 비쳤다. 엄마는 농담조로 자신을 '촌스러운 늙은 엄마'라고 하지만 내가 보기에 엄마는 아름다웠다. 머리카락은 윤기가 흐르는 갈색이었고 피부는 매끈하고 깨끗했다. 스포츠 바에 오는 남자들은 항상 엄마에게 추파를 던졌고, 몇몇은 암스텔 라이트 맥주를 잔뜩 퍼마시고 끈질기게 치근덕거렸다. 어느 날 퇴근한 엄마 등에 버펄로 윙 소스가 손자국 모양으로 잔뜩 묻어 있었다. 무슨 일이냐고 묻자 엄마가 말했다. "어떤 술 취한 놈이 나를 잡으려고 하잖니. 그래서 내가 무릎으로 그 작자 급소를 한 방 먹였지. 그랬더니 10분 동안 꼼짝을 못 하더라." 그러고는 따뜻하고도 흐뭇한 미소를 짓는 것이었다. 그날 우리는 배를 움켜쥐고 눈물까지 흘리며 죽도록 웃었다.

이렇게 엄마는 내게 더할 나위 없는 친구이다. 나보다 훨씬 나이가 많지만 나랑 닮은 가장 친한 친구다.

엄마는 내 아침밥을 해주려고 일찍 일어나지만, 지금은 자는 모습이 너무 평화로워서 깨우고 싶지 않았다. 나는 부엌으로 가서 자기 밥그릇이 가득 차 있는데도 매처럼 날카롭게 나를 올려다보는 데스퍼릿을 모른 척하며 아침식사 준비를 했다. 데스퍼릿은 항상 다른 사람이 가진 것에 욕심을 낸다. 그러니 LA는 그 녀석에게 딱 맞는 도시다.

아침을 다 먹고 점심을 싸서 집을 나서는데 편지봉투 하나가 문에 테이프로 붙여져 있었다. 나는 그것을 보고 움찔했다. 그나마 엄마가 보기 전에 내 눈에 띄어서 다행이었다. 나는 편지봉투를 떼어내서 얼른 내 주머니에 찔러넣었다. 그것은 이제 거의 반사적인 행동이 되어가고 있었다.

아파트 계단의 쇠 난간에 체인으로 매놓은 약간 녹슨 파란색 10단 기어 자전거를 찾아, 배낭을 바구니에 넣고 베니스 중심가로 향했다. 베니스는 로스앤젤레스 남서부에 있는 멋진 지역이다. 예전에는 예술가들과 갱들로 가득 차 있었는데 언제부턴가 젊은 전문직들이 들어와 자리를 잡으면서 집값을 올려놨다. 그래서 월세도 덩달아 올랐다. 우리집 근처의 도로는 운하를 가로지르는 길보다 근사하지 않았고, 애봇키니 가의 중고품점들이 몰려 있는 거리보다도 못했다. 하지만 늘 총싸움의 위험이 있는 오크우드 대로보다는 나았다.

로즈우드 여자고등학교에 다니는 애들은 대부분 비벌리힐스,

말리부 또는 벨에어 출신들이다. 그리고 BMW나 벤츠를 몰고 등교를 한다. 나는 핀토(포드사에서 제작한 소형차-옮긴이)도 없다. 버스비도 많이 들어(사립학교인 로즈우드에서는 숨 쉬는 데도 돈이 든다), 할 수 없이 자전거를 타고 다닌다. 아침마다 워싱턴 대로를 타고 내려가며 호루라기 소리와 고함치는 소리를 견디며 말이다. 하지만 그런 것쯤이야 괜찮다. 어쩔 수 없이 자전거 통학을 하지만 그 결과 나는 다른 친구들보다 인격을 더 향상시켰고 다리도 더 날씬해졌으니까.

가끔 내가 좀 처량하다는 생각이 들 때도 있지만, 나는 금방 현실로 돌아와 모든 열정을 전 과목 에이플러스라는 목표에 바친다. 로즈우드 여자고등학교에서 전액장학금을 받았듯이 언젠가는 장학금을 받고 좋은 대학에 가야 하기 때문이다. 그렇게만 된다면 나는 브라운대학교나 듀크대학교의 기숙사에서 웃고 있을 것이다. 다른 애들은…… 음, 의사와 결혼해서 비벌리힐스의 더 큰 집에서 살고 있겠지. 그래도 인격은 형편없을 것이고 다리도 훨씬 뚱뚱해져 있을 거야.

학교에 도착해보니 몇몇 애들이 커다란 현관문 앞의 대리석 계단에 모여 있었다. 9월인데 벌써 날씨가 선선해졌다. 모여 있는 애들 중 셋은 크림색 폴라스웨터를 입고 있었다. 어젯밤에 그걸 미리 준비해둔 걸까.

자전거를 계단 쇠 난간에 매고 있는데 브리짓 왈시가 호들갑을 떠는 소리가 들려왔다.

"뭐, 정말? 말도 안 돼. 정말이야?"

브리짓 왈시의 아빠는 할리우드의 거물급 제작자였다. 그녀는 아빠 덕분에 여섯 살 때 디즈니 영화에 한 번 출연했는데, 그 뒤로 영화에 다시 출연하고 싶어 안달하고 있다. 기회만 되면 오디션을 보러 다니는 것 같은데 한 번도 배역을 얻은 적이 없었다. 오늘은 거의 알려지지 않은 여덟 번째 난쟁이 퍼키 역에라도 도전하는 모양이다.

"우와, 너무 신난다!" 매리 로빈슨이 맞장구를 쳤다. "정말 짱이야!" 매리는 '짱'이라는 말을 너무 좋아했다. 최근에는 자기가 좋아하는 끈 샌들과 〈리얼월드〉의 새 시즌 그리고 크레스트 화이트스트립스라는 치아미백제를 '짱'이라 불렀다.

"그러게 말이야. 왕족이 로즈우드 여고에 오다니, 믿어지지가 않아." 샐리 필립스도 고개를 끄덕이며 한몫 거들었다. 평소에는 그 애들의 대화에 별 흥미가 없었지만 이번에는 뭔가 있는 것 같았다.

"왕족이라면, 팝의 제왕 마이클 잭슨이라도 온다는 거야?"

나는 삐딱하게 웃으며 물었다. 브리짓이 멍한 얼굴로 눈을 깜빡거리다 고개를 저었다. 우리 학교에는 내 유머를 이해하는 애들이 거의 없다.

"어? 아니야. 진짜, 진짜 왕족이 온대." 그녀가 신문을 들어 내 눈앞에 흔들어 보였다. "'바인랜드의 카리나 공주 방문'이라고 쓰여 있잖아."

"어머." 이번에는 나도 좀 놀랐다.

"이번 일로 우리 학교가 굉장히 유명해지겠다."

캐롤이 머리를 어깨 뒤로 넘기며 말했다.

"당연하지. 분명히 우리 학교 이미지가 더 좋아질 거야."

스테이시 로맥스였다.

"그 공주가 왜 오는데?" 내가 물었다. "내 말은, 우리 학교가 뭣 때문에 이런 영예를 차지할 수 있었느냐고." 나는 웃음을 참으며 덧붙였다.

"듣기로는 그 공주의 할머니가 40년대에 우리 학교에 다녔대." 브리짓이 설명했다. "그러니까 일종의 홍보행사 아니겠어. 왕족의 후손 60년 만에 돌아오다, 뭐 이런 거."

"혹시 학교에 대단한 걸 기부해주지 않을까?" 매리가 말했다. "그 사람들은 빌 게이츠처럼 엄청난 부자잖아."

"그럼 신날 텐데." 다시가 말했다. "혹시 안나 수이한테 의뢰해서 우리 교복을 새로 디자인해주지 않을까? 아니면 라커룸에 고급 사우나실을 만들거나."

나는 당장 기부라도 받아야 할 내 처지를 생각하며 무거운 마음으로 그 무리에서 돌아섰다. 그리고 오늘 문에 붙여져 있던 편지를 가방 속에서 꺼냈다. 다른 애들이 낄낄대고 소리지르고 '진짜 진짜'라는 말을 남발하는 것을 귓등으로 들으며 나는 편지 내용을 급히 읽어내려갔다.

세입자 귀하

아시다시피, 귀하가 거주하시는 집의 월세가 200달러 인상되었습니다. 우리 아파트는 집세 규제를 적용받지 않으므로 이번 인상은 소유주의 정당한 권한 행사입니다. 본인의 모친이 돌아가신 후 저는 이 아파트의 유일한 소유주가 되었으며, 최근 바뀐 계약내용은 귀하도 잘 알고 계시리라 믿습니다. 귀하는 아직 8월분 집세를 완납하지 않았는데, 지금은 벌써 9월 중순입니다.

이번이 세 번째 통고입니다. 밀린 월세를 아파트 관리인 도미닉 로코에게 즉시 지불하여 주십시오. 기일 내에 납부하지 못할 시 특단의 조처를 취하겠습니다.

나는 편지를 다시 접었다. 심장 박동수가 증가하고 있었다. 지금까지 온 통지서 중 최악이었다. 특단의 조처라니, 그게 무슨 뜻이지? 나는 편지를 가방에 쑤셔 넣었다. 곧 돈이 생길 거야. 차저스 팀이 컨디션을 회복해서 몇 게임을 더 이기면 말이야. 그때까지 엄마가 이 사실을 알면 안 되는데. 어차피 우리가 할 수 있는 일이 아무것도 없는데 미리 알면 뭐해.

"카리나 공주가 입은 옷 정말 최고다!" 매리가 한숨을 쉬었다. "따로 코디네이터가 있을까 아니면 자기가 직접 옷을 고를까?"

"이제 보니, 줄리아 너 카리나 공주랑 닮은 것 같아."

은색 매니큐어를 칠한 손톱을 물어뜯으며 샐라가 말했다.

나는 놀라 눈을 크게 떴다. "이제 보니, 너 도수 안 맞는 콘택트

렌즈를 끼고 온 모양이구나."

다른 애들은 앞뒤로 왔다갔다하면서 신문에 난 사진과 나를 유심히 살펴봤다. "정말 희한하다." 브리짓이 말했다. "줄리아, 너 정말 이 공주랑 닮았어. 눈썹 정리 좀 하고 머리스타일만 바꾸면 똑같겠어……."

나는 웃음을 터뜨리며 머리를 흔들었다. 내가 바인랜드의 공주와 오랫동안 헤어진 쌍둥이라면. 그거 괜찮겠다. 눈썹 몇 개만 뽑고 미장원에서 머리만 다듬어서 공주가 될 수 있다면야. 공주라면 집주인의 협박 편지를 왕비가 못 보게 감추거나 할 일은 없겠지.

"이 공주는 특별히 밀라노의 헤어스타일리스트한테 머리 염색을 맡긴대." 매리가 말했다. "틀림없이 그 스타일리스트는 세계에서 세 명만 알고 있는 첨단 기술을 사용하겠지. 그 공주에게 직접 물어보면 좋겠는데."

"설마 그런 기회가 오겠니. 우릴 모아놓고 로즈우드 여고가 자기 할머니한테 얼마나 소중했는지 몇 마디 하고 학교를 대충 돌아본 뒤에 부리나케 떠나겠지." 브리짓이 말했다.

그웬 존스가 뛰어왔다. 〈로즈우드 위클리〉의 수석기자인 그녀는 남들 다 아는 특종으로 뒷북치는 것이 특기였다. 아무도 그웬의 취재에 응하지 않았기 때문에 그녀의 취재원은 주로 선생님들이었다. 그녀는 수업시간에 발표를 잘하고 선생님들이 말하는 건 무조건 맞장구를 치기 때문에 선생님들과 특히 친했다.

내게 다가온 그웬은 신문을 쥐여주더니 곧 사라졌다.

제목이 눈에 들어왔다.

'공주 로즈우드에 오다! 가사 선생님의 독점 인터뷰 게재!'

나는 신문을 버리고 안으로 들어갔다. 바인랜드 공주의 방문에 대해 시큰둥하게 생각하는 사람은 나밖에 없는 것 같았다. 그런 일보다 더 시급한 일이 있는 사람은 나밖에 없기 때문일 것이다. 아무리 눈썹 정리가 잘 되어 있는 카리나 공주도 도와줄 수 없는 일 말이다.

Chapter 3

내 평생 그렇게 지겨운 적은 없었다. 수도 없이 열리는 국빈만찬과 아빠가 설교하는 자리에 억지로 앉아 있어야 했던 나 같은 사람에게도 그날은 특히 지겨웠다. 그것뿐인가. 혀 짧은 소리로 가르치는 하인리히 박사님의 역사수업도 날마다 견뎌온 나였지만 그런 훈련은 별 도움이 안 됐다. 하인리히 박사님은 설명을 하다 말고 한 5분 동안 멍한 눈으로 허공을 바라보다가 다시 정신을 차리면 전혀 엉뚱한 얘기로 빠지는 것으로 유명했다.

정말이었다. 내가 직접 시간을 재본 적도 있다.

박사님을 보면 〈페리스의 해방〉 초반부에 나오는 그 선생님이 생각난다. 내가 무척 좋아하는 미국 영화인데, 그 영화를 본 뒤에는 하루 동안 공주 신분에서 벗어나면 뭘 할까 공상하는 습관이 생겼다. 자연히 이런 공상들은 대부분 하인리히 박사님이 멍하게 있는 동안 일어났다.

"정말, 이건 고문이야." 잉그리드가 내 옆의 플라스틱 의자에 털썩 앉으며 툴툴거렸다. 나는 등을 똑바로 펴고 앉아 있었기 때문에 등받이에 멋대로 기대앉은 잉그리드는 나보다 30센티나 작아 보였다. "얼마나 더 있어야 비행기에 오르는 거야?" 그녀가 초조하게 물었다. "연료 채우고 술 실었으면 다 된 거 아냐?"

"어머, 술도 가져가는 거야?" 나는 프리켄 킬로이의 신경을 건드리기 위해 일부러 큰 소리로 물었다.

"두 사람, 조용히 해요." 무릎에 두 손을 포개고 앉은 프리켄 킬로이가 새침하게 말했다. "여긴 공공장소예요."

"아유, 깜빡 잊고 있었네요." 나는 나직하게 중얼거렸다. 우리는 미국행 비행기에 연료를 채우는 동안 바인랜드 국제공항에서 대기하고 있는 참이었다. 하지만 까다로운 보안절차 때문에 일반인들은 우리가 입장할 게이트에서 50미터나 돌아서 가야 했다. 그러다 보니 사방 1킬로미터 내에는 사람이 하나도 없는 것 같았다. 이렇게 나를 중심으로 보호구역이 생기니 궁중에 있을 때와 하나도 다를 게 없다.

"이리 와봐." 잉그리드가 내 손을 잡아 일으키며 말했다. "읽을 게 좀 있어야겠어."

하지만 내가 미처 일어나기도 전에 프리켄 킬로이가 일어섰다. "안 됩니다. 신문 가판대까지 가면 안 돼요. 거기는 아직 보안 검색을 안 했어요." 그녀가 말했다. "읽을 게 필요하면 집에서 가져왔어야죠."

"저기 서서 껌 파는 남자가 공주를 암살하려는 사람 같아요?"

잉그리드가 비아냥거렸다. 하여간 도움이 안 되는 친구다.

"프뢰켄, 5분만요." 내가 눈썹을 들어올리며 애원했다. "네?"

"카리나 공주님, 전하께서는 저를 믿고 공주님을 맡기셨습니다." 또 시작이었다. 그녀의 턱살 떨리는 모습은 역겨워서 정말 고개를 돌리고 싶을 정도였다.

"맞아요!" 잉그리드가 끼어들었다. "그리고 지금 당장 읽을 걸 사오지 않으면 카리나 공주는 얼마 안 있어서…… 뇌세포가 죽기 시작할 거라고요. 그런 일이 생기길 바라진 않으시겠죠?"

그 말과 함께 잉그리드는 나를 끌고 잡지나 사탕 같은 걸 파는 작은 상점으로 향했다(내가 가고 싶어서 간 게 아니었다). 나는 끌려가면서 짐짓 곤혹스러운 표정으로 킬조이를 쳐다봤다. 그녀는 입을 일자로 굳게 다물었다가 이렇게 외쳤다. "5분이에요!"

불이 환하게 밝혀진 신문 가판대에서는 광택이 흐르는 화려한 잡지표지들이 나를 유혹했다. 하지만 새로 발간된 프랑스어판 〈보그〉를 봐도 찡그린 얼굴이 펴지지 않았다. 빨리 이 나라를 떠나지 못하고 공항에서 지체하는 동안 벌써 김이 새기 시작한 것이다. 게다가 프뢰켄 킬로이가 내 곁에 버티고 있는 한 이 여행은 반쪽짜리 여행이 될 게 뻔했다.

"킬로이가 평소보다 더 깐깐하게 굴고 있어." 초콜릿과 껌을 한 움큼 쥐는 잉그리드를 보며 내가 투덜거렸다. "자기가 내 유일한 보호자라서 의기양양한 거야."

"그러게 말이야. 차라리 너를 가죽끈으로 묶어서 데리고 다니는 게 낫겠다.” 잉그리드가 풍선껌 한 통을 쇼핑바구니에 던져넣으며 말했다.

“킬조이 앞에서 그런 말 하지 마. 정말 그렇게 하고도 남을 사람이야.”

“힘내, 카리나! 우린 어떻게든 그 콘서트에 참석하게 될 테니까. 안 그럼 내 이름이 잉그리드가 아니지……. 어머, 레오!”

작은 가게를 가로질러간 그녀는 새로 나온 〈피플〉을 잡지꽂이에서 낚아챘다. 우리 둘 다 넋을 잃고 레오나르도 디카프리오 사진을 뚫어지게 쳐다봤다. 〈타이타닉〉 이후로 레오가 없는 몇 년 동안은 정말 삶의 낙이 없었다. 공식적으로 내가 첫사랑에 빠진 상대는 레오였다. 레오가 없는 암흑기엔 쉐인 웨스트가 조금은 위로가 됐지만, 〈워크 투 리멤버〉를 100만 번 본다 해도 레오가 나온 영화 한 편 보는 것만 못했다.

“주여 감사합니다. 레오가 컴백했군요.” 잉그리드가 엄지손가락으로 잡지를 휙휙 넘기며 말했다. “헉, 이거 봐! 레오가 모델들을 거느리고 서 있어.” 그러더니 LA에서 열린 어떤 파티에서 늘씬한 미녀들에 둘러싸인 레오의 사진을 가리키며 콧등에 주름을 잡았다.

LA 우리도 곧 그곳에 간다. DVD와 〈인스타일〉에만 존재하던 전설의 도시가 이제 곧 내 앞에 현실의 도시로 펼쳐지다니!

“있잖아. 왕궁에서 파티를 열어 레오를 초대하는 거 어때?”

잉그리드가 껌으로 풍선을 불며 말했다. 잉그리드는 금연으로 지정된 공공장소에서는 풍선껌 불기의 달인이었다.

"레오도 왕족이 여는 파티에 오고 싶을걸?"

"제발 그만해." 나는 머리카락을 어깨 뒤로 넘기며 대답했다. "우리 부모님이 생각하는 파티는 할머니 칠순잔치 같은 거야. LA 꼬마애들 파티보다 더 하품 난다니까."

잉그리드가 처음으로 잡지에서 눈을 떼고 고개를 들었다.

"두 분은 악이 아니라 선을 위해 권력을 쓰는 법을 배우셔야 돼."

나는 웃음을 터트리고 〈엘르〉와 〈더블유〉, 표지에 에이브릴 라빈이 나온 〈세븐틴〉을 집어들며 잡지가 전시된 벽을 따라 걸었다. 부모님한테 물어보지도 않고 레오나르도를 파티에 초대하면 부모님은 뭐라고 하실까. 아빠가 얼마나 노발대발하실지 눈에 선하다. 아빠가 나를 혼낼 때면 가두겠다고 한 지하감옥이 실제로 있을지도 모른다. 나는 짙게 화장한 에이브릴의 반항적인 눈을 내려다봤다. 에이브릴이 만일 공주였다면 허락 없이도 파티를 열었을 것이다. 하지만 열여섯 살 생일이 되기 전에 이미 왕궁에서 도망쳤겠지.

"어머, 세상에! 카리나. 어떻게 이런 일이 있니." 잉그리드가 다가오며 말했다. 그러고는 내 코앞에 〈피플〉을 내밀었다.

"오른쪽 사진 좀 봐."

"이 사진이 뭐?" 그것은 폴로경기를 하고 있는 윌리엄 왕자를 찍은 사진이었다. 클럽을 손에 든 그는 머리를 뒤로 젖힌 채 가지런

한 이를 하얗게 드러내며 웃고 있었다. 나는 버릇처럼 혀로 내 이를 핥았다. 치아교정기는 몇 주 전에 떼어내서 나도 사진에 나올 만큼 예쁘게 웃을 수 있지만, 왠지 예전 형태로 돌아갈 것 같은 강박증이 있었다.

"윌리엄 왕자 말고. 그 뒤를 보라고."

오른쪽을 힐끔 보던 나는 가슴이 덜컥했다. 아름다운 백마에 양다리를 벌리고 걸터앉은 사람은 다름 아닌 마르쿠스 잉발드선이었던 것이다. 믿을 수가 없었다. 마르쿠스가 윌리엄 왕자랑 폴로경기를 하고 있다니. 또 뜨악한 만남이 이루어지겠군. LA에서 마르쿠스를 만나면 어떤 장면이 벌어질지 안 봐도 훤했다.

'윌리엄 왕자도 꽤 잘 치긴 하지만, 저한테는 상대가 안 되죠.'

마르쿠스의 자화자찬이 벌써 머릿속에서 울리고 있었다. 물론, 마르쿠스가 그렇게 뻔뻔하게 자랑하지는 않겠지만, 자기를 다른 누구보다 멋진 사람으로 생각한다는 것은 분명했다.

안타깝게도 아빠도 같은 생각이었다. 얼마 안 있으면 아빠도 마르쿠스가 잉글랜드의 왕족과 친하게 지내고 있다는 것을 알게 되겠지. 그러면 당장 나한테 전화해서 그 사실을 알고 있는지 확인하고 대사관 연회에서 그 일에 관해 마르쿠스에게 물어보라고 하실 것이다. 아빠는 여행 잘 다녀오라는 전화는 안 해도 이런 일에 대해서는 틀림없이 전화를 하실 분이다.

"마르쿠스가 윌리엄 왕자랑 경기를 하다니 믿어지지가 않는다."

잉그리드가 말했다.

"뭐, 그 사람은 폴로의 신이니까. 아마 태어날 때부터 폴로 스틱을 입에 물고 있었을걸?" 내가 비아냥거렸다.

"그럼 그 스틱이 엉덩이까지 뻗었겠네?"

잉그리드는 한 술 더 떴다.

나는 웃으며 잡지와 잉그리드의 손을 함께 저만치 밀었다.

"그 잡지가 통째로 저질이 된 것 같다."

"걱정 마." 잉그리드가 말했다. 그녀는 쌓여 있는 신문 위에 그 잡지를 펼쳐 놓더니 마르쿠스와 윌리엄 왕자 사진이 실린 면을 찢어냈다. 그러고는 그것을 접어서 자기 가방에 넣었다. "이제 디카프리오는 깨끗해." 그녀가 가볍게 고개를 숙이면서 말했다.

"고마워, 잉그리드." 나는 잉그리드가 내민 잡지를 내 짐 위에 올리고 계산대를 향했다. 카운터에 서 있는 여자가 나를 알아보지 않아야 할 텐데. 만일 알아보면 그녀는 분명히 돈을 안 받겠다고 우기겠지. 세상 모든 상점주인처럼 말이다. 한 번만이라도 보통사람들처럼 물건을 사고 돈을 낸다면 얼마나 근사할까.

"어…… 스꾸시(scusi ; 실례합니다). 바인랜드의 공주님 맞죠?"

고개를 돌려보니 세상에 둘도 없는 멋진 남자가 내 앞에 서 있었다. 갈색 고수머리에 금발이 간간이 섞여 있었는데 분명히 염색한 머리는 아니었다. 거기에 찢어진 티셔츠와 청바지 차림이었다. 어깨에는 형형색색의 천으로 기운 배낭이 걸쳐져 있었는데, 너덜너덜한 데다 온갖 얼룩까지 묻어 있었다. 그 배낭을 메고 돌아다녔을 나라들을 생각하니 빨리 비행기에 타고 싶어 안달이 났다.

하지만 그보다 먼저 이 완벽한 남자가 누군지 알아야 했다.

"씨(Si ; 네)," 나는 장난스럽게 웃으며 대답했다. "꼬메 스따이(Come stai ; 안녕하세요)?"

그나마 알고 있던 이탈리아어를 생각해낸 게 천만다행이었다. 그의 잘생긴 얼굴이 기쁨으로 빛났다.

"베네! 그라치에!(Bene! Grazie! ; 와, 감사합니다)!" 그가 대답했다. 그러더니 메모지와 펜을 떨리는 손으로 꺼냈다. "실례지만 사인 좀 해주시겠습니까?"

잉그리드가 내 옆으로 미끄러지듯 다가오더니 눈을 크게 뜨며 속삭였다. "당연하지!" 그 말에 나는 코웃음을 쳤다. 전혀 공주스럽지 않게 말이다.

내가 손을 뻗어 펜과 메모지를 받으려는데 바로 그때 프뢰켄 킬로이가 남성호르몬을 탐지하는 미사일처럼 잽싸게 우리 곁으로 다가왔다.

"미안하지만 공주님은 사인해줄 시간이 없습니다." 그러면서 내 어깨를 잡아, 놀란 이탈리아 남자 앞에서 나를 돌려세웠다. 나는 모욕감에 얼굴이 달아올랐다. 어떻게 이 사람 앞에서 나한테 이럴 수가 있어? 이 남자는 여러 나라로 여행을 다니는데, 나는 어린애처럼 유모한테서 제지를 받고 있다니!

나는 킬조이의 손길을 뿌리치고 돌아서서 남자의 손에서 펜을 잡아챘다. "이런 법이 어딨어요. 프뢰켄." 나는 이를 악물고 말했다.

"제 아버지인 국왕께서는 항상 저에게 우리 왕국에 오는 외국 방문객을 소홀히 대하지 말라고 말씀하셨어요."

킬로이는 눈을 가늘게 뜨고 나를 쳐다봤다. 그녀는 아빠를 내세우는 내 수법을 알고 있었지만 어쨌든 효과가 있었다. 그녀는 내가 사인을 하는 동안 한 걸음 뒤로 물러나 있었다.

"아르베데르치(Arrivederci ; 안녕히 가세요)!" 수십 번이나 고맙다고 말한 후 돌아선 남자에게 내가 외쳤다. 그러고는 내가 골라온 잡지 더미를 카운터에 올려놓았다.

"오, 안 돼요." 킬로이가 〈피플〉을 집으며 말했다. "이런 쓰레기 같은 잡지는 공주님이 읽을 게 못 돼요. 누가 보면 어쩌려고 그래요?"

"내가 읽을 건 내가 결정해요." 내 목소리에는 힘이 없었다. 사인 때문에 옥신각신하느라 더이상 싸울 힘이 남아 있지 않았다. 킬로이는 나를 지치게 하는 데 선수였다. 내 몸에서 에너지가 바닥을 향해 떨어지고 있었다.

"카리나 공주님, 국왕 내외분께서는 공주님을 제게 맡기셨습니다." 벌써 100만 번째였다. "그러니 저는 공주님의 안전에 최선을 다해야 합니다."

킬조이가 〈피플〉을 다시 잡지 진열대에 던지려고 하는 순간 잉그리드가 막았다.

"뭐, 제가 읽는 건 막지 못하시겠죠?" 잉그리드가 약올리듯 말했다. 우리 둘은 승리감에 취해 씩 웃으며 킬로이를 쳐다봤다. 이럴 땐 잉그리드 같은 친구가 있어서 너무 좋다.

"맘대로 해요." 킬로이가 거만하게 대꾸했다. "1분 내에 두 사람 다 탑승구로 와요." 그러고는 돌아서서 멀어져갔다. 걸을 때마다 새로 지어 입은 실크 옷에서 슥슥 스치는 소리가 났다.

잉그리드는 〈피플〉을 〈어스 위클리〉와 바인랜드에서만 발행되는 통속 잡지 〈인사이드〉와 함께 카운터 위에 놓았다. 〈인사이드〉 기자들은 지치지도 않고 내 사진을 몰래 찍어 잡지에 실었고, 특히 내 머리가 부스스하거나 피부에 뾰루지가 났을 때는 절대 놓치지 않았다. 심지어 내가 코 수술을 한 뒤에 얼굴에 금속판을 붙이고 있는 모습까지 찍었다. 물론 그 사진은 잡지에 나오지 않았다. 엄마와 아빠가 정보를 입수하고는 그 사진이 신문에 실리는 것을 막았던 것이다. 부모들은 항상 별것도 아닌 일에 노발대발하는 것 같다. 어차피 사람들은 나중에 내 코에 나 있던 흉측한 혹이 없어졌다는 것을 알게 될 텐데 말이다. 하지만 우리 부모님은 다른 무엇보다 남의 이목에 신경을 썼다. 두 분은 너무 바빠서 수술 후에 나를 데리러 올 시간은 없었지만, 어떤 기자에게 돈을 주고 조기퇴직하게 할 시간은 있었다.

"킬조이를 어떻게 했으면 좋겠니?" 나는 카운터의 여자가 잡지 가격을 계산하는 동안 잉그리드에게 물었다.

"남자친구를 만들어줘야 해." 잉그리드가 현금을 휙 꺼내 여자에게 잡지 값을 건네주며 말했다.

"으이그, 잉그리드," 가방 속에서 지갑을 찾던 나는 혀를 날름 내밀었다. "퍽 좋은 생각이다. 이제 킬조이가 어떤 남자와 키스하는 장면이 내 머릿속에 영원히 새겨지겠구나."

"뭐, LA에 도착해서 킬조이를 어떻게 따돌릴지는 모르겠지만 어떻게든 콘서트에 보내줄게. 약속해."

나는 고맙다는 웃음을 지으며 뭐라고 대답하려고 했는데 그럴 틈이 없었다. 카운터에 서 있던 여자가 나를 보자마자 소스라치게 놀라며 수선을 피웠던 것이다.

"공주님? 카리나 공주님, 맞죠?" 그녀가 외쳤다. "잡지는 그냥 가져가세요. 돈을 내시다뇨, 말도 안 되죠."

나는 깊이 숨을 들이마셨다. 지갑을 허공에 들고 그대로 멈춘 장면을 생각해보라. "고마워요." 나는 여자에게 그렇게 말하며 카운터 위에 놓인 잡지를 슬그머니 끌어당겼다. 기어이 돈을 내는 것만이 능사는 아니었다. 열세 살 무렵에 버버리 대리점에서 내가 돈을 기어이 내겠다고 우기자 카운터의 남자는 너무 서운한 나머지 가게에서 나가버린 일이 있었다. 그 후로 나는 상점주인이 돈을 받지 않으려 하면 그 마음을 받아들이기로 했다.

이제 곧 영화배우들이 거리를 돌아다닌다는 LA에 간다. 나는 잉그리드와 함께 기분 좋게 탑승구로 걸어가며 생각했다. LA에 가면 나도 수많은 유명인 중 한 명일 뿐이라고.

LA에서는 완전히 다른 사람이 되어 보겠다는 나의 간절한 꿈이 이뤄질 것이다.

chapter 4

"하나도 없어." 나는 걸어가면서 신문을 팔랑팔랑 넘겼다. 그 면은 빨간색 동그라미와 X자로 도배되다시피 했다. 지원하려고 전화했다가 포기한 것들이었다. 근무시간은 과다하게 요구하면서 돈은 쥐꼬리만큼 주거나 경력이 필요한 자리였기 때문이다. 지원하려면 식당에서 고기를 썰어봤거나 공사장에서 공기드릴을 써봤거나 촬영팀에서 붐마이크를 담당한 적이 있다고 거짓말을 하는 수밖에 없었다.

"로스앤젤레스 전체를 뒤져도 내가 할 수 있는 일이 하나도 없다니."

"그렇지 않아." 엘리자베스가 들고 있던 구인광고지를 접으며 입에서 막대사탕을 꺼냈다. 그러고는 신문을 들어 보여줬다.

"여기 봐! 누드모델을 찾는 곳이 50군데나 되잖아."

나는 어이가 없어 엘리자베스를 째려봤다. 해안도로를 걸어 산타모니카 부두로 가는 동안엔 엘리자베스의 엉덩이를 힐끗 쳐다봤다. 엘리자베스는 사진가였다(파파라치 같은 그웬 존스와는 격이 다른 예술가라는 말이다). 그녀는 지난 몇 주 동안 "LA의 이색 풍경"이라는 사진과목의 과제를 수행하느라 돌아다니고 있었는데, 관광객들이 많이 몰리는 곳에서 무심하게 돌아다니는 당일치기 여행객들이나 휴양객들이 그 대상이었다. 오늘은 회전놀이기구를 탄 채 곧 토할 것 같은 사람들을 몰래 찍을 예정이었다.

"어떤 자리든 찾을 거야. 걱정 마." 엘리자베스는 부두로 가는 계단을 오르며 말했다.

나는 한숨을 쉬며 나도 그렇게 낙천적이었으면 좋겠다는 생각을 했다. 엘리자베스는 힘내라고 한 말이겠지만, 누드모델 운운하며 농담을 한 것 자체가 상황의 심각성을 모른다는 증거였다. 영화업계에서 영향력이 좀 있는 그녀의 아빠는 로맨틱코미디 영화가 흥행에 성공할 때마다 자식들에게 새로 승용차를 사줬다. 엘리자베스는 학교에서 천박하지 않은 몇 안 되는 좋은 친구지만, 자기 엄마가 잠이 깰까 봐 화난 집주인의 전화를 막는 나 같은 처지가 되기 전까지는……. 휴, 그녀가 나를 정말로 이해하는 것은 불가능하다.

"맞다! 개 산책시키는 일은 어때?" 엘리자베스가 긴 앞머리를 귀 뒤로 넘기며 제안했다. 그녀의 머리는 뒤쪽이 짧고 앞쪽은 긴 켈리 오스본 스타일이었고, 의상은 그것에 어울리는 고스펑크 스타일이었다. 손에 낀 여러 개의 은반지가 햇빛에 반짝였고 자주색 매니큐어를 바른 손톱은 깔끔하게 손질되어 광택이 흘렀다. 공교

롭게도 손톱은 사탕 때문에 물든 그녀의 혀와 입술 색깔과 똑같았다. "그러면 나가서…… 운동도 할 겸……."

"안 돼……. 개들은 다들 나를 싫어하잖아. 내가 고양이와 친한 인간이란 걸 개들은 본능적으로 알아차리는 것 같아."

나는 신문을 접어 가방에 넣었다. 나중에 한 번 더 살펴볼 생각이었다. 밀린 집세에 조금이라도 보태려면 내가 할 일을 꼭 찾아야 하는데. 어쨌든 지금은 엘리자베스가 돈을 쓸 때다. 그녀는 자기를 따라와 주면 페리스 휠을 태워주겠다고 한 것이다.

"너 정말 이거 탈 수 있어?" 나는 태평양을 내려다보며 우뚝 솟아 있는 그 거대한 원형 놀이기구를 올려다봤다.

엘리자베스가 침을 꿀꺽 삼켰다.

"내가 고소공포증이 있다는 말 안 했니?"

"왜 이래! 저 위에 올라가면 끝내주는 사진을 찍을 수 있단 말이야. 그게 바로 짱이야!"

나는 브리짓의 말투를 흉내 내며 설득했다.

"다시는 그 말을 안 쓰겠다고 약속하면 올라갈게."

엘리자베스가 노려보며 말했다.

"좋아."

나는 페리스 휠 쪽으로 걸어가면서 나무로 된 디딤판에 걸려 하마터면 넘어질 뻔했다. 다행히 엘리자베스가 얼른 손을 뻗어 내 팔을 잡아줬다. 그녀에게는 거의 반사적인 행동인 것 같았다. 엘리자베스 앞에서 넘어진 게 한두 번이 아니었다는 것만 말해두자. 그날만 해도 그게 처음은 아니었다.

우리가 페리스 휠을 타고 쾌청한 파란 하늘을 향해 올라가는 동안, 엘리자베스는 안전난간을 꽉 잡고 있었는데 얼마나 세게 잡았던지 손가락 관절이 하얗게 변했다.

"숨을 깊이 들이마셔." 내가 안심을 시키려 말했다. "괜찮아."

맨 꼭대기까지 올라가자 나는 내 말대로 천천히 숨을 쉬며 침착하자고 다짐했다. 다 잘 될 거야. 복권만 당첨된다면 말이야.

"와, 여기 올라와서 보니 너무 아름답다." 엘리자베스가 말했다. 그러더니 카메라를 꺼내 사진을 몇 장 찍었다. 그러더니 갑자기 내게 돌아서며 물었다.

"무슨 일이야?"

"뭐라고?"

"너 계속 한숨을 쉬고 있잖아."

나도 모르고 있었는데. 나는 손을 내려다보며 입술을 깨물었다. "엘리자베스, 넌 한 번이라도…… 그러니까…… 뭐라고 해야 하나, 잠깐이라도 다른 사람이 되어보고 싶은 적 없니?"

"없긴. 항상 하는 생각인데." 엘리자베스가 당연하다는 표정으로 대답했다. "난 누구보다 그웬 스테파니가 되고 싶어. 게빈 로스데일하고 결혼하던 날은 얼마나 예뻤는지. 분홍 웨딩드레스는 좀 그랬지만 말이야."

나는 웃으며 뒤로 물러나 바다를 바라봤다. "돈 걱정을 안 하고 살면 얼마나 좋을까. 단 하루만이라도 말이야. 정말 스트레스야."

엘리자베스가 팔로 내 어깨를 감싸며 자기 머리를 내 머리와 맞댔다. "넌 곧 해결할 거야, 줄리아. 항상 그랬잖아."

'그게 바로 문제야.' 내가 생각했다. '나는 열여섯 살이잖아. 그런 걸 해결해야 할 나이가 아니라고.'

내 심장이 아래 보이는 바다로 빠질 것처럼 무겁게 느껴졌다. 이런 생각이 들다니 의외였다. 내가 언제부터 이렇게 나약해졌지? 하지만 나 자신에 대한 연민은 꼬리에 꼬리를 물고 이어졌고 지금으로선 그것을 멈출 길이 없었다.

카리나 공주는 돈 걱정이라곤 한 번도 안 해보고 살았겠지, 나는 생각했다. 내일 그 공주가 입고 나올 옷의 가격은 몇 달치 우리 집 집세하고 맞먹을 거다. 그 옷을 하나 훔쳐볼까. 공주니까 수행원들이 여벌의 옷을 준비해 왔을 거 아냐.

페리스 휠이 천천히 멈춰 땅에 내려앉을 때 나는 숨을 깊이 들이마셨다. 그리고 다음날 학교를 빠져버릴까 생각했다. 이런 심정으로는 그따위 환영식에서 얌전히 앉아 있지 못하고 연단에 뛰어올라가 모든 걸 다 가진 그 공주의 목을 조르고 말 것 같았기 때문이다.

chapter 5

카리나 공주가 우리 학교를 방문하기로 한 날 아침엔 전교생이 유치하고 쓸데없는 얘기로 킬킬대고 있는 듯했다. 어느 교실에서나 삼삼오오 모여서 쑥덕거리거나 인터넷에서 다운받은 카리나 공주의 데이트 사진을 보며 상대 남자에 관해 떠들어대고 있었다. 그날 오후 강당에 갈 때까지 나는 공주의 방문에 관해 조금도 기죽지 않았다.

뭐, 내가 무슨 일에든 기죽은 적은 한 번도 없지만 말이다. 우리 학교에 온다는 여자애는 우리에 대해 아무것도 모르고, 우리에 대해 전혀 애정도 없으면서, 모두가 침 흘리며 자기를 우러러보는 걸 즐기며 우리 시간을 30분이나 빼앗겠다는 거나 마찬가지다.

"내가 고마울 거다." 엘리자베스가 내가 잡아놓은 통로 쪽 자리로 다가오며 말했다. 그러고는 눈썹을 들어올리더니 등 뒤에서 스타벅스 커피 일회용 큰 컵 두 개를 내보였다.

"오늘 아르바이트 면접 잘하라고 사온 거야."

"오, 나의 천사."

소녀가장 분위기로 차려입고 온 나는 커피를 흘릴까 봐 컵을 두 손으로 꼭 쥐며 몸에서 멀리 들었다. 뭔가를 마실 때면 항상 옷에 흘린다는 걸 알지만 오늘은 정말 카페인이 필요한 날이었다. 오늘 오후에 있을 면접이 걱정돼서 어젯밤에 한숨도 못 잤던 것이다.

어제 부두에서 돌아온 뒤 나는 겨우 일자리를 하나 찾았다. 〈테이크 파이브〉라는 조명회사인데 오늘 면접을 보자고 했던 것이다. 그래서 나는 하나밖에 없는 정장인 검은색 치마와 오래됐지만 아직 쓸 만한 엄마의 실크 블라우스를 입고 나왔다. 만일 거기에 뭐라도 흘리면 나는 끝장이었다. 다른 옷이 없기 때문이다.

"근데 그 공주는 대체 어디 있는 거야?" 엘리자베스가 커피를 홀짝거리다 데님 재킷 앞자락에 몇 방울 흘리는 것을 보고 나는 주춤했지만 엘리자베스는 눈치를 못 챘다.

"시간 맞춰 도착하는 것도 왕족이 당연히 지녀야 될 태도 아니니?"

"아냐. 우리 모두가 대기하고 있어야 할 정도로 자기가 중요한 인물이라고 생각할걸?"

나도 얼른 한 모금 마시면서 대답했다.

강당은 평소보다 훨씬 소란했다. 다들 공주가 무슨 옷을 입고 올지, 왕관을 쓰고 나올지 그냥 나올지 궁금해하며 한마디씩 떠들고 있었다. 그웬 존스는 정확한 앵글을 잡느라 카메라로 무대 쪽을 보며 이리저리 돌아다니고 있었다. 우리보다 몇 줄 앞에 앉은 다시는 공주가 도착했는지 보려고 2초에 한 번씩 고개를 뽑아 연단을 보곤 했다. 그걸 보니 내가 다 고문을 당하는 느낌이었다.

마침내 웨더스 교장선생님이 무대에 나타났다. 걸을 때마다 낮은 구두굽 소리가 또각또각 울렸다. 순식간에 강당에서 소음이 싹 사라지고 기대감이 가득 찼다. 정말 한심한 광경이었다. 로즈우드 여자고등학교는 상류층 자녀가 다니는 학교라 중요인사들이 자주 연설을 하러 왔다. 하지만 작년에 퓰리처상을 수상한 마야 엔젤로우가 방문하여 자신의 시를 몇 편 읽어주는 동안 학생들 절반은 뒤로 기대앉아 손톱만 만지작거렸었다.

"로즈우드 재학생 여러분, 주목해주시겠습니까?" 교장선생님은 연단 양쪽을 앙상한 손가락으로 꽉 잡고 있었다. 엘리자베스가 입 모양으로 교장선생님의 말을 똑같이 흉내 냈다. 그녀는 교장선생님이 연사를 소개하거나 점심메뉴가 바뀌었다는 것을 알릴 때 항상 그 말을 똑같이 흉내 내곤 했다.

"모두 알고 있겠지만, 오늘 오후에 우리는 아주 귀한 손님을 모시게 되었습니다." 교장선생님의 흐린 갈색 눈동자에서 작은 빛이 번쩍였다. 바인랜드의 공주 같은 귀한 신분의 연사를 소개하면서 느끼는 자부심 때문일 것이다.

흥분한 듯한 수군거림이 파문처럼 강당을 휩쓸었고 교장선생님은 다시 조용해지기를 기다려 말을 이었다.

"부지런한 학생기자 그웬 존스 덕분에 여러분 모두 카리나 공주님의 할머니께서 1940년대에 바로 이 학교를 다니셨다는 사실을 알고 있을 겁니다."

웨더스 교장선생님이 고맙다는 듯이 그웬 쪽으로 눈길을 던지자 그웬은 뿌듯함과 쑥스러움으로 얼굴을 붉혔다.

"웃기고 있네." 엘리자베스와 내가 숨죽여 내뱉었다.

"바인랜드의 카리나 공주님에게 우리 로즈우드 여자고등학교는 이번 미국 친선여행에서 첫 번째 방문지일 뿐 아니라 첫 번째 공식 방문지이기도 합니다."

교장선생님은 턱을 쳐들며 의기양양하게 발표했다.

"그렇겠지. 빨리 해치워버리고 싶을 테니까."

엘리자베스가 자세를 고쳐 앉으며 말했다.

"그녀와 같은 고귀한 분이 미국에 온 것을 열렬히 환영하는 것은 우리 모두의 의무입니다. 또한 우리의 훌륭한 선배의 손녀를 따뜻하게 맞이하는 것도 우리가 해야 할 도리입니다."

교장선생님이 우리에게 열렬히 맞아달라고 당부하자(기립박수를 유도하는 것 같았다) 그웬이 뽐내듯 강당을 활보하며 여러 각도에서 교장선생님의 스냅사진을 찍기 시작했다. 〈로즈우드 위클리〉의 다음 호는 두툼하게 나올 것 같다.

"자, 이제 뜸 들이지 않고 곧바로 귀하신 바인랜드의 카리나 공주님을 여러분 앞에 모시겠습니다!"

그 순간 강당에 있던 학생들이 일제히 일어나 손뼉을 쳤고, 그 소리에 나는 귀가 먹먹했다. 한숨을 쉬며 엘리자베스를 쳐다보던 나는 커피를 쏟지 않으려고 천천히 몸을 일으켰다. 어떤 여자가 무대를 가로질러 걸어오는 것이 보였다. 하지만 앞줄에 있는 1학년 학생들이 의자 위로 올라서는 바람에 나는 똑똑히 볼 수가 없었다. 기립박수는 5분 이상 지속되는 것 같았다. 그웬의 카메라가 연방 여기저기서 플래시를 터트리는 것이 보였다. 엘리자베스와 나는 제일 먼저 자리에 앉아버렸다.

"감사합니다, 정말 감사합니다." 학생들이 드디어 조용해지자 공주가 마이크에 대고 인사말을 했다.

앞에 앉은 여자애들은 자리에 앉아서도 탄성을 억누르지 못했다. 그제야 나는 처음으로 그 거물급 인사의 얼굴을 볼 수 있었다.

솔직히 말해서 평생 잊지 못할 순간은 아니었다. 카리나 공주가 아름다운 건 사실이었지만 이 학교에 다니는 학생들 중에도 그만큼 예쁜 사람은 많았다. 평범하고 날씬한 그녀는 소매 없는 드레스를 입고 있었고 긴 금발은 어깨를 지나 곧게 뻗어 있었다. 강당에 있는 여학생들과의 유일한 차이점은 그녀의 신분이 공주라는 것뿐이었다. 나라면 그러지 못했을 텐데 그녀가 수백 명 앞에서도 침착하고 자신만만해 보인다는 건 인정해야겠다. 하지만 공주니까 이런 일은 다반사일 것 아닌가. 내가 이틀에 한 번꼴로 갖다 버리는 죽은 쥐를 그녀가 본다면 어떤 반응을 보일지 궁금했다.

"이렇게 분에 넘치게 환영해주신 교장선생님께 감사의 말씀을 드립니다." 그녀는 무대 왼쪽에 있는 교직원 석을 돌아보며 미소를 지었다. 그렇게 말하는 순간 스포트라이트를 받은 그녀의 귀걸이가 번쩍 빛을 발했다.

"세상에. 너 저거 봤어? 진짜 크다!" 엘리자베스가 소곤거리는 소리에 앞쪽에 앉은 신입생 하나가 못마땅한 얼굴로 돌아봤다.

맞다. 그것도 그녀와 우리를 구별 짓는 하나의 요인이었다. 옷은 얘기하지 말자. 귀걸이 한 짝으로도 우리집 월세 1년치와 내 대학 4년 등록금까지 낼 수 있을 테니까. 나는 소녀가장 같은 내 복장을 내려다보며 사과와 오렌지를 비교하지 말자고 마음을 다잡았다. 하지만 너무 대조적인 이런 장면에 맞닥뜨리면 비교를 안 할래야 안 할 수가 없다. 나는 시급 7달러짜리 아르바이트 면접을 앞두고 긴장하고 있는데, 누구는 지폐 한 장 안 쓰고도 우리 엄마의 돈 문제를 깨끗이 해결해줄 수 있는 능력이 있는 것이다.

때로는 사는 게 너무 서글프다.

"바인랜드에서 자라면서, 저희 할머니는 로스앤젤레스에서 보낸 시절 그리고 로즈우드 여학교에서 보낸 아름다운 시절에 대해 많은 얘기를 해주셨습니다." 카리나 공주가 강연을 시작했다. 이상하게도 강당에 있는 학생들 한 명 한 명과 눈을 맞추는 것처럼 보였다. 그웬이 그녀의 얼굴 바로 앞에서 플래시를 펑 터뜨려도 눈을 깜빡이거나 말을 더듬지도 않았다.

"어린 시절을 궁전에서 보낸 소녀가 어디든 다른 곳에 가보는 게 꿈이었다면 여러분은 믿지 않으시겠죠. 하지만 전 그랬답니다. 할머니께서는 이곳에서 보낸 시간을 무척 그리워하셨습니다. 친구들과 공부하던 시절을 가슴 깊이 간직하고 계셨죠. 그래서 당연히 언젠가 로즈우드 여학교에 와서 그 분위기를 직접 느껴보는 것이제 꿈이 되어버렸답니다. 그리고 이제 저는 꿈을 이뤘습니다. 와보니 정말 제가 상상한 모습 그대로입니다."

나는 어이없다는 듯이 엘리자베스를 보며 눈알을 굴렸다.

"여러분을 보니 할머니가 그토록 사랑하셨던 것이 뭔지 알 것 같습니다. 그것은 바로 자매애, 배움에 대한 열정, 밝은 미래에 대한 믿음이었습니다."

그녀는 거부감이 일 정도로 예쁜 미소를 잃지 않았다.

"바로 여러분이 미래이고, 우리 모두가 미래라는 걸 기억하시기 바랍니다. 그리고 저는 여러분 모두와 함께 미래를 일궈나가기를 고대하고 있습니다."

"정말 못 들어주겠네." 내가 참을 수 없어 한마디 했다.

"감사합니다. 신의 축복이 있길 바랍니다."

카리나 공주가 연설을 마치고 손을 흔들었다. 강당은 한 번 더 환호성으로 터질 듯했고, 그 와중에 내 옆에 있는 애가 별안간 일어서며 팔꿈치로 내 팔을 머리 위까지 쳐올렸다……. 결국 큰 컵에 든 커피는 마지막 한 방울까지 내 웃옷에 쏟아지고 말았다.

"악!" 내가 소리를 질렀지만 주위의 환호성에 묻혀 들리지도 않았다.

"어머, 어떡해! 괜찮니?" 엘리자베스가 일어서며 물었다.

푹 젖어버린 몸에서 손을 떼는데 나도 모르게 눈물이 가득 고였다. 따뜻한 액체가 웃옷을 적시고 브래지어를 적시고 살갗에 닿는 것이 느껴졌다.

난 끝장이야. 내 뇌에서 그 말만이 반복 재생되었다. 집안을 책임지는 근로 소녀의 이미지가 머릿속에서 휙 튀어나와 창밖으로 사라졌다. 난 끝장이야, 난 끝장이야, 난 끝장이야.

연설을 마친 카리나 공주가 자신을 사모하는 팬들에게 입으로는 '감사합니다'라는 말을 시늉하며 손을 흔들고 계속 고개를 까딱이는 동안 나는 절망의 눈물을 쏟으며 강당 밖으로 뛰쳐나갔다.

Chapter 6

"연설문을 읽다 보면 정말 어이없을 때가 한두 번이 아니야."

잉그리드와 함께 화장실이라는 둘만의 성소에 들어오자마자 내가 불쑥 불만을 터뜨렸다.

"우리가 미래라고? 누가 그런 말을 하니?"

"네가 했잖아." 잉그리드가 놀리는 눈빛으로 말했다.

"나 정말 감동받았어."

나는 한숨을 쉬며 내 핸드백을 우중충한 색의 나무 받침대에 올려놓았다. 그리고 그 안에서 콤팩트 파우더를 꺼내 얼굴을 두드리기 시작했다. 왜 내가 직접 연설문을 작성해서 내가 하고 싶은 말을 하면 안 되는 거야?

다른 사람들이 시키는 일만 하는 데 정말 넌덜머리가 났다. 미국에 있는 동안 참석해야 할 이런 공식적인 자리는 수도 없이 남아 있다. 벌써 지겨워 환장할 지경이다.

"뭐야, 여긴 온도가 4천 도쯤 되는 거 같은데?" 겨드랑이와 이마의 땀을 찍어내며 내가 말했다. “에어컨이라도 좀 틀어줄 것이지.”

“카리나, 너 오늘 유난히 까다롭게 군다.” 잉그리드가 벽에 기대며 물었다. “대체 무슨 일이야?”

나는 화장붓을 가방에 툭 던져넣으며 한숨을 푹 내쉬었다.

“무슨 일이냐 하면, 지금 이 쥐꼬리만한 시간이 이 여행에서 처음으로 우리가 킬조이 감시 없이 얻은 자유시간이라는 거야. 그것도 웨더스인가 뭔가 하는 교장이 이야기가 길어져서 겨우 얻은 시간이잖아. 이번 친선여행은 정말 대실망이야. 오늘 아침에 알게 된 소식 하나 더 말해줄까? 대사관 연회하고 토드머핀 콘서트가 똑같은 날 밤에 열린다는 거야. 내가 연회에 어떻게 빠지느냐 말이야.”

“그러게, 킬조이는 네가 없으면 금방 알아차릴 텐데.”

잉그리드가 안됐다는 얼굴로 나를 쳐다봤다.

눈물이 날 정도로 울적해진 나는 다시 한숨이 나왔다. 이런 기분에 끌려가지 말아야 한다. 침착해야 한다. 나는 스트레스를 받으면 온몸에 두드러기가 나는데 거기에 땀까지 흘리면 사진이 완전히 엉망으로 나오기 때문이다.

“그냥 포기해야겠어.” 잉그리드에게 그렇게 말하는 순간 속이 메슥거렸다. “지금으로선 콘서트에 갈 방법이 없잖아.”

잉그리드가 담배연기를 뿜어내더니 거울에 비친 내 얼굴을 쳐다봤다.

잉그리드의 눈빛이 무엇을 의미하는지를 깨달은 나는 절망감에 울음이 터질 것 같았다. 그녀도 달리 도리가 없다고 생각한 것이다. 잉그리드가 포기했다면 그건 내가 도저히 어쩔 수 없는 상황이라는 뜻이었다. 너무 억울했다. 엄마 없이 하는 첫 여행인데도 여전히 내가 하고 싶은 일은 하나도 못 한다니. 콘서트가 열리는 날 리빗은 이런 사정도 모르고 내내 나를 기다리겠지. 아, 때로는 사는 게 너무 서글프다.

그런데 우리 뒤에서 갑자기 화장지 부스럭거리는 소리가 났다. 나는 심장이 멎는 듯했다. 거울을 통해 화장실 칸막이 문들을 살펴보니 그중 하나가 닫혀 있었다. 나는 보안요원들이 점검하지 않은 공중화장실을 한 번도 써보지 않았기 때문에 우리 말고 다른 사람이 있으리라고는 생각지도 못했다. 잉그리드가 내게 움직이지 말라는 눈짓을 보내고는 천천히 몸을 숙여 문 아래 틈으로 안을 들여다보았다.

"어, 거기요……. 왕족의 대화를 엿듣는 건 연방법 위반이란 거 아세요?" 나를 향해 심술궂게 웃으며 잉그리드가 말했다.

문이 홱 열리더니 이 학교의 학생 한 명이 나왔다. 정말 그렇게 불쌍한 모습은 처음 봤다. 키는 나와 비슷하고 머리는 밤색이었는데, 얼굴에는 마스카라가 번져 있었고 블라우스 앞쪽은 온통 갈색 얼룩이었다. 그 모습을 보니 스티븐 킹 영화의 마지막 장면에서 돼지 피를 뒤집어쓴 캐리가 떠올랐다. 뭐, 그 정도는 아니었지만 어쨌든 제일 먼저 떠오른 장면은 그거였다.

"막 나가려던 참이었어요."

그 여학생이 코를 훌쩍이며 당당하게 말했다.

그녀는 화장지 뭉치를 휴지통에 넣고 나를 쏘아봤다.

"온도가 안 맞았다니 정말 유감이네요, 공주님."

이 말을 내뱉은 그녀는 나를 휙 스쳐 지나갔다. 그 짧은 순간 나는 할 말을 잃었다. 잉그리드 말고 내게 그렇게 노골적으로 비아냥거린 사람은 한 명도 없었다. 그 당돌한 여학생을 증오해야 할지 존경해야 할지 혼란스러워졌다.

"이름이 어떻게 되죠?"

잉그리드가 그 학생을 위아래로 훑어보며 물었다.

나는 놀라서 잉그리드를 쳐다봤다. 그 표정을 보면 머릿속에서 뭔가가 떠올랐다는 뜻인데 그게 뭔지 나로서는 짐작이 가지 않았다. 미안하다는 의미로 화장품이라도 줄 심산인가? 내 가방에는 여분의 화장품이 없는데.

"뭐라고요!" 그 여학생이 불쾌감을 드러냈다.

"희한한 이름이군요." 잉그리드가 실실 웃으며 말했다. 그러고는 담배꽁초를 양철 휴지통 뚜껑에 비벼껐다. "음, 저는 자칭 21세기 최고의 범죄 조직가랍니다."

"대체 무슨 소리예요?" 그러더니 나를 돌아봤다.

"이 사람은 뭔가요, 괴짜 공주님?"

"난 잉그리드라고 해." 잉그리드가 그 학생에게 손을 내밀었다.

"난 줄리아." 그 학생이 대답했지만 여전히 우리를 정신병원에서 막 뛰쳐나온 환자 보듯 했다. 악수는 하지 않고 오히려 한두 걸음 물러섰다.

“만나서 반가워, 줄리아.” 잉그리드가 말했다. “이쪽은 카리나 공주. 이미 알고 있겠지?”

“반가워.” 나는 고개를 끄덕이며 인사했다. 그러고는 잉그리드를 쏘아봤다. 저 속 시커먼 애는 뭔 생각을 하고 있는 거야?

“있잖아, 보니까 두 사람이 무척 닮았어.” 잉그리드가 턱을 짚은 채 줄리아 주위를 돌다가 내 주위를 돌다가 했다.

나는 억지로 웃음을 참았다. 그 학생은 일단 샤워부터 해야 될 것 같았고 옷을 고르는 안목도 키워야 할 것 같았다.

“그렇지 않아, 잉그리드.” 나는 핸드백 지퍼를 잠그며 말했다.

“난 가봐야 돼.” 줄리아가 말했다.

“잠깐만!” 잉그리드가 줄리아를 막아섰다.

“줄리아, 잠깐만……. 내 말대로 해줘. 이리 와서 카리나 공주랑 나란히 서볼래? 부탁이야.”

“잉그리드, 도대체 왜 그러는 거야.” 나는 참지 못하고 언성을 높였다. “나도 빨리 나가봐야 해.”

“우리가 바인랜드에서 출발할 때부터 계속 고민했던 문제 있잖아.” 잉그리드가 나를 의미심장한 눈빛으로 쳐다봤다. “해결책을 찾은 것 같아.”

나는 어이가 없어 얼굴을 찡그렸다. 이 애가 어떻게 내가 사랑하는 사람을 만나게 해준단 말인가?

"별로 좋은 일 같진 않은데." 줄리아가 한마디 던졌다.

"그러지 말고, 너도 궁금하잖아." 잉그리드가 재촉했다. "내가 바라는 건 줄리아 네가 카리나 옆에 서주는 것뿐이야. 카리나한테서 병 옮을 일은 없으니까."

줄리아는 나를 보고 한숨을 쉬더니 터덜터덜 걸어와 내 왼쪽에 섰다. 우리는 거울에 비친 상대방을 쳐다봤다. 줄리아는 짜증난 표정이었고 나는 회의적인 표정이었다. 우리 눈은 모양이 닮았고 색깔이 같았고 키도 비슷했다. 하지만 다른 건 글쎄…….

"좋아. 이제 변화될 모습을 나랑 함께 생각해보자." 잉그리드가 줄리아 주위를 서성거리며 말했다. "화장을 좀더 하고, 부분염색을 하고, 여드름 크림을 좀 바르는 거야. 그 다음에 끝이 갈라진 머리를 쳐내고 구부정한 자세를 고치고 일자눈썹을 좀 손보면 돼. 그럼 짜잔! 두 사람은 쌍둥이가 되는 거지."

그 말에 줄리아는 혐오스러운 표정으로 쏘아붙였다. "너희들은 미국사람들을 맘대로 놀려먹으려고 바인랜드에서 온 거니?"

"그게 아니라 난……."

하지만 줄리아는 잉그리드를 밀치고는 묵직한 화장실 문을 바깥벽에 쾅 부딪칠 정도로 거칠게 밀고 나가버렸다. 그렇게 발끈 하는 성미. 낯설지 않은 모습이었다.

"잠깐만!" 잉그리드가 밖에 대고 소리쳤다. "놀리려는 게 아니었어! 그냥 조금만 손보면……."

잉그리드는 줄리아를 복도까지 따라나갔다 와서 내 표정을 보더니 한숨을 쉬었다. 난 그때까지도 잉그리드가 무슨 생각을 하고 있는지 몰랐지만, 그게 뭐든 줄리아가 고분고분 협조하지 않으리라는 것은 분명해 보였다.

그게 나로선 다행한 일이었다. 그녀는 분명히 내게 적대적이었고 절대 남의 비위 맞추는 법은 모르는 사람 같았으니까.

뭐 어쨌든 지금은 잠깐이라도 내 시간을…….

"카리나 공주님?" 프뢰켄 킬로이의 목소리가 총알처럼 침묵을 깨뜨렸다. 그녀는 화장실 문을 밀고 들어와 킁킁거렸다.

"두 사람, 여기서 담배 피웠어요?" 경악한 그녀의 입이 벌어지자 늘어진 턱살이 추하게 흔들렸다.

내 개인시간이란 게 이 정도지 뭐.

chapter 7

그날 오후 학교에서 돌아오면서 나는 자전거가 부서져라 페달을 밟았다. 그날은 일진이 엉망이었다. 전자레인지에서 토마토를 터트려 아파트 전체를 정전시키고, 상해버린 우유를 들고 온 화난 사람들이 15개 국어로 항의하며 우리집 문을 두드리던 날만큼이나 가관이었다. 하지만 오늘 일은 그보다 더했다.

나는 원래 아르바이트 면접시간 때까지 도서관에서 생물시험 준비를 할 생각이었다. 하지만 결국은 집에 가서 샤워를 하고 정장에 가까운 옷을 찾아야 했고 5시까지 〈테이크 파이브〉 조명회사에 도착해야 했다. 게다가 거기 도착해서는 침착하고 당당하고 열정적이고 행복해 보여야 했다.

어쩌면 카리나 공주와 조금 더 이야기를 해봐야 했는지도 모른다. 그러면 그녀가 몇 가지 조언을 해주지 않았을까.

아냐, 그 꼴을 또 보라고? 웩! 그 두 사람 생각을 하니 페달 밟은 발에 더 힘이 들어갔다. 어디서 나를 그런 식으로 놀리고 있어. 뻔뻔하게. 게다가 둘 다 이중인격자야. 카리나라는 여자는 우리에게 한 연설 내용을 자기도 비웃었잖아. 학생들은 그 연설에 감명을 받았다면서 한마디도 안 놓치고 외우려고 하는데 말이야.

앞으로 다시는 공주 같은 것들 안 보고 산다면 행복하겠다.

"줄리아! 줄리아!"

내 이름이 들리자 나는 속도를 줄였다. 그러자 갑자기 뜨거운 것에 덴 듯이 허벅지에 통증이 왔다. 자전거를 멈추자 바람도 느껴지지 않아 얼굴이 후끈 달아올랐다. 한참 아드레날린이 분비되고 있는데 대체 누가 방해하는 거야?

"여기야!"

길 건너편을 봤더니 잉그리드가 아닌가. 그녀는 미끈한 검은색 리무진 안에서 손을 흔들고 있었다. 몸을 거의 다 창밖으로 내민 채 만면에 희색을 띠고 있었다.

나는 기가 막혀서 눈알을 굴리고는 다시 페달을 밟았다. 저 애 어떻게 된 거 아냐? 바인랜드의 국왕이랑 왕비는 자기 딸이 저런 또라이와 어울려 다니는 걸 알고나 있는 거야?

갑자기 차가 끼익하며 급정거하는 소리가 났고 이어서 화난 듯한 경적 소리가 사방에서 들려왔다. 갑자기 멈춘 나도 거의 땅바닥에 곤두박질 칠 뻔했다. 그 리무진은 4차선 도로에서 무작정 불법 유턴을 하더니 내 옆에 와서 멈췄다. 차 문이 벌컥 열리고 잉그리드가 밖에 몸을 내밀자 차 안의 시원한 공기가 다리를 식혀줬다.

"타, 얼른." 잉그리드가 말했다.

"너 정말 미쳤니?" 나는 숨을 고르며 쏘아붙였다. "그러다 죽어! 너희 운전기사는 제정신이니?"

"아, 빌은 우리가 시키는 일은 뭐든 다 해. 돈만 많이 주면." 잉그리드가 어깨를 으쓱하며 대답했다. "우린 이 차로 라스베이거스까지 갈 건데, 같이 갈래?"

정말 정상이 아니었다. "싫어." 나는 다시 페달에 발을 올려놓으며 말했다.

"줄리아, 사실은, 우리가 한 가지 제안할 게 있는데 아마 줄리아도 좋아할 거야."

나는 잉그리드의 얼굴을 유심히 보며 잠깐 서 있었다. 솔직히 호기심이 생겼다.

대체 바인랜드의 공주하고 또라이 친구가 나한테 원하는 게 뭘까?

"우리가…… 집까지 태워다 줄게." 잉그리드가 알랑거렸다.

나는 내 앞에 몇 킬로미터나 죽 뻗어 있는 후끈한 도로를 바라봤다. 그리고 차에서 나온 한 줄기 바람으로도 내 발목이 기분 좋게 시원해졌다는 걸 떠올렸다. 게다가 나는 한 번도 리무진을 타본 적이 없으니…….

"좋아." 나는 결국 오른쪽 다리로 반원을 그리며 자전거에서 내렸다.

"하지만 곧바로 집으로 가야 돼."

"물론이지." 잉그리드가 신나서 대답했다. "빌, 줄리아 자전거를 뒤에 실어줘요."

키가 크고 턱이 사각인 남자가 운전석 문으로 내리더니 나한테서 자전거를 가볍게 빼갔다.

운전기사가 내 자전거를 커다란 트렁크로 옮기는 동안, 나는 몸을 굽혀 리무진으로 들어가 벨벳 천이 씌워진 좌석에 푹 파묻혔다. 나랑 반대편에 앉은 카리나 공주는 발목 부분에서 비스듬히 다리를 엇갈려 앉았고 두 손은 무릎 근처에 포개고 있었다. 스타킹은 진짜 실크로 만들었는지 희미하게 빛났다. 나도 카리나 공주처럼 발목 부근을 엇갈려 앉았다. 허벅지 근처의 스타킹이 닳아 뭉쳐 있는 걸 가리기 위해서였다.

잉그리드가 차 문을 쾅 닫고 내 옆에 다시 앉더니 카리나 공주에게 물었다. "카리나, 네가 얘기할래, 내가 얘기할까?"

"내가 할게." 카리나 공주는 운전기사가 자리에 앉는 동안 나를 힐끗 보며 대답했다. 그렇게 쳐다보니 내가 무척 왜소하게 느껴졌다.

"하지만 그것보다 나 배고파. 뭐 좀 먹자. 빌, 난 초밥이 먹고 싶어 죽겠어요."

"좋은 레스토랑을 알고 있습니다." 빌이 말하며 시동을 걸었다. 그러고 나서 전화기를 들고 번호를 누르기 시작했다. 리무진이 출발하자 갑자기 속이 메슥거렸다. "근데 난 집에 가봐야 돼." 내가 시계를 보며 말했다. "5시에 아르바이트 면접이 있거든."

"정말? 아르바이트를 한다고?" 잉그리드가 짐짓 놀란 듯 얼굴을 찡그렸다. 그 애가 해본 힘든 일이라곤 복부운동밖에 없을 것이다. "걱정 마. 우리가 거기까지 데려다줄게."

어느새 차는 월셔 대로로 들어서고 있었고 차 안에서는 한 번도 들어보지 못한 펑크 음악이 흘러나오고 있었다. 나는 납치당한 듯한 기분으로 창밖을 바라보고 있는데 카리나 공주와 잉그리드는 웃으며 노래를 따라불렀다. 이 사람들은 내가 한 말을 귓등으로 들은 거야? 난 시간이 없다니까! 저 인간들에게는 다른 사람들 일이 자기네 손톱손질 정도로밖에 안 보이는 모양이지?

리무진은 아사쿠마라는 레스토랑 앞에 멈춰섰다. 엘리자베스네 식구들이 금요일 저녁마다 들러서 초밥을 사가는 고급 일식집이었다. 한번은 엘리자베스네 집 저녁식사에 초대받아 가봤는데 그 진수성찬에 입이 쩍 벌어졌다. 하지만 그 일식 레스토랑은 처음이었다. 빌이 문을 열어주자 잉그리드와 카리나 공주는 리무진에서 내렸는데 나는 얼룩 묻은 내 옷을 내려다보며 주저하고 있었다.

"앗, 그런 차림으로 들어갈 순 없지." 카리나 공주의 말에 얼굴이 화끈 달아올랐다. "빌, 트렁크 좀 열어요."

운전기사가 트렁크를 여는 동안 나는 이를 앙다물었다. 부탁조가 아니라 도도하게 지시하는 카리나 공주의 말투가 내게는 낯설고 귀에 거슬렸다.

"잠깐만 기다려봐. 우리가 오늘 오전에 쇼핑을 좀 했거든." 이 말을 던지고 카리나 공주가 차 뒤쪽으로 사라졌다. 그러고는 잠시 후에 하늘색 스웨터를 내게 던져줬다. "이거 입어."

기분이 나빠서 뭐라고 따지려고 하는데 손에 옷감이 만져졌다. 생전 처음 느껴보는 보드라운 감촉, 그것은 캐시미어였다. 틀림없었다.

"내가 어떻게 이걸……."

"괜찮아. 두 개 샀으니까." 카리나 공주가 재깍 대답했다.

곧이어 차 문이 쾅 닫히더니 나만 남겨졌다. 품질표시 꼬리표를 봤더니 분명히 100퍼센트 캐시미어였다. 아직도 붙어 있는 가격표에 의하면 그 옷은 500달러짜리였다. 나는 숨이 헉 멎는 것 같았다. 이 옷값이면 우리집 집세를 낼 수도 있었다. 떨리는 손으로 내 더러워진 블라우스를 벗어 가방에 넣은 다음 그 보드라운 스웨터에 머리를 집어넣었다. 10억짜리 천으로 내 몸을 감싸는 것 같았다. 아니 그보다 더 황홀했다. 나는 가격표를 안으로 집어넣고 차에서 내렸다.

"이제 좀 볼 만하네." 잉그리드가 말했다.

나는 그녀를 쏘아봤다.

"아니…… 너무 예쁘다고." 잉그리드가 얼른 고쳐 말했다.

우리가 레스토랑으로 걸어가는 동안 양복 차림의 지배인이 만면에 웃음을 띠고 걸어나와 손을 내밀었다.

"카리나 공주님, 모시게 되어 영광입니다!"

카리나 공주는 자기 손을 그의 손 위에 올리고 잠깐 잡아주었다.

"운전기사가 미리 전화해서 별실을 부탁하더군요. 다행히 적당한 방이 비어 있습니다. 이쪽으로 오시죠."

"고마워요." 카리가 공주가 대답했다.

우리는 그 지배인을 따라 정장이나 명품 청바지를 입은 사람들이 늦은 점심을 먹고 있는 홀을 지나갔다.

휴대전화 울리는 소리, 젓가락이 접시에 닿는 소리, 나직나직하게 이야기하는 소리가 적당히 섞여 있었다.

지배인이 뒤쪽 구석에 있는 어떤 문을 열자 일본풍의 족자가 걸려 있고, 밤색과 진홍색의 폭신한 벨벳 방석으로 꾸며진 방이 나타났다. 카리나 공주가 신발을 벗고 좌식 식탁의 상석에 앉자 잉그리드와 나도 따라 앉았다.

"제 친구가 바쁘니까 메뉴판 좀 빨리 갖다줘요." 카리나 공주가 지배인에게 말했다. 그리고 자기 앞에 놓인 컵을 보더니 얼굴을 찡그리며 그에게 내밀었다. 내가 보기에는 아무렇지도 않은 컵이었다. "새로 씻은 컵을 갖다주세요." 그녀는 오만한 말투로 지시했다. "깨끗한 걸로요."

"네, 그러죠." 지배인이 대답했다. "죄송합니다."

이번에도 카리나 공주는 부탁하는 투가 아니었다. 우리 엄마가 보면 분명히 이 공주는 왕실이 아니라 마구간에서 자랐다고 했을 것이다.

"자, 이제 우리가 제안할 게 뭔지 말해야겠지?" 카리나 공주가 내게 몸을 돌리며 말했다. "앞으로 내 감시견 프뢰켄 없이 밖에서 밥을 먹는 일은 없을 거야. 다행히 프뢰켄이 줄리아네 학교에서 몇 가지 서류를 작성해야 해서 지금은 우리만 나온 거지. 그러니 우리가 계약을 하려면 지금밖에 기회가 없어."

"으응." 내가 대답했다. 계약이라니, 무슨 말이야? 감시견 프뢰켄은 또 뭐고? 종업원이 메뉴판과 만두가 놓인 접시 세 개를 가지고 들어와 식탁에 놓아주었다. "주방장님이 특별히 드리는 애피타이저입니다." 그는 카리나 공주 옆에 깨끗한 물잔을 놓아주고 목례를 하더니 재빨리 자리를 떴다. 카리나 공주와 잉그리드는 그를 거들떠보지도 않고 곧장 먹기 시작했다. 나는 돈이 넘치는 사람에게 왜 레스토랑에서 공짜 음식을 대접하는지 이해가 안 됐다. 정부지원금을 긁어모아야 겨우 패스트푸드나 치즈를 먹을 수 있는 가난한 사람들은 제쳐놓고 말이다.

"좀 먹어봐." 잉그리드가 권했다.

"갑자기 허기가 사라졌어." 내가 말했다. "그래, 계약이란 게 뭔데? 지금 난 가볼 데가 있어서 말이야."

카리나 공주가 오물거리던 것을 삼키더니 물을 마시고 얘기를 시작했다.

"난 줄리아 네가 하루 동안만 내 역할을 해줬으면 해. 그래야 내가 콘서트에 갈 수 있거든. 말하자면 영화 〈데이브〉처럼 말이야."

나는 도대체 무슨 소리를 하는지 감을 잡을 수가 없었다.

"내가 생각한 거야." 잉그리드가 자랑스럽게 말했다.

내가 카리나 공주와 잉그리드를 번갈아 쳐다보는 동안 침묵이 흘렀고 결국 나는 웃음을 터뜨리고 말았다. 그러고는 내 물잔으로 손을 뻗으며 말했다.

"두 사람, 제정신이 아니구나!"

"우리 장난하는 거 아냐." 카리나 공주가 짤막하게 대답했다. "난 그 콘서트에 꼭 가야 돼."

"그럼 가면 되잖아. 공주님이 간다는데 누가 막겠어?" 내가 지금까지 본 바로는 이 공주는 하고 싶은 건 뭐든지 할 수 있었다.

"모두! 내가 가는 걸 모두가 막고 있단 말이야!"

그녀가 어린아이가 떼를 쓰듯 소리를 질렀다.

그녀가 정말로 화났다는 것이 분명해지자 나는 다시 웃을 수가 없었다.

"내 말 들어봐, 줄리아." 잉그리드가 나서서 설명했다. "토드머핀 콘서트는 이번 주 토요일에 열리고 카리나는 거기서 록가수를 만나기로 했어. 하지만 카리나 부모님은 그날 오후에 병원에 들렀다가 저녁때 대사관 만찬에 참석하라고 하셨거든. 우리는 네가 24시간만 카리나 역할을 해달라고 부탁하는 거야."

"아하, 그런 거군. 누가 이런 일을 시켰는데?"

"누가 시킨 게 아니야. 하늘에 대고 맹세해."

잉그리드가 재빨리 대답했다.

이제 나까지 정신이 이상해질 것 같았다. 두 사람은 말도 안 되는 일을 제안하고 있었다. 우선, 카리나 공주와 내가 조금 닮은 구석이 있다 치자. 그렇지만 사람들은 금세 알아차릴 텐데 내가 어떻게 카리나 공주 노릇을 하느냔 말이다. 게다가 나는 못 말리게 덜렁댄다. 내 옷에 커피를 엎지르지 않은 날이 하루도 없을 정도로 말이다. 대사관 만찬에 뭘 입고 무슨 말을 해야 하는지는 둘째치고, 대체 대사관 만찬이 뭐 하는 건지도 나는 전혀 모른다. 그리고 내가 거기서 춤까지 춘다고? 말도 안 된다. 5초도 안 돼 들통날 것이다.

"사람을 잘못 고른 것 같다." 나는 일어서며 말했다.

무릎이 후들거렸다. 겨우 하루 동안 공주 역할을 한다는 아이디어는 말도 안 되는 헛소리였다. 그런 일은 일어날 수가 없었다. 내가 한다 해도 망신만 사고 말 것이다. 겨우 일어선 나는 내 가방을 들었다. 이런 해괴한 작전은 전혀 내 취향이 아니었다.

"사례금 줄게." 잉그리드가 외쳤다.

나는 멈칫했다. "왜 돈을 주면 내 마음이 바뀔 거라고 생각하지?"

"사례금 얘기를 할 때 네가 멈칫한 걸 보면 알 수 있지." 잉그리드가 대답했다. 온몸이 확 달아올랐지만 나는 자존심을 억누르고 잉그리드를 돌아보며 물었다.

"사례금이라면 얼마나……."

"만 달러." 카리나 공주가 기다렸다는 듯이 대답했다.

"현금으로 줄게."

나는 바닥에 털썩 주저앉았다. 다리에 힘이 빠져서 서 있을 수가 없었다. 만 달러라고? 장난하는 거 아냐? 그 돈이 엄마랑 내게 얼마나 큰돈인지 알기나 할까?

“생각해봐.” 잉그리드가 내게 몸을 기울이며 말했다. “넌 하루 동안 공주가 되는 거야. 우리가 화장도 해줄 거고 넌 카리나 옷도 모두 입어보는 거야. 그런 건 나도 못해 봤어!”

나는 그녀의 말이 귀에 들어오지 않았다. 만 달러, 만 달러, 만 달러. 내 머릿속에서 계산기가 척척 작동됐다. 그 돈이면 1년 동안 집세 걱정은 안 해도 된다. 엄마가 일하는 시간도 줄일 수 있다. 그리고 나는…….

나는 점점 꼴 보기 싫은 공주와 그녀의 짝패인 오만불손한 여자애의 꼬임에 빠져들고 있었다. 내가 그렇게 만만한 목표물이었던가? 돈만 주면…… 뭐든지 할 것처럼 내가 궁핍해 보였단 말인가?

자기 부모에게 반항하는 한심한 부자 아가씨 노릇을 해달라고? 안 되지.

나도 자존심은 있단 말이야.

“기가 막히네.” 느닷없이 일어나는 바람에 나는 휘청거렸다. “돈만 주면 무슨 일이든 다른 사람한테 시킬 수 있는 줄 아니?”

나는 카리나 공주를 노려봤다. 그러고는 내 가방을 다시 챙겨 들며 이죽거렸다. “가엾은 공주님, 세상에서 모든 걸 다 가졌으면서도 부족하군요. 안됐지만 만찬에 참석하셔야겠네요. 어이가 없어서 원! 이만 가봐야겠어.”

내가 돌아서려고 하자 잉그리드가 내 가방을 붙들고 옆 주머니에 명함을 찔러넣었다. “생각이 바뀌면 연락해.” 그녀는 아무렇지도 않은 얼굴로 웃고 있었다.

나는 투덜대며 방에서 나와 거리로 나섰다. 그리고 빌에게 내 자전거를 갖다달라고 최대한 공손하게 부탁했다. 모욕감 때문인지 분노 때문인지 뜨거운 눈물이 솟구쳤다. 만 달러. 내가 만 달러를 거절한 것이다.

그럼 내가 어떻게 해야 했는데? 그 애들에게는 정신 차리게 충고해줄 사람이 필요했어. 돈을 물 쓰듯 쓰더라도 자기들 뜻대로 안 되는 일이 있다고 말해줄 사람이 말이야.

그들이라도 자신이 원하는 걸 모두 가질 수는 없을 것이다. 특히 나는 살아 있는 한 카니라 공주나 잉그리드에게는 한푼도 받지 않을 작정이었다.

하지만 〈테이크 파이브〉 사무실까지 반도 가기 전에 나는 땀에 젖은 캐시미어 스웨터가 내 몸에 걸쳐져 있고 500달러라고 쓰인 가격표도 그대로 붙어 있다는 것을 깨달았다.

여기서 일하게 되면 월급을 받을 테니 걱정 안 해도 돼. 나는 〈테이크 파이브〉 사무실 밖에서 기다리며 생각했다. 그러니 그 애들이 주겠다는 황당한 돈은 필요 없다고. 하지만 솔직히 말해 〈테이크 파이브〉의 분위기를 보아하니 꼭 일하고 싶은 곳은 아니었다. 접수계원의 책상은 온갖 서류가 쌓여 있었고 주위에도 종이 상자들이 여기저기 널려 있었다. 상자들이 쌓인 곳 사이로 통로가 나 있었지만 몸을 돌려 비스듬히 걸어가기에도 비좁았다. 스탠드 옆의 낡은 오렌지색 소파에 앉아 있는데 죽은 화초도 보이고 바구니에서는 과일 같은 게 썩어가는 것 같았다. 냄새도 그다지 유쾌하지 않았다. 갑자기 맞은편 사무실 문이 열리더니 머리를 모두 빗어 넘긴 피곤해 보이는 남자가 고개를 내밀고 외쳤다.

"줄리아 존슨!"

나는 벌떡 일어나 사무실 안으로 들어갔다. 내가 들어가자마자 그는 문을 쾅 닫았다.

"앉아." 파일을 든 손으로 그가 손짓했지만 아무리 주변을 둘러봐도 의자라고는 보이지 않았다. 거기도 온통 상자뿐이었다. 할 수 없이 나는 내가 서 있다는 것을 그 남자가 눈치채지 못하기를 바라며 파일 캐비닛에 기대고 섰다. 그리고 면접에 합격하기를 기도했다. 꼭 그래야 했다.

그 남자가 책상을 앞에 두고 앉으며 말했다. "자, 우리 회사가 이번에 다른 지역에 더 넓은 사무실을 냈는데 그리 이사를 해야 돼. 그래서 파일들을 모두 재정리할 사람이 필요한데 힘 좀 들 거야."

"힘든 일도 괜찮습니다." 억지로 미소를 지으며 내가 대답했다.

"좋아. 그런 자세 마음에 들어."

그는 내 몸을 위아래로 훑어봤는데 소름이 끼칠 정도로 불쾌했다.

갑자기 그가 자기 이름도 말하지 않았고, 내가 여기 온 것을 아무도 모른다는 데 생각이 미쳤다. 나같이 똑똑한 학생이 이런 실수를 저지르다니.

"그런데, 처음 몇 주는 근무시간이 좀 길 거야." 서류를 이리저리 뒤섞으며 그가 말했다. "괜찮겠나?"

나는 불안함을 억누르며 미소를 유지하려 기를 썼다.

"얼마나 오래요?"

"뭐, 주중에는 10시나 10시 반에는 퇴근할 수 있겠지."

그가 아무렇지도 않게 대답했다.

"10시…… 반이라고요?" 장난하는 거야? 내가 고등학생이란 거 모르겠어? 공부는 언제 하란 말이야. 게다가 밤 10시 반에 LA 시내에서 자전거를 어떻게 타고 가냐고. 엄마가 기절할 거다.

"음…… 그건…… 시간을 좀 조절할 수 없을까요?"

심장 뛰는 소리가 들리기 시작했다.

그는 서류를 책상에 탁 내려놓더니 쥐새끼 같은 눈으로 나를 노려봤다.

"일을 하겠다는 거야, 말겠다는 거야!"

그 순간, 나는 아무 생각도 나지 않았다.

집에 도착했을 때는 기진맥진한 상태였다. 나는 자전거를 계단 맨 아래쪽 난간에 매두고 계단을 터벅터벅 걸어 올라갔다. 머릿속에는 내가 좋아하는 잠옷으로 갈아입고 침대에 뛰어들어 오늘 있었던 불쾌한 일들을 모두 잊어버리자는 생각뿐이었다. 현관문을 열고 내 방으로 곧장 가려는데 부엌에서 이상한 소리가 들려왔다. 잠시 복도에 멈춰선 나는 그 소리의 정체를 깨닫고 심장이 쿵 내려앉는 걸 느꼈다.

엄마가 울고 있었던 것이다. 잠깐 망설이는 사이 내 위장은 점점 조여들어 딱딱한 돌멩이가 된 듯했다. 엄마는 쉽게 무너지는 사람은 아니었지만 한번 무너지면 속수무책이었다. 나는 숨을 멈추고 부엌 쪽으로 걸어갔다.

엄마는 종업원 복장 차림으로 식탁에 앉아 엄지손톱을 물어뜯으며 퀭한 눈으로 허공을 응시하고 있었다. 얼굴은 눈물로 얼룩져 있었고 한 손에는 구겨진 화장지가 들려 있었다. 데스퍼릿은 엄마의 발을 감고 앉아 스타킹을 할퀴며 구슬프게 울고 있었다. 그렇게 해봤자 자기에게 밥을 줄 사람은 없다는 것을 알 텐데 말이다.

“엄마.” 내 목소리가 기어들어갔다. “무슨 일이에요?”

놀란 얼굴로 나를 쳐다본 엄마는 코를 훌쩍이며 손으로 얼굴을 훔쳤다.

“어서 와, 우리 딸.” 엄마가 억지로 웃으며 말했다.

“학교에선 잘 지냈니?”

“알게 뭐예요.” 엄마 맞은편에 앉으며 내가 대답했다.

“무슨 일 있어요?”

엄마는 한숨을 쉬며 뭔가를 들어 올렸는데, 보니 빳빳한 흰색 봉투였다. 엄마는 손끝으로 그것을 눌러서 내게 밀었다. 안 봐도 뭔지 알 것 같았다.

“너도 읽어보는 게 나을 것 같아서.” 엄마가 말하고 고개를 떨어뜨렸다. “정말 미안하구나.”

쥐어짜듯 위가 아파왔다. 봉투를 열어 안에 든 편지를 꺼내 읽어봤다. 역시, 퇴거통지서였다. 밀린 월세와 다음달 월세를 2주 안에 완납하지 않으면 집을 비우라는 내용이었다.

"엄마." 나는 일어나서 엄마 옆으로 가서 앉았다.

"제가 죄송해요."

엄마는 두 손으로 내 손을 꼭 쥐었다. 나를 바라보는 엄마 눈은 붓고 충혈되어 있었다.

"어떻게 독촉장 한 번 안 보내고 우리를 내쫓을 수가 있니? 이럴 수는 없는 거다."

순간 무거운 죄책감이 나를 내리눌렀다. 나는 엄마가 걱정할까 봐 그 독촉장들을 숨겨왔는데, 그것이 상황을 더 악화시킨 것이다. 내 잘못이었다.

데스퍼릿이 다시 야옹, 하고 울더니 곧이어 내 발목을 가만히 물었다. 녀석은 자기가 다시 거리로 내쫓길 거라는 걸 본능적으로 아는 듯했다. 애초에 왜 이런 한심한 사람들에게 몸을 의탁했던가, 후회하고 있는지도 몰랐다.

"오늘 저녁에 복권도 샀는데." 앞치마 주머니에서 구겨진 복권을 꺼낸 엄마는 허망한 웃음을 터뜨렸다. "세상에, 이것도 꽝이지 뭐냐."

나는 웃으며 엄마한테서 복권을 빼내 둥글게 말아 쥐었다.

"줄리아, 우리 이제 어떡하니. 내가 엄마니까 어떻게든 내가……."

"무슨 수가 나겠죠. 괜찮을 거예요, 엄마. 제 말을 믿으세요."

엄마가 미소를 짓더니 나를 와락 껴안았다. "네가 얼마나 사랑스러운지 내가 얘기했니?"

"날마다요." 웃음 반 눈물 반으로 내가 대답했다.

포옹을 푼 나는 방에 가서 대책을 찾아봐야겠다고 생각하고 있었는데 엄마가 미간을 찡그렸다.

"줄리아, 그 스웨터 어디서 났니?"

나는 움찔했다. "어…… 이거요? 친구한테 빌린 거예요."

"정말 예쁘다." 엄마가 내 팔을 쓰다듬으며 부러운 듯이 쳐다봤다. "너라도 학교에서 그런 애들과 어울릴 수 있으니 다행이다. 네 친구들은 정말 부자잖니."

오늘 만난 '친구'들은 얼마나 내게 부자티를 냈는지 엄마는 상상도 못했을 것이다. 가방을 집어들다 옆 주머니에 꽂힌 명함을 본 나는 마음의 동요로 몸이 떨렸다. 나는 명함을 꺼내 뒷면에 적힌 전화번호를 뚫어지게 쳐다봤다.

그리고 내가 해야 할 일을 생각하며 힘겹게 침을 꿀꺽 삼켰다.

내 손에는 이미 당첨이 확정된 복권이 있었다. 이제 남은 일은 그것을 현금으로 바꾸는 일이었다.

chapter 8

다음날이었다. 문을 열자 카리나 공주가 서 있었다. 머리는 모두 올려 다저스팀 야구모자 안으로 집어넣었고 얼굴은 커다란 선글라스로 가렸다. 거기에 디젤 청바지와 얇은 흰색 티셔츠를 입고 버큰스톡 샌들을 신고 있었다. 어깨에는 불룩한 크로스백을 메고 있었다.

"오셨군요, 공주님." 내가 무덤덤하게 맞았다.

"안녕, 가난뱅이." 그녀의 인사말이었다.

나는 입을 굳게 다물고 문을 활짝 열었다. 거실로 걸어들어와 잠깐 멈춰선 그녀의 입이 저절로 벌어지는 것이 보였다. 자신이 사는 궁전과 하늘과 땅 차이인 우리집을 보고 놀란 거겠지. 나는 얼굴이 화끈 달아올랐다. 그리고 그녀가 뭔가 불쾌한 말을 던지기를 기다렸다. 하지만 그녀는 얼른 표정을 수습하고 모자와 선글라스를 벗었다.

"집…… 좋네." 그녀가 말했다.

"잉그리드는?" 문을 닫으며 내가 물었다.

그때 계단을 미친 듯이 뛰어오는 발소리가 쿵쿵쿵 들리더니 문이 벌컥 열렸다. 그 문에 팔을 부딪친 나는 몇 걸음 뒤로 밀려났다.

"어머, 미안!" 잉그리드가 숨을 헐떡이며 말했다. 그녀는 등에 배낭을 메고 있었다. "아래층 어떤 남자가 고양이를 사라고 하는데 꼭 쥐같이 생겼더라니까." 그렇게 말하는 그녀의 얼굴에는 혐오감도 있었지만 왠지 흥분한 기색도 보였다.

"그 고양이 별명이 땀투성이 루크야."

나는 잉그리드 뒤에서 문을 닫으며 가르쳐줬다.

"그거 안 만졌지?"

"어머, 당연하지."

잉그리드가 리넨 재킷을 벗으며 대답했다. "왜?"

"알 거 없어. 그런데, 두 사람은 어떻게 그…… 프뢰켄한테서 빠져나온 거야?"

잉그리드와 카리나 공주는 오래된 잡지가 잔뜩 쌓여 있는 커피테이블 주위를 서성거리다가 소파 가장자리에 자리를 잡고 앉았다. 카리나 공주는 무서운 짐승이라도 되는 듯 쿠션을 내려다보며 이리저리 자리를 바꿔 앉더니 결국은 아래에 스프링이 없는 지점에 앉았다.

"우리는 저녁에 자유시간이 세 시간 있거든. 보통은 그 시간에 빌이 문화재 관람을 시켜줘. 타르피츠 박물관, 로스앤젤레스 심포니, 게티 박물관 같은 데." 잉그리드가 대답했다.

"그럼 어떻게 우리집으로 오자고 했어?"

"그 사람은 돈만 주면 뭐든 한다니까."

"그렇군." 그러면서 이제 나도 그 사람과 똑같은 처지가 되었다는 자괴감을 억눌러야 했다.

그때 데스퍼릿이 부엌에서 걸어나오는 모습이 시야에 잡혔다. 녀석은 갑자기 훌쩍 뛰어올라 소파 등받이 위에 올라섰는데, 그 때문에 카리나 공주가 비명을 지르며 튕기듯 일어섰다.

"방금 뭐였어?" 그녀가 손을 가슴에 얹으며 울듯이 물었다.

"내 고양이야." 나는 웃으며 다가가 데스퍼릿을 안고 초라한 털을 사랑스럽게 쓰다듬었다. 카리나 공주의 기겁한 얼굴을 보니 내심 고소했다. "내 방으로 가자. 복도로 나가서 두 번째 방이야."

카리나 공주는 침을 꿀꺽 삼키고는 잉그리드를 따라 내 방으로 향했다. 오늘 일 때문에 방을 미리 치워두었다. 내 말소리가 안 들릴 만큼 두 사람이 멀어지자 나는 데스퍼릿을 안아 들고 눈을 맞추며 말했다. "잘했어." 녀석은 내 말을 알아들은 듯 그르렁거렸다.

"자, 시작해볼까." 잉그리드가 배낭을 내 침대 위에 털썩 내려놓으며 말했다. 하드커버로 된 책 여섯 권이 쏟아졌다. 책에서 나는 곰팡냄새가 후각을 자극하자 내 안에 있던 책벌레가 흥분했다. 나는 못 말리는 공부벌레다.

"줄리아, 이 책들을 공부해야 돼."

카리나 공주가 책을 반듯하게 쌓으며 말했다.

"연회에서 지켜야 될 품위 있는 몸가짐에 관한 건데 내용이 좀 많아. 그리고 바인랜드라는 나라에 대해서도 알아야 되니까 책에 있는 건 하나도 놓치지 말고 기억해야 돼."

"연회에 오는 사람들이 그런 것들을 묻는 거야?"

나는 침대에 앉아 두꺼운 책 한 권을 집어들며 물었다.

"그렇진 않아. 하지만 바인랜드의 연평균 강수량이 얼마나 자주 화제에 오르는지 알면 어이가 없을걸?" 카리나 공주가 눈알을 굴리며 말했다. "정말 내 주위에는 기절할 정도로 재미없는 사람들뿐이라니까."

나는 책 뒤쪽의 화보면을 펼쳤다. 바인랜드의 역대 왕과 왕비, 왕자, 공주들 초상화였다. 내가 보기에 지루할 것 같은 사람은 한 명도 없었다.

"이분이 줄리아 엄마야?" 카리나 공주가 내 책상에서 액자에 든 사진을 집어들며 물었다. 내가 열 살 때 디즈니랜드에서 찍은 사진이었는데 그것도 우연히 할인입장권이 생겨서 간 것이었다. 우리는 미키마우스와 사진을 찍으려고 거의 한 시간이나 줄을 섰지만 나한테는 즐거운 추억으로 남아 있었다.

"응. 귀가 큰 쥐 말고."

카리나 공주가 풋, 하고 웃었다.

"미인이셔."

"맞아."

"오늘 밤엔 어디 계시니?"

"일하셔. 이번 주는 계속 밤 근무고, 토요일에는 온종일 일하셔."

엄마가 특근이어서 다행인 것은 그 주에 내가 공주 행세하기가 좀더 쉽다는 것이고, 안 좋은 건 며칠 동안 엄마를 못 본다는 것이다. 그건 너무 싫었다.

"우리 아빠랑 비슷하네."

카리나 공주의 목소리에는 깊은 슬픔이 배어 있었다.

그러니? 하지만 네 아빠는 양복 차림으로 다른 나라 왕들과 조약에 서명하는 폼나는 일을 하는 거잖아. 우리 엄마는 종업원 복장으로 일하는 데다 밤에는 술 취한 사람들한테 엉덩이를 꼬집히기도 한다고. 나도 카리나 공주 못지않게 슬퍼졌다.

"놀이공원에 한번 가보고 싶었는데." 카리나 공주가 사진을 내려놓고 그 옆에 있는 사진 앨범 쪽으로 움직이며 몹시 서글프게 말했다. 그동안 잉그리드는 내 책상 위에 있는 서류 더미들을 무심한 얼굴로 넘겨보고 있었다. 장학금 신청서, 신문의 구인란 모아놓은 것, 대학입학 시험장 같은 것들이었다. 그것뿐만이 아니었다. 집주인이 보냈지만 내가 숨겨놓은 수많은 독촉장도 있었다. 그것이 프라이버시에 속한다는 걸 모르는지 잉그리드는 아무렇지도 않게 그것들을 읽고 있었다.

나는 벌떡 일어나 잉그리드의 손에서 그것들을 낚아채면서 카리나 공주에게 물었다.

"놀이공원에 한 번도 안 가봤어?" 잉그리드는 놀라서 나를 쳐다봤지만 당황한 표정은 아니었다. 나는 카리나 공주 쪽으로 가서 뒤죽박죽인 책상서랍을 열고 그것들을 쑤셔넣었다. 그때 카리나 공주의 눈이 휘둥그레지더니 서랍에서 뭔가를 움켜쥐었다.

"어머, 여권도 있었어?" 그녀는 파란색 여권을 열며 못생기게 나온 내 사진을 들여다봤다. 나는 그것도 빼앗았다.

"근데 안에 도장이 하나도 안 찍혀 있네."

"한 번도 외국에 안 갔거든."

나는 그것들을 모두 서랍 안에 집어넣고 쾅 닫으며 대답했다.

"그럼 왜 여권을 만들었어?"

잉그리드가 전신거울의 금색 테두리 틈으로 끼워넣은 내 친구들 사진을 보느라 몸을 기울이며 물었다.

나는 이 두 사람이 귀찮아지기 시작했다. "꼭 알고 싶어? 그걸 신청한 지는 몇 년 됐어. 엄마랑 대판 싸우고 내가 멕시코로 가버리겠다고 했는데, 엄마가 안 믿더라고. 그래서 그 말이 사실이라는 걸 보여주기 위해 저금해둔 돈을 털어서 신청한 거야." 나는 숨을 깊이 들이마시고는 침대에 털썩 앉았다.

"멕시코에 가려면 여권이 없어도 되는데 그걸 몰랐던 거지. 그걸 만드느라 돈을 다 써버려서 사실 거기에 갈 수도 없었어. 그런데 여권을 발급받기도 전에 둘이 화해했지 뭐."

"나도 외국으로 도망치려고 한 적 있는데."

카리나 공주가 계면쩍게 웃으며 잉그리드를 쳐다봤다.

"카리나도 여러 번 시도했지만 다 실패했지."

잉그리드가 거울에서 돌아서며 설명해줬다. 그러고는 카리나 공주의 가방 지퍼를 열더니 화장품 케이스를 꺼내 립스틱과 파우더, 뭔지 모를 작은 병들과 몇 가지 도구를 책상에 죽 늘어놓았다.

"왜 도망치려고 했는데?" 나는 침대에 놓인 책들을 들여다보며 물었다. 하늘에서 찍은 궁전 사진이 양면에 걸쳐 실려 있었다. 영화에서나 볼 수 있을 법한 아름다운 성이었다.

카리나 공주는 그것을 물끄러미 쳐다보더니 천천히 숨을 내쉬었다. "너라도 그랬을 거야. 부모님이 놀이공원이건 어디건 내가 가고 싶은 곳은 한 군데도 보내주지 않으면 말이야." 그녀가 손을 뻗어 그 책을 덮었다.

나는 고개를 들어 카리나 공주를 쳐다봤다. 그리고 그 순간 그녀의 눈에서 슬픔 같은 걸 봤다. 그것은 응석을 부리는 자의 슬픔이 아니라 무력감에 빠진 자의 슬픔이었다. 나는 그런 심정을 잘 알고 있었다. 단체로 아스펜으로 스키 타러 가자거나 주말에 고급 온천에 가자는 반 친구들의 얘기를 들었을 때 느끼는 심정이었다. 우리 엄마는 그런 데 보내줄 능력이 없다는 사실 때문에 친구들의 동정어린 시선을 받을 때 느끼는 심정이었다.

"자, 시작하자!" 손뼉을 치고 자세를 잡는 잉그리드가 왠지 사악한 과학자처럼 보여 불안했다.

"내가 맡은 일은 눈썹정리, 팔다리 털 제거, 피부 각질 제거, 그리고 피부 관리야. 카리나는 줄리아가 책 내용을 공부하는 걸 도와주고."

그 말과 함께 잉그리드는 커다란 집게 핀을 꺼내 내 머리를 뒤로 고정했다.

"어어."

"걱정 마."

"알았어." 나는 아랫입술을 깨물었다.

잉그리드는 장난기 가득 찬 눈으로 씩 웃었다.

Capter 9

✉

보낸 사람: princessgirl@vineland.org
받는 사람: rockmyworld@aol.com

5일만 있으면 우리가 직접 만나다니, 정말 꿈만 같아요! 지금 전 시간만 재고 있어요. 그동안 LA가 너무 좋아졌어요. 어딜 가나 모래사장이 있고 상상했던 것보다 야자수도 두 배나 많아요. 제 꿈이 모두 이뤄지고 있는 것 같아요.

✉

보낸 사람: rockmyworld@aol.com
받는 사람: princessgirl@vineland.org

나도 너를 빨리 보고 싶어……. 지금은 연습하러 가는 길이야……. 참, 네가 좋아할 만한 노래도 새로 만들었어. 그중 한 곡은 너한테 바치고 싶어!! 잘 있어, 나의 섹시한 귀염둥이!!

리빗이 콘서트장 무대로 나를 불러올려 땀에 젖은 가슴에 나를 끌어안으며 관객들에게 "이 사람이 제게 새로운 노래를 만들도록 영감을 준 사람입니다. 제가 사랑하는 사람이죠"라고 말하고 있었다. 그런데 바로 그때 전화벨 소리가 나를 달콤한 꿈에서 불러냈다.

꿈속에서 앞줄에 앉은 마르쿠스는 넋이 나간 표정으로 우리 모습을 올려다보고 있었다. 바보가 아니라면 자신이 그동안 뭘 잘못했는지 깨닫고 있을 것이다. 나는 수화기를 잡고 짖듯이 대답했다. "여보세요!"

"공주가 그런 말투로 전화를 받으면 어떡해."

엄마였다. 하지만 화난 목소리는 아니었다.

그 순간 나는 엄마가 내 옆에 있으면 얼마나 좋을까, 하는 생각이 들었다. 엄마는 나와 함께 맛있는 음식을 즐기고, 우리가 알고 있는 영화배우들에 둘러싸여 햇볕 아래서 산책하는 것을 무척 좋아했을 테니까 말이다. 하지만 엄마가 LA에 같이 있었다면 내 계획을 그냥 두고 보지 않았을 것이다. 줄리아를 가르쳐서 중요한 만찬에 내보내고 나는 인터넷에서 이메일을 주고받던 록가수의 콘서트로 내빼는 일 말이다. 나는 얼른 현실세계로 돌아왔다.

"아, 엄마. 별일 없어요?" 나는 의자에 등을 기대며 대답했다.

"카리나, 여행은 어떠니? 네 목소리 들은 지 너무 오래됐구나."

"재밌게 지내고 있어요." 나는 하루 일정을 얼른 떠올렸다. "오늘은 유니버설 스튜디오에 다녀왔는데 스튜디오 대표가 우리에게 시사회 티켓도 줬어요. 만스 차이니스 극장 알죠? 항상 시사회가 열리는 곳. 벤 애플렉도 올 거예요. 참, 야자나무랑 바닷가랑 산도 너무 아름다워요! 그리고 엄마, 오늘 먹어본 스무디는 정말 최고였어요. 만드는 법을 적어가서 새로 온 우리 요리사한테 갖다줘야겠어요. 엄마도 좋아하실 거예요."

나는 엄마가 한마디 할 거라 생각하며 잠시 말을 멈췄다. 엄마는 〈굿윌헌팅〉을 보고 나서 벤 애플렉이 대스타가 될 거라고 장담했었다. 그 영화에서 나온 욕들은 안 좋아했지만 말이다. 그런데 수화기 건너편에서는 아무 소리가 없었다.

"엄마, 무슨 일 있어요?"

"너 나체 해변에 갔다왔니?"

그렇게 심각한 말투는 내 평생 처음이었다.

"엄마, 나체 해변 같은 게 어딨어요!" 나는 펜을 집어들고 메모지에 적었다. '나체 해변 알아볼 것.'

"네가 어느 나라에서 태어났고, 네 신분이 뭔지 잊으면 안 된다."

엄마가 그런 말을 할 때마다 속에서 욱하는 게 치밀었다. 나를 아직도 다섯 살 꼬마로 아는 거야?

"그걸 어떻게 잊어요." 내가 안심시켰다.

"카리나." 무척 지친 목소리였다. "난 네 속을 모르겠다. 네가 얼마나 행운아고 얼마나 많은 사람이 너를 부러워하는데. 네가 얼마나 많은 걸 누릴 수 있는지 모르겠니?"

아, 죄책감, 죄책감, 죄책감, 죄책감.

"엄마, 저 좀 피곤해요." 나는 무릎을 세워 그 위에 얼굴을 얹으며 잠옷의 실크 감촉을 느꼈다. 얼른 전화를 끊고 리빗과의 상봉 장면을 상상하고 싶었다.

한동안 아무 말이 없었다.

"외할머니 병세는 어떤지 궁금하지도 않니?"

엄마가 결국 그 얘기를 꺼내자 나는 뜨끔했다.

"외할머닌 좀 어떠세요?"

"더 안 좋아지셨어. 지금 병원으로 가서 함께 있어드려야 할 것 같다."

"어떡해요." 다른 할 말이 생각나지 않았다.

"전화라도 해드려라." 엄마가 말했다. 한층 무거운 죄책감이 가슴을 짓눌렀다.

"그럴게요." 엄마는 내 인내심을 시험하고 있었다.

"언제?"

또 다시 죄책감, 죄책감, 죄책감, 죄책감……. 나는 너무 어리고…… 또 이런 일을 다루기에는 정신이 딴 데 팔려 있었다.

"금방이요." 거짓말이었다.

처신 잘하라는 당부를 여러 차례 하고 엄마는 전화를 끊었다. 나는 일어서서 창가로 걸어가 커튼을 젖혔다. 눈앞에 펼쳐진 바다는 숨막히게 아름다웠다. 야자수는 미풍에 이리저리 흔들렸고 파도는 해변에 부딪히며 쏴 소리를 냈다. 막 떠오른 달이 저 멀리 수

평선 위에서 잔물결을 비추고 있었다. 저 바깥 어딘가에서 리빗은 나를 떠올리며 새로 쓴 곡을 연습하고 있을 것이다. 짜릿한 흥분이 척추를 타고 내리자 나는 분홍색 잠옷 자락을 꼭 여몄다. 할 수만 있다면 시간을 정지시키고 싶었다. 리빗과의 이 황홀한 시간을 영원히 느낄 수만 있다면 더이상 바랄 게 뭐가 있겠는가. 나는 캘리포니아에 남아 보통 여자들처럼 살 수 있을 것이다(그러려면 먼저 킬조이를 없애야 한다). 만일 내가 시간을 멈출 수만 있다면 외할머니도 절대 돌아가시지 않을 것이고 엄마의 슬픔도 끝날 것이다. 그럼 내게 더이상 죄책감도 던져주지 않겠지.

방문이 열리더니 잉그리드가 들어왔다.

"머핀가 뭔가 하는 사람하고는 얘기 잘 돼가?"

그녀가 내 침대에 털썩 주저앉으며 물었다.

나는 웃음이 났다. 그의 이름을 듣기만 해도, 아니 잉그리드가 그의 이름을 틀리게 말해도 우울한 고민이 싹 사라졌다. 지금은 부모님 생각을 하지 않기로 했다.

"잉그리드, 나 사랑에 빠진 것 같아."

그 말을 하는 순간, 온화하면서도 어지러운 느낌이 나를 감쌌다. 사실이었다. 나는 씩 웃으며 껑충 뛰어 잉그리드 옆에 앉았다.

"한 번도 만난 적 없는 남자를 사랑하게 됐어."

나는 쑥스럽게 고백했다.

"세상에, 너 이런 모습 처음이야." 잉그리드가 놀란 얼굴로 똑바로 앉아 짐짓 심각한 눈으로 나를 응시했다.

"마르쿠스가 어떻게 생각하겠니?"

"마르쿠스가 뭔 상관이람." 나는 활짝 웃으며 말했다. "잘난 마르쿠스는 더 잘난 나의 리빗하고 아무 상관이 없네요." 나는 무릎 위의 베개에서 깃털 하나를 빼내 후 불었다. "어떤 기자든 나랑 리빗이 함께 있는 모습을 찍어주면 정말 좋을 텐데. 그럼 마르쿠스가 어떤 표정을 지을까? 우리 사진이 〈인사이드〉에 실리겠지?"

"마르쿠스는 둘째고, 너희 부모님이 너를 살려두시겠니? 아마 리빗을 공개처형하실걸?"

"그렇겠지. 난 그냥…… 가끔은 내가…… 모르겠어. 그냥…… 아냐, 아무것도!"

그 순간 내 방식대로 살아가겠다는 걸 보여주려면 뭔가 반항적인 일을 시도해야 하지 않을까 하는 생각이 퍼뜩 들었다. 하지만 마음 깊은 곳에서는 내가 그런 일을 못 할 거라는 걸 알고 있었다. 나는 부모님을 실망시키는 게 너무 두려웠다. 그러고 싶지도 않았다.

"너도 그 콘서트에 같이 가면 좋을 텐데. 정말 재밌을 거야."

내가 잉그리드에게 아쉬운 표정으로 말했다.

"나도 줄리아를 내버려두고 너랑 가고 싶지." 잉그리드는 뒹굴굴러서 배를 깔고 베개에 턱을 고였다. "하지만 그 임시공주가 포크를 제대로 쥐는지 봐줄 사람이 있어야 하잖아."

"잉그리드. 정말 고마워. 내가 너한테 얼마나 고마워하는지 넌 모를 거야."

"별소릴. 너한테서 마르쿠스를 떼어놓을 수만 있다면 희생할 만한 가치가 있어."

그 말에는 나도 동감이었다. 불쌍한 줄리아는 오도 가도 못하고 밤새 마르쿠스와 왈츠를 추겠지. 내가 리빗과 만나는 동안에 말이다.

"카리나, 줄리아랑 걔네 엄마, 집에서 쫓겨날 것 같더라."

느닷없이 잉그리드가 말했다.

"뭐라고?" 나는 이마에 주름을 세우며 물었다. "왜?"

"어제 걔 방에서 집세 독촉장을 여러 장 봤어. 뭐 특단의 조처라던가…… 그런 글귀가 있더라고."

"그게 무슨 뜻이야?"

"나도 잘 모르지만 좋은 말은 아닌 것 같아. 줄리아네 정말 가난한가 봐. 우리가 어떻게든 도와줘야 할 것 같은데."

나는 잉그리드의 이마를 짚으며 물었다.

"너 어디 아프니? 이런 모습 처음 본다."

잉그리드가 웃음을 터뜨리더니 머리를 흔들었다.

"그래. 내가 어떻게 됐나 봐. LA에 와서 박애주의자가 됐나?"

나는 한숨을 쉬었다. 줄리아네 아파트는 좁았고 이상한 곰팡 냄새 같은 게 났다. 베니스(LA의 베니스 말고 이탈리아의 베니스 말이다)의 수로에서 났던 냄새와 비슷했다. 하지만 집 안도 깔끔했고 줄리아가 다니는 학교도 유명한 곳이다. 그걸 보면 그렇게 가난하지는 않은 것 같다.

"뭐, 우리가 줄리아에게 돈을 줄 거니까 도움이 되겠지."

나는 베갯잇에 달린 레이스를 만지작거리며 말했다. 나는 만 달러가 꼭 필요한 상황이 어떤 건지 상상이 안 갔다. 작년에 내 욕실을 고치는 데도 2만 달러가 넘게 들었는데 말이다.

"줄리아가 내 역할을 잘해낼까?"

"글쎄, 아직 속단하기는 이르지."

"어쨌든 줄리아는 배우는 건 빠르더라." 나는 줄리아가 우리 가족과 우리나라에 대해 시시콜콜한 것까지 얼마나 빨리 외웠던가를 떠올렸다. "갈팡질팡하는 하인리히 박사님이 줄리아를 가르치게 되면 어떻게 될지 안 봐도 훤하다. 그렇게 엉뚱한 얘기로 빠지면 줄리아가 재깍 지적할걸?"

잉그리드가 푸하하 웃었다.

나는 바인랜드에서 나고 자란 것처럼 보이기 위해 줄리아가 우리나라의 잡다한 정보를 중얼중얼 외우는 모습이 떠올라 갑자기 마음이 짠했다. 하지만 애써 그런 마음을 억눌렀다. 내가 왜 이러지? 내 행세를 해줄 적임자를 찾았으니 행운에 감사하면 되는 건데 말이다. 멋대로 뻗친 그녀의 머리만 잘 해결하면 모든 게 완벽하게 준비된다.

"내일 밤에 공부할 내용은 뭐야?"

"왈츠 추는 법, 식탁 예절, 그 밖의 예절." 잉그리드가 손가락으로 하나씩 꼽으며 대답했다.

"재밌겠는걸." 내가 눈알을 데굴데굴 굴리며 말했다. "줄리아를 똑바로 앉힐 수만 있다면 우리 성공한 거야."

바로 그때 킬조이가 노크도 없이 방문을 확 열고 들어오더니 담배연기를 탐지하려는 듯 킁킁거렸다. 그녀의 얼굴에는 파란색 팩이 씌워져 있었고 머리는 클립으로 고정되어 있었다.

"불 끄고 자요." 그녀가 명령조로 말했다.

"킬로이……" 잉그리드가 킬로이 바로 옆으로 다가가 그녀의 얼굴을 살피며 물었다. "그건 다 뭐예요? 혹시…… 누구 만나는 사람 있어요?"

나는 웃음을 참으며 무슨 대답이 나올지 궁금하다는 표정으로 쳐다봤다.

오늘 오후에 킬조이가 바인랜드 주재 미국대사와 이야기하는 것을 목격하고 잉그리드와 나는 포복절도했었다. 머리가 희끗희끗하고 나이 든 사람 같지 않게 눈동자가 맑은 그 대사는 기품 있는 사람이었다. 킬조이는 그 남자랑 얘기하는 동안 머리카락을 계속 쓸어넘기며 헤프게 웃고 있었다. 마치 10대 애들처럼 말이다.

"무슨 그런 소리를." 킬로이가 손을 팔 아래로 집어넣으며 말했다. "난 그냥 우리나라를 대표해서 온 일원으로서 흠 없는 모습을 보여주고 싶을 뿐이에요."

"그러시군요." 내가 끼어들어 한마디 했다. "리버스 대사님도 그 노력을 가상히 여기실 거예요."

"뭐…… 어쨌든…… 난 이만 가봐야겠어요." 킬조이는 잠옷의 옷깃을 올려 턱 주위를 감싸고는 황급히 나가버렸다. 문이 닫히자마자 잉그리드와 나는 참았던 웃음을 터뜨렸다.

"킬조이가 홀딱 반한 모양이야. 내가 그랬잖아. 킬로이에게는 키스해줄 남자만 있으면 된다고." 잉그리드가 신나서 떠들었다.

"어머, 어떡해, 어떡해! 벌써 리버스 대사랑 킬로이가 키스하는 모습이 떠올라." 나는 베개 하나를 집어들어 잉그리드의 머리에 던졌다.

"뭐야, 정말 한판 해보겠다는 거야?" 잉그리드가 다른 베개를 집어들어 내 얼굴을 세차게 쳤다. 우리는 곧 웃고 비명을 지르며 한바탕 전쟁을 치렀다. 머리를 엉클어뜨린 채 싸움을 끝냈을 때는 둘 다 힘이 다 빠져 헐떡거리고 있었다.

내 방에서 자겠다는 잉그리드와 함께 나는 이불 속으로 푹 기어들어갔다. 그리고 까물까물 잠이 들면서 다시 리빗을 떠올렸다. 그를 간절히 떠올리면 꿈에서도 만날 수 있을 것 같았기 때문이다. 꿈에서 나는 머리에 집게 핀을 꽂고 줄리아의 냄새 나는 커다란 모자를 쓴 채 리빗의 콘서트에 참석했다. 하지만 그런 건 아무래도 괜찮았다. 무대에서 리빗이 노래를 부르고 있었기 때문이었다. 사랑 노래였다. 게다가 관객은 나 혼자뿐이었다.

chapter 10

수요일 오후에 나는 손톱을 물어뜯으며 학교 도서관에 앉아 바인랜드에 관한 책을 공부하고 있었다. 나는 손톱을 물어뜯는 지저분한 버릇이 없었지만 카리나 공주의 손톱은 너무 물어뜯어서 손끝보다 더 짧은 상태였다. 그래서 내 것도 그렇게 만들어야 했다. 변변찮은 공주 같으니라고.

사람들은 카리나 공주 정도 되면 손을 입에 가져갈 때마다 누군가가 따라다니며 그 손을 찰싹 때릴 거라 생각할 것이다. 하지만 잉그리드 말로는 카리나 공주의 손톱이 짧다는 걸 바인랜드 사람들은 누구나 알고 있다. 공주가 가장 좋아하는 버릇이 손톱 물어뜯기인 모양이다. 작년 〈바인랜드 투데이〉에서는 그런 버릇 열 가지가 순위별로 실렸다. 그 목록에는 카리나 공주가 당근을 싫어해서 당근이 조금이라도 섞인 음식은 안 먹는다는 것도 나와 있었다.

별스런 식성이다.

어쨌든 내가 학교에 가져온 책은 꽤 재미있어서 내가 하고 있는 일이 얼마나 한심한 일인지 푸념할 틈이 없었다.

그 책에는 바인랜드 왕궁의 방 하나하나가 자세히 설명되어 있었고 그 방들의 사진도 셀 수 없이 많이 실려 있었다. 책장을 넘기던 나는 숨이 턱 막혔다. 생전 처음 보는 아름답고 거대한 도서관의 모습이 광택 나는 사진으로 두 면에 걸쳐 실려 있었던 것이다. 벽은 대성당만큼이나 높고 무수한 책이 천장까지 닿도록 줄 맞춰 꽂혀 있었다.

서가 사이의 통로로 연결되는 나선형 계단들이 있고, 서가 앞에는 턱시도에 장식띠를 맨 남자들이 수백만 권의 서적을 올려다보고 있었다. 나무로 된 난간과 책꽂이가 어슴푸레 빛나고 타일이 깔린 바닥은 커다란 샹들리에의 불빛을 받아 광택을 발하고 있었다.

이런 도서관에는 훌륭한 책들이 얼마나 많을까. 분위기는 얼마나 조용하고 엄숙할까.

다시 책장을 넘기니 호사스러운 연회장 한가운데서 카리나 공주가 우리 또래로 보이는 남자와 왈츠를 추고 있는 사진이 실려 있었다. 무도장에 온 수백 명의 사람들이 주변에 둘러서서 그들을 지켜보고 있었다. 하늘하늘한 분홍색 드레스에 산호 목걸이를 한 카리나 공주는 휘황찬란한 다이아몬드 왕관 뒤로 올림머리를 하고 있었다. 그녀는…… 정말 공주 같았다. 하지만 함께 춤추는 남자를 바라보는 카리나 공주의 눈빛은…… 지겨워 죽겠다고 말하고 있었다. 남자 얼굴을 보니 그 이유를 금방 알 수 있었다. 키가 크고 머리가 검은색인 그는 깎은 듯이 잘생긴 전형적인 왕자의 얼굴이었다. 입가가 올라간 그의 미소는 오만해 보였고, 고개를 쳐든 각도는 '어때요 나 잘생겼죠? 맞아요, 나도 내가 맘에 들어요'라고 말하는 듯했다.

쯧쯧. 공주와 춤추고 있는 자신이 특별히 잘난 사람이라고 생각하는 거겠지. 사진 옆에는 '카리나 공주가 남자친구인 바스타 공작 마르쿠스 잉발드선과 춤을 추고 있다'라고 적혀 있었는데, 그것을 읽는 순간 나는 야릇하게 웃고 있는 그의 얼굴에 대고 책을 탁 덮어버렸다.

카리나 공주가…… 카리나 공주가…… 카리나 공주가…….

"뭐라고?" 나는 그 책을 던지며 외쳤다.

카리나 공주에게 남자친구가 있다고? 나한테는 그런 말 안 했잖아! 이 마르쿠스라는 밥맛이 그 파티에 온단 말이야? 그럼 이렇게 많은 사람 앞에서 이 밥맛이랑 춤을 춰야 한다고?

게다가…… 키스까지?

갑자기 가슴이 답답해졌다. 나는 부리나케 짐을 싸서 자전거를 세워둔 곳으로 뛰어나갔다.

자, 자, 진정하자. 나는 자전거를 타고 집으로 가는 동안 마음을 가라앉히려 애썼다. 카리나 공주가 마르쿠스라는 사람 얘기를 안 한 건 그럴 만한 이유가 있을 거야. 어쩌면 그 작자가 연회에 참석하지 않을지도 모르잖아. 어쩌면 진짜 남자친구가 아닐 수도 있고. 유명인들에 대해서는 사람들이 좀 과장을 하잖아? 엄마가 항상 말하듯이 정말 걱정할 상황이 될 때까지는 미리 걱정할 필요 없어.

내가 집세 독촉고지서를 모두 감춰둔 건 굵어 부스럼을 만든 대형 사고였지만 말이야. 다시 죄책감이 고개를 들었지만 곧 내 손에 만 달러가 생긴다는 생각으로 그것을 누그러뜨렸다. 그러니 이제 엄마가 걱정할 일은 없어. 하지만 그 돈이 어떻게 생겼는지 엄마한테 그럴 듯한 핑계를 대야 한다는 데 생각이 미쳤다. 나는 애봇키니 가로 접어들었다. '사샤스'의 진열창에 엄마가 디자인한 모자가 진열되어 있는지 보고 싶을 때는 그 길로 해서 집에 갔다. 햇살이 내리쬐자 나는 자외선 차단제를 바르고 다녀야 하나 하는 생각이 들었다. 햇볕에 탄 얼굴로 파티에 나타나는 걸 카리나 공주가 좋아할 리는 없을 테니까 말이다.

나는 자전거를 탄 채 펄쩍 인도로 진입해서 그대로 사샤스까지 갔다. 엄마가 디자인한 모자가 여러 개 진열되어 있었다. 판매원이 그중 하나를 들어 손님에게 보여주는 모습이 보이자 흐뭇한 마음에 미소가 떠올랐다. 엄마가 만든 모자들은 하나같이 너무 예쁘고 가격도 쌌다. 깃털 달린 모자, 펠트로 만든 모자, 망사로 만든 모자도 예뻤고 흰색 모자, 진홍색 모자, 일곱 가지 무지개색이 모두 들어 있는 모자도 깜찍했다.

만 달러를 받으면 나는 엄마가 만든 모자를 하나도 빼놓지 않고 지금의 세 배 가격에 살 생각이었다. 우리 엄마가 유명 디자이너가 못 된 건 정말 뭔가가 크게 잘못된 것이다.

어떤 나쁜 놈이 엄마를 꼬드겨서 꿈을 잊게 하였다. 그러고는 상처만 남긴 채 무일푼인 엄마를 두고 떠나버렸다. 그 나쁜 놈이 내 아빠다. 그래서 무슨 말이 하고 싶은 거냐고? 남자 때문에 인생 망치지 말라는 것이다.

전속력으로 페달을 밟아 집으로 간 나는 한 번에 두 계단씩 뛰어올랐다. 카리나 공주에게 전화해서 그 마르쿠스라는 남자와 무슨 관계냐고 따져야 했다. 만일 마르쿠스라는 남자와 낯 간지러운 말을 주고받고 키스까지 해야 한다고 하면 어떡한다? 처음 보는 사람에게 — 정확히 말하면 처음 보는 자아도취에 빠진 얼간이에게 — 키스해야 한다면 만 달러가 과연 충분한 건가?

골치 아파. 그 두 사람 때문에 바람 잘 날이 없군.

아파트 현관문을 열고 들어서자 또 봉투 하나가 밟혔다. 심장이 덜컥 내려앉았다. 이건 뭐야? 퇴거날짜가 임박했다는 통지서? 나는 떨리는 손으로 봉투를 집어들었다. 조심히 안을 들여다본 나는 하마터면 그것을 떨어뜨릴 뻔했다. 내 눈을 믿을 수가 없었다. 그 안에 거액의 돈이 들어 있었던 것이다! 손을 넣어 지폐를 꺼내 보니 너무 빳빳해서 서로 딱 붙어 있었다. 안에서 작은 종이쪽지가 나와 펄럭이다가 바닥에 떨어졌다. 나는 그것을 주워 재빨리 읽어내려갔다.

J.–

우리 아빠가 항상 말씀하셨지. 일을 맡기고 비용의 절반을 선불로 주면 그 일은 성공적으로 끝난다고 말이야. 한꺼번에 다 쓰지 마.

– I. (& C)

절반? 선불? 지금 내 손에 있는 게 정말 5천 달러야?

갑자기 노크소리가 들리자 나는 지폐를 얼른 바지 뒷주머니에 찔러넣었다. 문을 열어보니 관리인인 도미닉이 이를 핥으며 현관 맨 위 계단에 서 있었다.

"이삿짐 잘 싸고 있는지 확인하려고." 그가 혀를 차며 말했다. "새 주인인 프론츠 씨가 가보라고 해서 말이야."

"아저씨가 얼마나 바보 같은지 알기나 해요?"

나도 모르게 그런 말이 나왔다. 몇 초 동안 그는 눈만 껌뻑이더니 정신을 차리고 자못 위엄 있는 얼굴로 말했다.

"사람들이 와서 너희 짐을 실어낼 때 전화해라. 그 꼴 구경 좀 해야겠다."

나는 그를 째려보며 말했다. "잠깐 기다려요" 하고는 돌아서서 부엌으로 들어갔다. 뒷주머니에서 돈을 꺼내 100달러짜리 몇 장을 세는데 손이 후들거렸다. 나머지를 다시 주머니에 집어넣다가 나는 멈칫했다. 내가 이래도 되나? 안 될 게 뭐 있어? 내 돈인데. 안 그래? 게다가 이 일을 한 것도 집세 때문에 그런 거잖아. 아직 완수하지는 않았지만 말이야.

골백번도 더 한 생각을 곱씹으며 나는 현관으로 나가 돈을 쳐들었다. 도미닉의 눈이 휘둥그레지더니 얼어붙은 듯 꼼짝을 안 했다. 그래서 나는 그의 지저분한 손을 끌어당겨 손바닥에 돈을 탁 소리나게 놓았다.

"이건 8월, 9월분이고, 이건 10월분인데 미리 내죠. 아침에 영수증 가져와요."

입만 쩍 벌리고 아무 말도 못 하는 그의 면전에 대고 나는 문을 쾅 닫았다. 혼자가 된 순간 나는 웃음을 터뜨렸다. 방금 내가 한 거 맞아? 흠. 내 안에 작은 카리나 공주가 있는 모양이야.

chapter 11

"나를 따라해봐." 카리나 공주가 말했다. "여러분을 만나뵙게 되어 기쁘고, 바인랜드 국민을 대표해서 귀국의 지원에 대해 감사하다는 인사를 드리게 되어 영광입니다."

"여러분을 만나뵙게 되어 기쁘고, 바인랜드 국민을 대표해서……." 나는 프랑스어 같기도 하고 스웨덴어 같기도 한 억양을 흉내 내려 했다.

"아냐, 아냐." 잉그리드가 끼어들었다.

"좀더 도도하게. 마돈나처럼."

"여러분을……."

"아냐!" 카리나 공주가 소리쳤다.

"내 말투는 그게 아냐! 그리고 줄리아 똑바로 앉아야지."

나도 모르게 한숨이 나왔다. 하지만 속에서 부글부글 끓는 걸 억누르며 등을 곧게 폈다. 그리고 어떻게든 나를 달래보려 했다.

'도미닉한테 돈을 줬을 때 그 사람 표정이 어땠는지 생각해봐.

이 두 사람 아니면 언제 그렇게 해봤겠어.'

"좀 쉬었다 하자." 잉그리드가 침대 옆에 있는 전화기를 들며 말했다. "룸서비스 시킬 사람?"

나는 고개를 저었다. 그리고 내가 받은 돈 이야기를 꺼냈다. "두 사람, 그 돈 보내줘서 고마워." 그런데 카리나 공주의 등 뒤에서 잉그리드가 당황한 얼굴로 세차게 손을 내저었고 그것을 본 나는 영문을 몰라 미간을 찌푸렸다.

"돈이라니?" 카리나 공주가 물었다.

그녀가 잉그리드를 돌아보자 잉그리드는 얼굴이 빨개진 채 수화기를 탁 내려놓았다.

"무슨 돈 말이야?" 카리나 공주가 재차 물었다.

"저…… 네가 기자회견을 한 날 줄리아네 집에 가서 내가 절반을 줬어." 잉그리드가 재빨리 말했다.

"뭐라고?"

"몰랐어?" 내가 카리나 공주에게 물었다.

"그게 뭐 대수라고." 잉그리드가 어깨를 으쓱하며 말했다. "이건 중요한…… 일이잖아. 우리 아빤 항상……."

"중요한 건, 네가 나한테는 프레드 시걸한테 간다고 거짓말했다는 거야." 카리나 공주는 흥분한 듯했다. "내게 거짓말한 것, 그게 문제라고. 지금까지 내게 거짓말한 사람은 없었어."

"카리나, 사람들은 너한테 날마다 거짓말하잖아." 잉그리드가 노골적으로 말했다. "그러니까…… 내 말은……."

"얼마를 줬다고?" 카리나 공주가 나를 무시하며 잉그리드에게 따졌다. "얘는 지금 아무것도 한 게 없잖아."

나는 갑자기 따귀라도 맞은 기분이었다. "잠깐, 내가 아무것도 한 게 없다고? 날마다 하루도 안 빼먹고 너희 둘이랑 공부하고 있잖아. 내 공부할 시간에 너희 한심한 나라에 대해 배우면서 말이야. 족집게로 눈썹을 뽑고, 팔다리 털을 뽑고, 손톱까지 물어뜯으면서!" 나는 손을 들어 지저분하게 뜯긴 손톱 주변의 살과 손톱 거스러미를 보여줬다.

"그런데도 내가 한 게 없다고?"

카리나 공주가 숨을 깊이 들이마시더니 침대 가장자리에 앉았다. "다시 따라해봐." 그녀가 성질을 억누르는 게 훤히 보였다. "여러분을 만나뵙게 되어 기쁘고, 바인랜드 국민을……."

"여러분을 만나뵙게 되어 기쁘고 로스앤젤레스 시민들을 대표해서 네가 왕재수라는 말을 전하게 되어 영광이야."

그 말에 잉그리드가 웃음을 터뜨렸다가 얼른 손으로 입을 막았다.

한참 동안 침묵이 흐르더니 놀랍게도 카리나 공주가 웃기 시작했다. 곧이어 잉그리드가 합세했고 오래지 않아 내 입에서도 웃음이 터져나오고 말았다. 그것으로 그동안 쌓인 감정은 완전히 증발해버렸다. 카리나 공주는 배를 잡고 깔깔댔다.

"어떻게…… 어떻게 그런 말을 할 수가 있니." 가까스로 진정한 그녀가 말했다. 그러고는 손끝으로 눈물을 닦아내며 잉그리드를 쳐다봤다. "줄리아가 이 일을 정말 잘해낼 것 같지 않니?"

몇 시간 후, 카리나 공주의 경호원들이 주변에서 경계근무를 서는 동안 우리는 옥외수영장에서 물장구를 치고 있었다. 수영장은 밤 8시에 폐장하지만 카리나 공주를 위해 시간을 늦춘 것이다. 우리는 열대과일 칵테일을 홀짝거리며 온화한 밤 공기를 즐겼다. 자전거를 타고 집으로 가기가 너무 아쉬웠지만 다음날 학교에서 비몽사몽 헤매지 않으려면 빨리 정리하고 집에 가야 했다.

나는 잔을 테이블에 내려놓고 반듯이 앉았다. 오늘 밤도 스트레스에 시달리지 않기 위해서는 반드시 알아야 할 게 있었다.

"카리나, 마르쿠스가 누구야?" 내가 단도직입적으로 물었다. 진작 그 얘기를 꺼내려고 했지만 내내 싸우듯 공부하고 그 다음엔 곧장 에티켓을 익히느라 적당한 시간이 없었다. 내 물음에 카리나 공주가 숨을 깊이 들이마셨다. "마르쿠스는 우리 부모님이 나랑 결혼시키려고 하는 남자야." 그녀가 풀장의 희미하게 반짝이는 수면을 바라보며 말했다.

"어떤 사람인데?"

"어…… 착한 사람이야." 카리나 공주가 어깨를 으쓱하며 말했다. "잘생기고, 겸손하고…… 모든 엄마가 좋아할 만한 남자지."

"그리고 폴로의 신이야." 잉그리드가 비꼬는 말투로 끼어들었다. 두 사람은 서로 눈짓을 주고받으며 웃었다.

"그럼 괜찮은 사람이잖아." 내가 의아하다는 듯이 말했다. 그러고는 속으로 '오, 그럼 내가 키스해야지'라고 생각했다.

"유머감각 없고 철저히 계획된 일만 하는 모범생을 좋아하는 취향이라면 괜찮은 사람이지." 카리나 공주의 대답이었다.

카리나 공주가 그렇게 길게 얘기한 건 그때가 처음이었다. 그녀는 평상시에 지나치게…… 말을 아끼는 것 같았다. 하지만 그 일에 관해서는 내가 묻기 전에 그녀가 더 많은 걸 생각하고 있었는지도 모르겠다.

"그래서, 할 생각이야?" 내가 물었다.

"그 사람이랑 결혼할 거냐고."

"피할 수만 있다면 안 하고 싶어."

그녀는 단호한 표정이었지만 그러면서도 체념한 것 같았다. 그 남자를 싫어하는 건 분명하지만 결국 그 사람과의 결혼을 운명처럼 받아들이는 것 같았다.

"그럼 그 남자도 연회에 오는 거야?" 내가 물었다.

"그렇대." 카리나 공주가 대답했다.

"그건 걱정하지 마." 잉그리드가 나섰다. "최대한 그 사람을 피해다니면 돼. 카리나도 항상 그래."

"정말?" 나는 분명한 대답을 원했다.

"내가 설명할게." 카리나 공주가 똑바로 앉더니 우아하게 90도로 몸을 틀어 나를 마주봤다. 그녀는 무릎에 팔꿈치를 짚으며 내 눈을 똑바로 바라봤다. "최대한 마르쿠스의 관심을 끌지 않는 것이 우리 모두에게 좋은 거야."

"내가 도와줄게." 잉그리드가 카리나 공주의 등 뒤에서 싱글거리며 말했다.

"그럼 난 그 사람과 춤을 추거나 키스하거나 시시덕거리지 않아도 된다는 거지?"

나는 확실히 다짐받기 위해 물었다.

"줄리아, 그 사람하고 말 한마디 안 섞어도 돼. 우리 부모님도 거기 안 계시니까 억지로 시킬 사람도 없어."

카리나 공주의 말을 듣고서야 나는 안도의 미소를 지었다. 이제 그 연회에 대한 부담이 훨씬 줄어들었다.

✻ 대사관 만찬에 참여할 때 줄리아가 명심할 것들! ✻

★ 기분이 어떻든 항상 행복한 표정을 보여야 한다.

★ 공주는 루주를 절대 이에 묻히지 않는다. 루주는 절대 입술선 밖으로 삐져나오면 안 된다. 그런 경우가 생기면 문책을 각오해야 한다.

★ 공주는 절대 욕을 하지 않는다. 특히 사람들 앞에서는.

★ 공주는 꼭 필요한 부분 외에는 피부를 노출하지 않는다. 특히 사람들 앞에서는.

★ 공주는 절대 의자를 자기 손으로 끌어내지 않는다.

★ 공주는 손을 흔들 때 항상 오른손을 어깨 높이로 들어올리고 좌우로 38도가 되도록 유지한다.

★ 공주는 항상 누군가가 사인을 부탁하면 놀란 표정을 짓는다.

★ 공주는 음식을 항상 아주 작게 잘라서 먹는다. 그래야 식사중에 음식이 목에 걸려 괴로워하는 사진이 〈인사이드〉에 실릴 위험이 없다.

chapter 12

그날 밤 나는 잠자는 것을 포기하고 우유나 좀 마시려고 부엌으로 갔다. 바인랜드에 관한 오만 가지가 넘는 정보가 머릿속에서 떠다녔을 뿐 아니라 카리나 공주의 비호감 왕자를 떼어낼 궁리까지 하느라 머리가 아팠다. 그 사람 앞에서 다른 남자들하고 춤을 출까?(뭐야, 그럼 춤은 춰야 되는 거잖아. 아무하고도 추기 싫어). 사람들이 보는 앞에서 그 사람에게 신경질을 부릴까?(아냐, 그럼 음식이 목에 걸린 모습보다 더 빨리 〈인사이드〉 표지에 실릴 거야). 그냥 잘생기고 잘난 체하고 재미없는 그 사람 면전에서 냉담한 얼굴로 무시하는 게 어떨까. 그래 그게 제일 좋은 방법이야.

우유 잔을 들고 식탁에 앉으려는데 현관문을 열쇠로 여는 소리가 들리고 엄마가 들어왔다. 무겁게 발을 끌며 부엌으로 들어온 엄마는 내가 거기 앉아 있는 걸 보고도 놀라지 않았다.

"안녕, 내 딸." 지친 목소리였다.

종업원 복장 앞쪽은 버펄로 윙 소스로 얼룩져 있었고, 얼굴은

50킬로미터를 달려온 사람처럼 기진맥진해 보였다. 머리카락이 이마에 어지럽게 달라붙어 있었고 화장도 다 지워졌다.

"오늘 저녁은 재수가 없었어. 다저스는 플레이오프전에서 이길 생각이 없는 것 같더라."

엄마가 받아온 팁을 식탁 위에 던지며 하는 말에 나는 목이 메었다. 엄마는 우리 아파트를 지키기 위해 죽을힘을 다해 돈을 벌고 있었다. 이미 집세를 지불했다는 것도 모르고 말이다. 나는 10월분까지의 월세 영수증과 나머지 돈을 내 베개 밑에 넣어두었다. 빳빳한 100달러짜리 지폐들과 엄마가 식탁에 던진 구겨진 지폐들은 느낌이 너무 달랐다.

"오늘은 어떻게 지냈니?" 엄마가 손바닥으로 내 머리를 쓰다듬고는 싱크대 쪽으로 갔다. 그리고 수도꼭지 아래 컵을 놓고 물을 틀었다.

모두 털어놔야 했다. 엄마가 저렇게 몸을 혹사하는 걸 막으려면 그 돈에 대해 얘기해야 했다. 하지만 뭘 어떻게 얘기해야 할지 알 수가 없었다. 내가 지금까지의 일을 그대로 말한다면 엄마는 가만있지 않을 것이다. 가짜로 다른 사람 행세를 하며 생전 처음 보는 사람들과 함께 밤을 보내다니, 엄마같이 걱정을 사서 하는 사람이 나를 보내줄 리가 없다.

"잘 지냈어요." 나는 몇 장 안 되는 지폐를 식탁에 대고 반듯이 폈다. 돈에서는 맥주 냄새가 났다.

"오늘 프랑스어 시험을 봤는데 정말 잘 본 것 같아요."

물소리가 갑자기 그쳤다. "말하는 게 왜 그래?" 엄마가 물었다.

"말하는 게 왜요?"

갑자기 심장이 뛰는 걸 느끼며 내가 되물었다. '정말 잘 본 것 같아요'라고 한 말이 아직도 귓전에 울렸다. 그건 바인랜드의 억양이었다.

"내가 어떻게 말했는데요?" 내가 얼른 원래의 내 말투로 물었다.

엄마는 다시 식탁으로 와서 뭔가 이상하다는 표정으로 나를 쳐다봤다. "모르겠어. 아깐 분명히 네 말투가 좀 이상했어."

나는 아무 대답도 하지 않았다. 꼼짝할 수가 없었다.

엄마는 계면쩍게 웃으며 머리를 저었다 "내가 너무 피곤해서 그런가 보다." 그러고는 이마를 쓸었다. "엄마 먼저 잘게." 몸을 굽혀 내 정수리에 키스를 한 엄마가 침실로 무거운 발걸음을 옮겼다.

'이 일이 끝날 때까지만 참자. 이틀만 버티면 돼. 나머지 돈을 다 받은 다음에 엄마한테 털어놓을 거야. 얼마 동안 외출금지 벌을 받겠지만, 그때는 이 일이 끝났을 테니까 상관없어.'

나는 엄마가 두고 간 돈을 모아 찬찬히 세어보았다. 82달러였다. 우리 지역 팀이 계속 이렇게 성적이 안 좋으면 우리는 나머지 5천 달러가 꼭 필요하다.

게다가 LA 레이커스가 올해도 성적이 엉망이라는 소식이 들려온 참이었다.

Chapter 13

보낸 사람: princessgirl@vineland.org
받는 사람: rockmyworld@aol.com

리빗,

토요일에 대사관 뒤로 저를 태워갈 차를 보낸다니 정말 고마워요. 지금 일분 일초를 재며 기다리고 있어요!

전 오늘 해질 녘에 타워레코드에 가서 당신 시디를 모두 샀어요. 콘서트에 가기 전에 노래를 모두 외우려고요. 당신은 정말 천재예요! 가사가 정말…… 감동적이에요. 특히 '당신의 사랑은 트로이의 목마'나 '떠나가는 사랑' 같은 로맨틱한 곡은요. 당신은 세상에서 가장 섬세한 사람일 거예요. 이렇게 말하는 걸 이해하세요. 전 왠지 마법에 걸린 기분이에요. 지금은 콘서트에서 우리 둘이 만날 순간만 간절히 기다리고 있어요.

✉

보낸 사람: rockmyworld@aol.com
받는 사람: princessgirl@vineland.org

나 취했어.

나는 줄리아네 집 부엌의 부서질 듯한 의자에 기대앉아 노트북 모니터에 뜬 리빗의 답장을 멍하니 바라보았다. 가슴이 산산조각이 나는 것 같았다. 나는 내 심정을 그토록 격정적으로 써 보냈는데, 그는 전혀 아니었던 것이다.

'하지만 그는 록스타잖아. 게다가 순회공연을 하는 동안엔 다들 흥청망청 마실 거야.' 나는 그를 이해하려 노력했다.

다른 사람들은 아마 나도 LA에서 그렇게 보낼 거라 생각하겠지. 온갖 화려한 클럽에 가고 크리스털을 마시며 VIP실에서 맘껏 떠들며 놀 거라고 말이야. 하지만 지저분한 고양이가 내 발목에 털을 비비고 있는 이런 허름한 집에 내가 앉아 있었다는 걸 알면 그 사람들은 어떤 표정을 지을까. 벤 애플렉은 그날 오후 영화시사회에 나타나지도 않았다. 내가 본 사람 중 가장 유명한 배우는 〈말콤네 좀 말려줘〉에 나온 꼬마였다. 정말 맥빠지는 일이었다. 〈마이 독 스킵〉에도 나온 그 애를 정말 좋아하기는 했지만 말이다.

"아직 안 됐니?" 내가 외치자 고양이가 놀라서 펄쩍 뛰었다.

"1분 만!" 잉그리드가 침실에서 '최고의 명품' 줄리아에게 마지막 손질을 하며 대답했다. "줄리아 정말 너하고 똑같아!"

나는 얼굴이 달아올랐지만 웃기지 말라는 뜻으로 눈알을 굴렸다. 잉그리드는 자기가 줄리아를 나하고 똑같이 변화시키겠다며 장담을 해왔고, 그럴 때마다 나는 허풍 좀 떨지 말라고 윽박질렀다.

나는 이 일이 잘되기를 바라면서도 사람들이 줄리아 존슨을 나로 착각할 리 없다는 것이 솔직한 생각이었다. 그건 전혀 불가능했다.

내가 될 수 있는 건 오직 나뿐이니까.

나는 컴퓨터의 이메일 창을 닫은 후 손으로 턱을 괴고 앉아 있었다. 엄마나 킬조이가 보면 야단칠 자세였다. 오늘 밤 연회에는 어떤 사람들이 올까? 대부분 내가 기껏 한두 번 만난 사람들이겠지. 줄리아가 억양에서 실수를 안 하고 수프를 먹을 때 후루룩 소리만 내지 않는다면 그 사람들은 깜빡 속을 것이다. 마르쿠스도 오겠지만 그는 노부인들에게 키스하고 고위인사들과 인사하느라 혼자 바빠서 줄리아가 내가 아니라는 걸 눈치챌 겨를도 없을 것이다. 그 사람은 내가 보라색으로 머리를 염색하고 가도 "카리나, 오늘 밤은 무척 아름다워. 너랑 함께 춤을 추면 영광이겠는데"라고 말할 거다.

농담 아니다. 정말로 그렇게 말할 사람이다. 정말 짜증나는 인간이다.

그래도 우리 부모님이 안 온다는 게 천만다행이다. 엄마는 틀림없이 줄리아가 내가 아니라는 걸 알아볼 테니까. 우리 아빠는 물론 얘기가 다르다. 지금까지 아빠와 보낸 시간은 너무 적어서 내가 아빠 발을 밟지 않으면 아빠는 나를 알아보지도 못할 것이다. 흠. 어쨌든 줄리아는 내 역할을 잘해낼 거다. 적어도 하루 동안은 말이다. 나는 속에서 올라오는 불편한 느낌을 가라앉히기 위해 힘겹게 침을 삼켰다.

진짜 나와 가짜 나를 판별할 수 있는 사람이 세상에 두 사람—잉그리드와 엄마—밖에 없다면 어떻게 될까.

침실문이 열리더니 잉그리드가 거실로 나오는 소리가 들렸다. 거실은 부엌과 연결되어 있었다. 잉그리드는 눈에 띄게 밝은 표정이었다. 일어서려는데 이상하게 무릎이 떨렸다. 마음을 가라앉히고 식탁을 걸어 돌아가 거실 한쪽 구석에 섰다.

"카리나 공주님," 잉그리드가 연극 대사 읊듯이 말했다.

"소개드립니다. 카리나 공주님입니다."

그러고는 과시하듯 손을 휘두르며 옆으로 한 걸음 비켜났다…… 거울이었다. 내가 줄리아를 본 순간 내 몸속의 산소가 훽 소리를 내며 빠져나갔다. 굽이 낮은 구두와 내가 제일 아끼는 드레스를 입고 거실 가운데로 걸어오는 줄리아의 자태는 더할 나위 없이 우아하고 기품이 있었다. 아직 밤색인 머리는 위로 쪽지어 올렸는데 얼굴 근처에는 몇 가닥이 흘러내려 있었다. 화장도 내가 좋아하는 색조—눈 주위는 밝게 입술은 진하고 눈에 띄게—로 되어 있었다. 목이 바짝 타는 것을 느끼며 나는 황급히 할 말을 찾았다. 두 사람은 기대에 찬 표정으로 나를 쳐다보고 있었지만 예기치 못한 일이라 아무 생각이 나지 않았다. 나는 입을 열었고 이어서, "모든 바인랜드 국민을 대신하여 이 자리에 참석하게 된 것을 영광으로 생각합니다"라는 말이 들렸다.

내가 한 말이 아니었다. 줄리아가 한 말이었다. 하지만 내가 했다고 해도 믿을 정도로 똑같았다. 내 목소리와 말투를 그녀는 완벽하게 재현했다.

"소름끼치지 않니?" 잉그리드가 내 옆으로 자리를 옮겨 줄리아를 바라보며 물었다.

"네가 코 수술을 했으니 다행이야. 안 그랬으면 이렇게 똑같이 꾸미지 못했을 거야."

나는 손을 뻗어 내 옆에 있는 속이 두툼한 의자 등받이를 잡았다. 공주스럽지 못하게 갑자기 식은땀이 나기 시작했다. 나보다도 훨씬 전부터 줄리아가 나였던 것 같은 착각이 들었다. 내가 수술해서 갖게 된 코를 줄리아는 태어나면서부터 갖고 있지 않은가. 누군가가 나를 대신할 수 있다니. 그런 생각이 들면서 별안간 속이 울렁거렸다. 태어나면서부터 속박당하고 살았는데, 그것도 부족해서…… 이젠 다른 사람이 완벽하게 내 자리를 차지할 수 있게 된 거야.

"뭐 할 말 없니?" 잉그리드가 들쑤셨다. 줄리아는 입술을 깨문 채 긴장한 표정으로 나를 쳐다봤다.

"아, 알았다! 왕관을 씌워야 완벽하지!" 잉그리드가 소파 앞 테이블에 있던 내 왕관에 손을 뻗었다. 그녀의 손이 다이아몬드에 닿기 직전에 내가 엉겁결에 소리쳤다.

"안 돼!" 잉그리드가 얼어붙었고 내 외침이 허공에 울려 퍼졌다. "그거 손대지 마!"

"왜 그래?" 잉그리드가 손을 거두며 물었다.

"난…… 난……."

눈물이 쏟아질 것 같았다.

"이렇게 해봤자 아무 소용없어!" 내가 불쑥 말했다. 심장이 고동치고 있었다. "줄리아가 가짜라는 걸 다 알아볼 거야. 다들 말이야. 어떻게 재가 내가 될 수 있겠어."

다시 줄리아의 얼굴을 봤다. 괜히 봤다. 저 애가 나야! 내 머릿속에서 작은 목소리가 울부짖었다. 저 애가 나라고!

더이상 그 자리에서 버틸 수가 없었다. 나는 내 왕관을 집어들고 아파트를 뛰쳐나갔다. 눈물이 얼굴을 타고 흘러내렸다. 내가 사람들 앞에서 마지막으로 눈물을 보인 건 할아버지가 돌아가셨을 때였다. 나는 할아버지와 보낸 시간이 거의 없었지만 품위 있게 눈물을 흘리는 것이 내 의무라는 지시를 들었던 것이다. 내 감정도 내 것이 아니었다.

"카리나! 기다려!"

내가 계단을 뛰어내려 가자 잉그리드가 뒤에서 소리쳤다.

하지만 나는 서지 않았다. 그럴 수가 없었다. 그 여자애를 완벽한 카리나로 만들어 내 자존심을 무참하게 짓밟은 잉그리드에게 적개심이 느껴졌다. 두 사람 앞에서 그렇게 무너졌다는 것이 나는 견딜 수 없이 창피했다. 그러면서도 헷갈렸다. 이건 내가 원했던 거잖아? 내가 리빗을 만나러 가려고 이 모든 계획을 짠 거잖아. 그런데 왜 자꾸 눈물이 나는 거야?

"카리나! 너 한 걸음만 더 가면 네 사진을 찍을 거야. 그 홀터탑(어깨가 드러나고 끈을 목 뒤에서 묶는 여성상의-옮긴이) 입은 모습 그대로 말이야. 그리고 네 엄마 컴퓨터로 보내버릴 거야!"

나는 깜짝 놀라 멈춰섰다. "뭐 하러 따라와?" 나는 얼른 눈물을 닦고 고개를 돌렸다. "거기서 네 작품하고 노닥거리고 놀면 되잖아."

"도대체, 왜 이러니." 잉그리드가 내게 다가오며 말했다. 손에는 디지털 카메라를 들고 있었다. 아마 줄리아의 역사적인 변천과정을 기록으로 남기기 위해 가져왔을 것이다. "다 너를 도우려고 이러는 거잖아. 내가 저 집에서 너랑 닮은 가난뱅이랑 노닥거리고 싶어서 LA에서 내 시간을 허비하고 있는 것 같니?"

"넌 그 애한테 5천 달러나 줬잖아. 네가 그 애를 좋아한다고 생각했어." 내가 그 일을 상기시켰다.

잉그리드는 숨을 깊이 들이마시더니 땅을 내려다봤다.

"그래 조금 좋아하는 건 맞아. 하지만 그건 중요한 게 아냐."

나를 바라보는 눈빛은 어느새 부드러워져 있었다. 그 순간 잉그리드는 내가 무슨 생각을 하고 있는지 알고 있다는 것을 깨달았다. 잉그리드가 겉으로는—아니 속으로도 조금은—냉정해 보이지만 그래도 내게는 가장 좋은 친구였다.

"줄리아는 그냥 네 역할을 하는 거야." 그녀가 단호하게 말했다. "네 자리를 차지하는 게 아니라고."

"나도…… 그건 알아." 하지만 별로 확신이 서지 않았다.

"너를 대신할 사람은 아무도 없어." 잉그리드가 팔을 뻗어 나를 안았다. 그리고 그녀의 턱을 내 어깨에 얹으며 말했다. "넌 리빗이랑 네 인생 최고의 밤을 보낼 생각만 하면 돼. 그리고 호텔로 돌아오면 모든 게 다시 예전으로 돌아가는 거야. 줄리아는 다시 줄리아가 되는 거고 너는 다시 카리나로 돌아오는 거지."

나는 포옹을 풀고 미소를 지었다.

"정말 내 인생 최고의 밤이 될까?"

"뭐, 내가 함께 가면 그보다 더 최고의 밤이 되겠지만, 그래도 썩 괜찮은 밤이 될 거야."

우리는 푸하하 웃었다. 잉그리드 말이 맞았다. 우리는 리빗을 만나기 위해 이런 일을 꾸민 것이다. 진짜 콘서트에 가서 하루 동안 보통 소녀가 되는 것이다. 내가 꿈에도 바라던 일 아닌가.

"자, 올라가자." 잉그리드가 말했다. 하지만 두 걸음도 옮기기 전에 잉그리드가 내 팔을 붙잡으며 앞을 막아섰다. 무슨 일이 있거나 수상한 사람이 다가오면 하던 행동이었다. "저기, 줄리아 엄마 아냐?" 잉그리드가 숨죽여 말했다. 흰색 바탕에 분홍 줄무늬가 있는 초라한 복장에 스니커즈를 신은 여자가 지갑을 뒤지며 줄리아네 아파트 건물로 걸어가고 있었다. 줄리아 책상의 사진틀에 있던 아름다운 여성과 닮은 듯했다.

"줄리아 엄마는 몇 시간 뒤에나 올 거라고 했잖아!"

줄리아 엄마가 아파트 건물의 붉은색 문을 밀고 들어갈 때 내가 속삭였다.

"차에 타!" 잉그리드가 차문을 열고 나를 무작정 밀어넣었다. 그러고는 다급하게 말했다. "빌! 경적을 울려요!"

빌이 경적을 울리자 몇 초 후에 줄리아가 무슨 일이냐는 얼굴로 창밖을 내다봤다.

"네 엄마가 오셨어!"

잉그리드가 반은 소리치고 반은 속삭이며 말했다.

"뭐?" 줄리아가 화들짝 놀랐다.

"네 엄마가 오셨다니까!"

줄리아가 고개를 돌려 뒤를 쳐다보더니 황급히 사라졌다.

"그 드레스 차림으로 들키면……." 나는 빌이 차를 돌려 차도로 진입할 때 줄리아네 창을 올려다보며 중얼거렸다.

"그 드레스 차림으로 들키면……." 잉그리드도 우울한 표정으로 말했다. "우린 끝장이야."

chapter 14

나는 계단을 올라오는 엄마의 발소리를 듣고 잠시 몸이 얼어붙었다. 엄마는 오늘 야간 근무를 한다고 했는데 왜 집에 오는 거지? 문득 내 드레스를 내려다보니 심장이 미친 듯이 뛰기 시작했다. 엄마가 열쇠구멍에 열쇠를 넣는 소리가 들리자 뒤통수를 맞은 것처럼 정신이 멍해졌다. 하지만 얼른 정신을 수습하고 바람처럼 내 방으로 들어갔다.

"줄리아?" 엄마가 아파트 안으로 머리부터 들이밀며 나를 불렀다.

"엄마, 왔어요?" 소리친 나는 방문을 쾅 닫고 드레스 뒤쪽에 달린 훅을 찾느라 진땀을 뺐다. "오늘 야근 아니었어요?"

"손님이 없어서 몇 명이 일찍 퇴근했어." 대답하는 엄마의 목소리가 점점 가까워졌다. 나는 간신히 훅을 끄르고 그 아래 있는 지퍼를 내렸다. "저녁은 먹었니?"

"어…… 네." 나는 가늘고 섬세한 어깨끈이 뜯어지지 않도록 조심스럽게 드레스를 벗었다. 드레스가 바닥에 떨어지는 순간 문이 열렸고 나는 의자에 걸쳐져 있던 큼직한 티셔츠를 집어들어 재빨리 머리 위로 뒤집어썼다. 그리고 머리 뒤에 꽂혀 있던 핀들을 확 잡아 당겼는데 그 바람에 머리카락 몇 가닥이 뽑혀 눈물이 찔끔 났다.

아이고, 드레스! 나는 그것을 얼른 발로 차서 침대 밑으로 밀어 넣었다.

"뭐 먹을 거 있니? 배고파 죽겠다." 엄마가 문설주에 기대며 물었다.

"어…… 남은 게 없는데." 실은 카리나 공주와 잉그리드가 중국 식당에서 음식을 사와서 그 포장지가 내 책상 쓰레기통에 쌓여 있었다.

"수프 같은 거 좀 만들어드릴게요." 나는 다음날 아침에 쓰려고 둔 유명 화장품들과 머리염색제 등을 들킬까 봐 엄마를 빨리 내보내려고 부산을 떨었다. 매운 닭볶음 요리를 먹고 난 후라 냄새도 풍겼다.

"그거 좋겠구나." 나는 엄마와 함께 부엌으로 향했다.

"있잖아, 줄리아, 얘기할 게 있어. 내일 밤에는 늦게까지 일해야 되니까 일요일에 짐을 싸야 될 것 같아. 리타가 집을 구할 때까지 몇 주 동안 함께 들어와서 살라고 하더라."

"잘 됐네요." 나는 주춤했지만 그렇게 말했다. 리타는 엄마랑 같은 데서 일하는 아줌마다. 3미터나 떨어져 있어도 담배 냄새가 나고, 짜증나는 셸던이라는 아들도 있는데 그 애는 나한테 푹 빠져서 만나기만 하면 유치하게 스타워즈 카드를 줬다.

“네가 리타를 별로 좋아하지 않는 건 알지만 지금은 어쩔 수 없잖니, 줄리아.” 엄마가 지친 목소리로 말했다. 엄마는 컵 두 개에 물을 채워 전자레인지에 넣고 돌아서서 나를 봤다. 처음으로 나는 엄마의 눈 아래 살이 늘어져 있다는 것을 알았다.

“정말 어떻게 해야 될지 모르겠다.”

정말 곤혹스러운 상황이었다. 나는 지금 일이 어떤 상황인지 엄마에게 말해야 했다. 집세를 모두 해결했다는 사실을 말이다. 나는 머릿속이 복잡했다.

하지만 그러면 엄마는 내가 해야 되는 일을 그대로 두고 보진 않을 거야. 그리고 내 임무를 완수하지 못하면 나는 받은 돈을 돌려줘야 돼 — 지금은 갖고 있지도 않은 돈을 말이야.

하지만 말을 하지 않으면 엄마는 내일 밤에 일하면서 내내 고민할 것이다. 이사를 하고 빨리 돈을 구해야 한다는 걱정, 담배연기로 가득 차고 셸던이 귀찮게 구는 집에서 내가 힘겹게 살아야 한다는 생각에 괴로워하면서 말이다. 그렇게 내버려둘 수는 없다. 하지만 어떻게 해야 될지 전혀 알 수 없다는 게 문제였다.

“이상하게 도미닉이 우리한테 빨리 나가라는 쪽지를 안 붙여놨더라.” 전자레인지 돌아가는 소리가 나자 엄마가 말했다. “갑자기 양심이란 게 생긴 건가?”

쪽지! 갑자기 그 말이 머리를 쳤다. 그거야! 이제 됐어! 내일 집을 나가면서 모든 상황을 편지에 적어 남겨두는 거야. 집세 영수증이랑 나머지 돈이랑 함께 말이야. 엄마가 퇴근해서 집에 와서 그 쪽지를 볼 때쯤이면 연회는 이미 끝났을 거고 그때는 엄마가 나를 막을 수도 없잖아. 나는 벌로 평생 외출금지를 당할지도 모르지만 적어도 내일 저녁에 엄마가 마음 편히 쉴 수 있을 테니 그걸로 됐어.

"엄마." 나는 엄마가 건네주는 김이 나는 물컵과 티백을 받고 미소를 지으며 엄마 맞은편에 앉았다.

"왠지 모든 일이 잘 풀릴 것 같은 예감이 들어요."

엄마에게,

엄마는 이 말을 믿지 않겠지만, 집세를 구할 방법이 생겼어요. 엄마는 틀림없이 반대하겠지만 절대 불법적이거나 위험한 일이 아니라는 건 분명히 말씀드릴 수 있어요. 제가 그런 일은 하지 않을 거라는 거 엄마도 아시잖아요. 어떻게 된 건지 말씀드릴게요.

이번 주에 바인랜드에서 카리나라는 공주가 우리 학교에 연설을 하러 왔어요. 그 뒤로 어쩌다가 그 공주를 만나게 됐는데 나보고 부탁할 게 있다고 하더라고요. 자기랑 토요일에 열리는 연회에 가서 같이 밤을 보내달라는 거죠. 말도 안 되는 황당무계한 일이라는 건 알지만, 그렇게 해주면 저한테 만 달러를 주겠다지 뭐예요.

알았어요, 진정하세요. 일요일에 집에 와서 모든 걸 말씀드릴게요. 아마 오전 10시 30분경이 될 거예요. 제가 3개월치 집세를 냈어요. 도미닉이 써준 영수증을 보면 아시겠죠. 그리고 돈도 좀 남겨놨으니 엄마가 쓰세요. 그러니 이제 이사할 문제로 골치 썩이지 마세요. 어쨌든 이 일을 이제야 말하는 것에 대해 벌을 받을 거라는 건 알지만, 미리 말했으면 엄마가 이 일을 막았을 거잖아요. 그리고 엄마에게 도움이 될 일을 뭐라도 하고 싶었단 말이에요.

일요일 아침에 다시 봐요. 그리고 제발 걱정하지 마세요. 엄마, 사랑해요.

줄리아

Chapter 15

"줄리아는 왜 여태 안 오는 거야?" 내가 초조하게 물었다. 30초도 안 돼서 벌써 내 손목시계를 세 번째 쳐다봤다. 아직 12시 5분이었다. 그 전에 손목시계를 두 번 봤는데 그때도 같은 시각이었다. "어떻게 이렇게 늦을 수가 있어?"

"카리나, 진정해." 잉그리드가 담배를 하나 꺼내며 말했다. "너는 평생 누구를 기다려본 적이 없어서 모르겠지만……."

"제발! 지금 그것 때문에 이러는 게 아니잖아." 사실은 그것 때문이면서 나는 신경질을 냈다. 아무도 감히 나나 우리 식구를 기다리게 한 사람이 없었다. "난 그냥……."

"리빗 만나는 일이 긴장돼서 그런다고?" 잉그리드가 적당한 핑계를 대신 말해줬다.

나는 숨을 멈추고 말했다. "그래."

"그건 걱정 마." 잉그리드가 말했다. 그녀는 내 책상에 있던 재떨이에 담배를 비벼끄고 머리빗을 들고 나에게 다가왔다. "리빗이 밤색 머리를 좋아해야 할 텐데." 그녀가 방금 염색한 내 머리를 빗으며 눈을 반짝였다.

"머리 괜찮아 보이니?" 속이 울렁거렸다. 뱃속에서 나비 수백 마리가 제야의 파티를 하며 미친 듯이 날아다니는 느낌이었다. 염색한 뒤 한 시간 동안 난 거울도 보지 않았다. 거울 속에서 줄리아가 나를 마주보면 기분이 너무 묘할 것 같아서였다.

"넌 머리를 보라색으로 염색해도 여전히 예쁘구나." 잉그리드가 마르쿠스 말투를 흉내 냈다.

"윽, 정말 싫어."

내가 어젯밤 잉그리드에게 마르쿠스는 내가 보라색으로 염색해도 그렇게 말할 거라고 얘기했더니 그걸 흉내 낸 것이다. 나는 씩 웃었다. 오늘 밤에 내가 자기를 따돌리고 시시한 펑크 가수를 만나러 갈 거라고 말해주고 싶었다. 얄미울 정도로 잘생긴 그 얼굴에 어떤 표정이 나타날지 무척 궁금했다.

갑자기 문을 노크하는 소리가 들렸다. 크로스백을 움켜쥐고 일어서는데 심장이 쿵쾅쿵쾅 뛰었다. 드디어 때가 왔어.

"누구세요?" 잉그리드가 밖에 대고 소리쳤다.

"빌입니다." 목쉰 듯한 조심스러운 대답이었다.

"들어와요!" 내 목소리는 긴장으로 갈라져 나왔다.

"비상계단 쪽에서 기다리고 있습니다." 빌이 문을 열며 말했다. "보안 담당자들이랑 벨보이 한 명한테도 돈을 좀 쥐여줬습니다. 나중에 그거 주실 거죠?"

"걱정 말고 들여보내요." 내가 초조하게 말했다.

빌이 나가자 나는 잊지 말라는 뜻으로 잉그리드를 쳐다봤고 그녀도 알았다는 눈빛을 보냈다. 잠시 후 줄리아가 문간에 나타났다. 내 머리색깔인 금발로 염색되어 있었다.

또다시 어젯밤에 느꼈던 불안감이 물밀듯이 밀려왔다. 새로 염색한 머리와 나를 닮은 모습은 흠잡을 데가 없었다. 잉그리드가 그 순간의 줄리아 사진을 찍었다면 나라도 그걸 내 사진이라 착각할 것 같았다.

줄리아가 이렇게 완벽하게 변신하다니 믿어지지가 않았다. 처음 그녀를 봤을 때는 말하는 것도 원시인처럼 거칠었는데.

그런데 지금은…… 그녀가 나였다. 이윽고 나는 줄리아에게서 고개를 돌려 거울을 봤다. 거울 속에 비친 내 모습을 본 나는 목구멍으로 올라오는 무거운 덩어리를 힘겹게 삼켜야 했다. 그녀가 나였고 내가 그녀였던 것이다.

"와……." 줄리아가 주저하며 방 안으로 들어섰다. 아마 그녀는 내가 그 전날처럼 사정없이 무너질까 봐 불안했을 것이다. "너 정말…… 달라 보인다."

그녀는 내 드레스가 담긴 상자를 침대 위에 놓고 내게 걸어왔다. 그리고 우리는 나란히 서서 거울을 바라봤다. 심장이 쿵쾅거리며 갈비뼈에 부딪히는 것 같았다. 정말 이래도 되는 걸까.

갑자기 나는 엄마가 옆에 있으면 좋겠다는 생각이 들었다. 그 순간 방 안으로 걸어들어와 나를 꼭 껴안아주면 안심이 될 것 같았다. 그때까지도 나는 줄리아와 내가…… 줄리아와 나라는 걸 증명하고 싶었던 것이다.

"카리나." 잉그리드가 부르는 소리에 나는 얼른 정신을 차렸다. "15분 후에 토드머핀 운전기사가 대사관 뒤쪽으로 온다면서. 서두르지 않으면 놓치겠다." 우리는 대사관 뒤쪽을 약속장소로 정해두었다. 호텔에는 기자들로 북새통을 이루고 있었는데 그런 상황에서 내가 누군가를 기다리고 있다가 그들에게 들킬 수도 있기 때문이다. 사방 몇 블록 내에서 우리가 아는 유명한 건물이라곤 대사관밖에 없었다.

내가 거울에 비친 줄리아를 보자 줄리아가 빙긋 웃었다.

"걱정 마. 잘해낼 자신 있으니까."

그 말을 들으니 왠지 기분이 한결 나아졌다.

"카리나, 얼른 가!" 잉그리드가 재촉했다.

뭐, 이제 되돌릴 수도 없는 상황이었다. 나는 가방을 어깨에 메고 잉그리드와 재빨리 포옹하고 나서 문으로 향했다. 이제 나는 곧 리빗을 만날 것이고 다른 일도 모두 순조롭게 진행될 것이다. 걱정할 것 없다.

"행운을 빌게!" 줄리아가 등 뒤에서 소리쳤다.

이상하게 나는 "너도!"라는 말이 나오지 않았다.

"비상계단으로 해서 몇 층 내려간 다음에 엘리베이터를 타십시오." 복도로 나서자 빌이 일러주었다. "아래층에 기자들이 있는데 엘리베이터가 꼭대기층에서 내려오는 걸 보면 공주님이라는 걸 알아챌 겁니다."

이런 비밀스러운 작전에서는 빌이 최고의 조언자다. "고마워요." 나는 비상계단으로 통하는 무거운 문을 열고 10층까지 걸어 내려간 다음 거기서부터 엘리베이터를 타고 내려갔다. 어떤 부부가 두 딸을 데리고 5층에서 엘리베이터를 타자 나는 흠칫 긴장했지만, 그들은 나를 힐끗 보고 그뿐이었다.

'미국 사람들이 다 너를 알아보는 건 아냐.' 나는 그 생각을 하며 마음을 놓았다. 물론, 그때 내 행색대로라면 바인랜드 사람들도 나를 몰라봤을 것이다. 그게 과연 좋은 일인지는 모르겠지만 말이다.

1층에서 엘리베이터를 내린 나는 로비에 모여 한담을 나누고 있는 기자들과 사진가들을 곧장 지나쳐 갔다. 이번에도 나를 눈여겨보는 사람은 없었다. 그때 느낀 건 바로…… 자유였다.

호텔에서 나온 후 왼쪽으로 돌아 대사관을 향했다. 몇 블록만 가면 됐다. 태양이 내 얼굴을 비추고 자동차들이 내 옆을 질주하자 정말로 혼자라는 실감이 났다.

완전히 그리고 완벽하게 혼자였다.

빨간불이 켜진 건널목에서 한 무리의 관광객들과 신호를 기다리고 서 있으려니 얼굴에 저절로 미소가 번졌다. 내가 드디어 그들 중 한 명이 되었다. 보통 시민의 일원이 된 것이다. 그때 갑자기 자동차의 경적 소리가 울려 고개를 들어보니 남자들—셔츠도 안 입고 있었다—이 가득 찬 지프가 달려와 섰다.

"어이, 아가씨! 섹시한데!" 그들 중 한 명이 외쳤다.

얼굴이 화끈거렸지만 그래도 웃음이 났다. 바인랜드에서는 나에게 그따위로 말할 사람이 한 명도 없을 것이다. 그동안 나는 항상 아름답다는 말만 들어왔지 내 또래의 남자한테서 '섹시'하다는 말은 한 번도 들어보지 못했다. 보통 10대 여자애들은 이렇게 사는 걸까?

신호등이 파란불로 바뀌자 나는 사람들에 섞여 차도를 종종걸음으로 건넜다. 대사관까지 가는 동안 내내 나는 고개를 꼿꼿이 쳐들고 사람들 얼굴을 쳐다봤지만 나를 알아보는 사람은 아무도 없었다. 마치 꿈을 꾸고 있는 것 같았다.

대사관 건물에 도착해서 바람에 휘날리는 바인랜드 국기를 올려다봤다. 이번 주만 해도 기자들에 둘러싸여, 그리고 경호원들의 보호를 받으며 얼마나 여러 번 저기에 들어갔던가. 지금 거기에 들어가려고 하면 문 앞에 선 보안요원들이 틀림없이 나를 금속탐지기로 검사하겠지!

나는 키득키득 웃으며 그 건물을 돌아 뒤쪽으로 갔다. 인도의 연석을 따라 차가 몇 대 주차되어 있고 야자수가 그늘을 드리우고 있는 평범한 도로였다. 리빗의 운전기사를 기다리는 동안 나는 흥분을 억누를 수가 없었다. 그래서 새로 산 스니커즈를 신고 방방 뛰어보기도 하고 혼자 킬킬대기도 했다. 누군가 그런 모습을 봤다면 분명히 근처 정신병동에서 뛰쳐나온 환자라고 생각했을 것이다.

갑자기 커다란 낡은 밴이 끽 소리를 내며 내 앞에 멈춰섰다. 엔진소리가 요란했다. 조수석 문이 삐걱거리며 휙 열리는 순간 나는 그 사람이 납치범 같아서 더럭 겁이 났다. 곱슬곱슬한 긴 금발에 두건을 쓴 건장한 남자가 운전석에서 몸을 내밀었다.

"줄리아?" 차 안에서 음악소리가 울리고 있어서 그가 큰 소리로 외쳤다.

"네…… 그런데요?" 나는 당황이 되었다.

"얼른 타시게!" 그가 말했다. 그의 티셔츠에는 '난 여자들 가슴이 좋아'라고 씌어 있었다.

이 사람이 나를 태우러 온 운전기사라고? 그럴 리가 없다고 생각하면서도 일단 물어봤다. "혹시…… 리빗의 운전기사예요?"

그는 큰 소리로 웃더니 어깨를 으쓱했다. "이번 주에는 그런 셈이지. 지난주에는 데이브 나바로의 운전기사였고 그 전에는 썸41의 운전기사였지만." 그가 굳은살이 박인 손을 내밀었는데 손등에는 거미 문신이 새겨져 있었다. "난 미치광이 데이브라고 해."

그 사람은 내가 정말 자기 손을 잡고 악수할 거라 생각했던 걸까? 도대체 어떻게 생겨먹은 사람인지 이해할 수가 없었다.

"농담이죠?" 나는 밴에서 움푹 찌그러진 곳을 쳐다보며 말했다. 내가 이런…… 흉물스러운 차를 탄다는 걸 알면 우리 부모님은 그 자리에서 기절하실 거다.

"뭐, 본명은 아니고 별명이야." 그가 웃으며 말했다. 어쨌든 그는 자기 손을 거둬들였다. "'앨리스 인 체인스' 콘서트를 마치고 운전하다 어느 술집의 창문을 들이받은 적이 있는데 그때 붙은 별명이지."

"아니…… 그게 아니라…… 저보고 이 차를 타라는 게 농담 아니냐고요." 내가 말했다. "너무 위험할 것 같은데요."

"새끼고양이처럼 안전해." 그가 말했다. 뭔 말인지는 모르겠지만. "빨랑 타. 신데렐라도 어쨌든 토마토 마차에 탔잖아."

"호박이겠죠."

"그래?"

"전 안 타요." 나는 차에서 몸을 돌려 걷기 시작했다.

"맘대로 해." 그가 손을 뻗어 문을 닫으려는 순간 나는 걸음을 멈췄다. 내가 어딜 가려고 한 거지? 다시 호텔로? 거긴 벌써 다른 카리나가 차지하고 있는데? 완벽한 공주의 모습으로 말이야.

미치광이 데이브가 밴을 출발시켰는지 뒤에서 부르릉거리는 소리가 들렸다. 돌아보니 더러운 앞유리창을 통해 그가 씩 웃는 게 보였다. 나는 단단히 결심하고 이를 악물었다.

"생각 바꾸셨나?" 그가 창밖으로 몸을 내밀고 물었다.

나는 한숨을 쉬었다. "어쩔 수가 없네요."

"경찰이 나를 집으로 데리고 갔을 때도 우리 엄마가 그랬지." 그렇게 말하며 미치광이 데이브가 조수석 문을 다시 열었다.

나는 항상 궁금했었다. 차의 앞자리에 앉으면 어떤 기분일까. 하지만 그때 생각한 차는 뚜껑 없는 포르셰나 근사한 메르세데스였다. 그러니까…… 내부가 가죽으로 씌워진 것 말이다. 그런데 지금 눈앞에 있는 밴은 좌석이 비닐로 되어 있었고, 그것도 가운데 부분은 찢어져 있었다. 거기를 가려보려고 누군가 넓은 테이프를 붙여놨지만 안에서는 솜이 미어져 나와 있었다. 그 넓은 테이프를 보니 마음이 다시 불편해졌다. 납치범들은 항상 그런 테이프로 사람들 입을 막는다는 걸 영화에서 봤기 때문이다.

'그렇게 까다롭게 굴 거 없잖아. 콘서트장에 이렇게 차로 데려다 줄 사람이 있다는 걸 감사해야지. 그리고 너 보통사람이 돼보고 싶다고 했잖아. 안 그래?'

용기를 낸 나는 눈을 질끈 감고 밴 안으로 올라탔다. 그런데 미치광이 데이브가 갑자기 출발하는 바람에 문이 쾅 하며 닫혔고 나는 좌석 등받이에 납작하게 들러붙었다.

"안전벨트 어딨어요?" 내가 다급하게 물었다.

그는 어깨를 으쓱했다. "얘기하자면 긴데. 작년 여름에 내가 좋아하는 〈화이트 스트라이프스〉의 노래를 들으면서 태평양연안도로를 운전하고 있었는데, 그때 무슨 일이 있었느냐 하면……."

그는 몇 초 동안 뜸을 들였는데, 그 모습을 보니 하인리히 박사님이 떠올랐다. 그가 골똘히 생각에 잠긴 표정으로 말했다.

"생각해보니, 그게 아니라 이 차를 살 때부터 안전벨트가 없었던 것 같네."

"그럼 어디에 부딪히기라도 하면 어떡해요?"

그가 갑자기 끼어들기를 해서 사방에서 경적소리가 요란하게 울렸다.

"무슨 섭섭한 말씀을. 난 지난 3주 동안 한 번도 충돌한 적이 없다고."

그가 다시 속력을 내기 시작하자 나는 팔걸이를 꽉 잡고 조용히 기도를 하기 시작했다. 어쩌면 보통 여자애가 되는 건 내가 생각한 것처럼 멋진 일이 아닐지도 모른다는 생각이 들었다.

chapter 16

그날 오후는 어질어질할 정도로 정신이 없었다. 카리나 공주와 잉그리드는 연회 전의 일정은 병원 방문밖에 없다고 했지만 나중에 일정이 몇 가지 추가되었던 것이다. 나는 로스앤젤레스 시장과 함께 점심을 먹고 벨에어까지 둘러보게 되었다. 우리 학교 학생들 절반이 다니고 있는 컨트리클럽이 있는 부촌이다. 그동안 나는 프뢰켄 킬조이한테서 똑바로 앉으라느니 좀더 권위 있게 말하라느니 머리카락을 만지작거리지 말라느니 하는 잔소리를 귀가 아프게 들었다. 내 행동을 봐주는 카리나 공주도 없이 일거수일투족을 그녀와 똑같이 행세하려니 진땀이 났다.

그것도 부족해서, 바인랜드의 공식 취재진이 우리를 따라붙었다. 가는 곳마다 기자들이 질문을 퍼붓고 내 사진을 찍었다. 카리나 공주의 경호원인 대릴과 시어도어가 쩔쩔매며 그 사람들을 막았지만 역부족이었다.

병원을 방문하기 전 마지막 목적지에 도착했을 때는 말을 많이 한 뒤라 목은 바짝 타들어갔고 오랫동안 곧게 펴고 있었던 등은 아파서 죽을 지경이었다. 게다가 눈앞에서는 수없이 많은 플래시가 펑펑 터졌다.

"여긴 어디야?" 나는 어둡고 무거운 분위기의 건물 계단을 오르며 잉그리드에게 곁눈질로 물었다.

"오랫동안 해오던 일인데, 불교 승려를 만날 거야."

"그렇군." 나는 서늘하고 고즈넉한 건물 안으로 들어섰다. 그런데 바인랜드의 공주는 불교 승려에게 뭐라고 말해야 할까? 왠지 블랙유머의 질문 같았다.

알고 보니 그 승려는 방글라데시의 빈민 아동 구제를 위해 LA에서 지원활동을 하고 있었다. 나는 그와 악수를 하면서 시선을 회피했다. 현자 같은 그에게 내가 가짜라는 걸 들킬까 봐 두려웠던 것이다.

"바인랜드가 전 세계 빈민 아동들에게 베푼 원조에 감사드립니다." 그의 어조는 아름다웠다. "귀국의 은혜로 수십만 아동의 삶이 극적으로 개선됐습니다. 어떻게 감사의 말씀을 드려야 할지 모르겠습니다."

그는 내 손을 잡고 부드럽게 흔들고 있었는데, 나는 아무 생각 없이 듣고 있다가 불현듯 내가 대답할 차례라는 것을 깨달았다.

"우리나라를 대표해서 말씀드리자면……." 내 입에서 나온 목소리에 나도 깜짝 놀랐다. 바로 카리나 공주의 목소리였던 것이다. "저희는 전 세계 아동을 위해 헌신하는 스님의 노고에 깊은 감명을 받았습니다. 아이들은 우리의 미래이니 그 아이들의 삶을 개선하기 위해선 계속 힘을 보태야죠."

일제히 터진 수많은 카메라 플래시 때문에 나는 장님처럼 방향을 잃고 허둥댔다. 스님에게 작별인사를 한 우리는 숨 돌릴 틈도 없이 절 밖으로 안내되어 대기하고 있던 리무진에 올라탔다.

"사진사들을 접근 금지하는 그런 왕명 좀 발표할 수는 없는 거니?" 눈앞에서 명멸하는 빨간 사각형들을 지우려 눈을 감으며 내가 짜증을 냈다.

"너 정말 잘했어!" 잉그리드가 활짝 웃으며 말했다. "너무 자연스럽더라!"

나는 잉그리드를 빤히 쳐다봤다.

"내가 스님한테 거짓말을 하다니, 이제 어떡하니. 틀림없이 난 죽어서 무간지옥에 떨어질 거야."

잉그리드가 눈을 크게 뜨며 말했다.

"너무 극단적으로 생각하지 마."

차가 병원으로 가는 도중에 잉그리드는 다시 한 번 내가 병원에서 어떻게 행동해야 하는지를 가르쳐줬다. 나는 의사가 하는 얘기를 하나도 빼놓지 않고 잘 들어야 했다. 관심 있는 표정으로, 그리고 가능하면 자주 고개를 끄덕이면서 말이다.

"카리나는 아픈 애들에게 아주 다정하게 대해주고 자주 쓰다듬어 주지만, 너는 하기 싫으면 그러지 않아도 돼."

병원 앞에 도착했을 때 잉그리드가 지나가는 투로 일러줬다.

"너, 뭐야. 양철인간이야?" 내가 발끈했다.

잉그리드는 멍한 눈으로 나를 쳐다보기만 했다.

"오즈의 마법사에 나오는 양철인간 말이야. 심장이 없는 사람."

"가르쳐줘서 고마워." 잉그리드가 아무렇지도 않게 말했다. 그녀는 모욕을 해도 모욕감을 느끼지 않는 인간이었다. "난 카리나만큼 옛날 영화를 잘 모르거든."

리무진의 문이 열리고 킬조이가 머리를 디밀었다.

"두 사람 뭐해요!" 그녀가 갑자기 소리를 지르자 심장 박동수가 급격히 상승했다. 그 여자의 말 한마디는 어떤 선생님이나 상사 그리고 집주인보다 나를 더 긴장시켰다. 아니, 그 사람들을 다 합한 것만큼이나 무섭다. "서둘러요. 지금 일정보다 늦어졌어요."

"죄송해요. 프뢰켄 킬조이." 내가 카리나 공주의 지갑을 들고 차 밖으로 나오면서 말했다.

그러자 그 여자는 똑바로 서더니 분노에 찬 눈으로 나를 노려봤다. "방금 저보고 뭐라고 했죠?"

오, 주여. 내가 방금 무슨 짓을 한 거지?

"어……." 내가 말을 못하고 우물거렸다.

"프뢰켄 킬……."

잉그리드가 차에서 뛰쳐나와 내 팔을 탁 치자 나는 얼른 입을 닫았다.

그 여자는 우리를 흘겨보더니 몸을 돌려 병원 쪽으로 척척 걸어갔다. 옛날 영화에서 본 독일군 걸음걸이 같았다.

"그게 저 여자 이름 아니었어?" 내가 잉그리드에게 속삭였다.

"아냐. 킬로이야." 잉그리드도 속삭였다.

"이제야 알려주다니 고맙다." 나는 숨을 깊이 들이마시고 쏘아붙였다.

분위기로 보아 그날 밤은 정말 진땀 뺄 것 같았다.

병원 로비로 들어서자 키가 크고 대머리인 남자가 셔츠와 넥타이 위에 흰색 가운을 입고 우리를 맞아주었다.

"카리나 공주님, 저는 소아병동 과장 필딩 박사입니다." 그가 내게 손을 내밀었다. "이렇게 모시게 되어 영광입니다."

나는 하마터면 평소 하던 대로 악수를 할 뻔했지만, 손바닥을 아래로 향하게 해서 손을 내밀라고 한 카리나 공주의 말이 떠올라 그대로 했다. 그는 잠깐 망설이더니 내 손가락 끝을 잡았고 그걸 보자 나는 내가 형편없는 속물이 된 기분이었다. 하찮은 인사법 때문에 매일 병든 아이들을 돌보는 이 남자를 당황하게 하다니. 그 자리에서 사라져버리고 싶었다.

"제가 영광이지요." 나는 그 말이 진심이라는 것을 눈빛에 담으려고 애쓰며 대답했다.

그의 미소를 보니 내 마음이 전해진 것 같았다. 필딩 박사는 우리를 소아병동으로 안내한 뒤 그곳 놀이방에서 놀고 있던 아이들에게 우리를 소개했다. 박사의 말로는, 대부분의 아이는 퇴행성 질병을 앓고 있었고 완치가 불가능한 아이들도 있었다. 그들의 천진난만하면서도 지친 얼굴을 보는 것만도 내게는 힘에 부치는 일이었다.

"카리나는 병원을 자주 방문하니?" 내가 작은 소리로 잉그리드에게 물었다.

"이틀에 한 번꼴로." 잉그리드의 대답이었다.

어휴. 공주라고 해서 항상 파티와 쇼핑과 화려한 휴가만 즐기는 건 아니구나. 한쪽 구석에서 바비인형을 가지고 시무룩한 얼굴로 놀고 있는 여자아이가 보이자 나는 그 애에게 다가갔다.

"안녕. 이름이 뭐니?"

"리." 아이가 얼른 대답했다. 머리카락이 다 빠지고 없는 그 아이는 샌프란시스코 자이언트 야구모자를 쓰고 있었다.

"이름 예쁘구나." 할 수 있는 말이 그것밖에 없었다.

"리는 방사선 치료를 위해 입원해 있습니다." 필딩 박사가 내 옆에 서며 설명했다. "간호사들을 골탕먹이는 걸 좋아하죠. 틈만 나면 침대 머리맡에 있는 비상단추를 누른답니다."

"그러라고 비상단추가 있는 거잖아요!" 리가 작은 턱을 치켜들며 따졌다.

필딩 박사가 허허 웃었다. "네 말이 맞다."

"근데 정말 공주 맞아요?" 리가 의심스럽다는 듯이 눈을 가늘게 뜨고 내게 물었다.

"그렇단다." 나는 바닥에 쪼그려 앉으며 대답했다.

"그럼 왕관은 어딨어요?" 그 애가 손가락 끝으로 내 앞머리를 살짝 건드리며 물었다.

"차에 두고 안 가져왔는데." 그때 한 가지 생각이 떠올랐는데, 그렇게 해도 되는지 망설여졌다. 명령을 내리는 일이었기 때문이다. 하지만 나는 그 꼬마 아가씨를 기쁘게 해주고 싶었다.

"대릴?" 나는 병원에 들어올 때 함께 따라온 경호원을 돌아봤다. "내려가서 차에 두고 온 내 왕관을 가져다줘요. 이 아이에게 내가 진짜 공주라는 걸 증명해 보이고 싶네요."

"네, 알겠습니다." 대릴이 살짝 목례를 하고는 자리를 떴다. 해보니 아무것도 아니었다.

몇 분 후에 대릴이 카리나 공주의 왕관이 들어 있는 검은 상자를 가지고 돌아왔다. 그는 크레용과 그림이 잔뜩 어질러진 작은 플라스틱 탁자 위에 그 상자를 놓았다. 내가 뚜껑을 열자 보라색 벨벳 받침대 위에 놓인 왕관이 눈앞에 나타났다. 리의 얼굴이 확 밝아졌다. "우와!"

"한번 써볼래?"

"정말이요?"

"내가 네 모자를 쓰도록 허락하면 나도 내 왕관을 쓰도록 허락할게."

그러자 리는 야구모자를 벗어 그것이 누더기라도 되는 양 내게 던졌다. 둘러서 있던 사람들이 그 모습을 보고 모두 웃었다. 나는 리의 모자를 새로 염색한 금발 위에 눌러 쓰고 왕관을 리의 머리에 씌워주었다. 그 애는 왕관을 보려고 눈을 위로 치켜떴다. "여기 있다." 필딩 박사가 작은 하트모양의 거울을 벽에서 떼어와 들어줬다. 리는 거울에 비친 자기 모습을 보고 씩 웃더니 머리를 이리저리 돌려보기도 하고 반짝이는 보석을 만져보기도 했다.

"나보다 너한테 더 잘 어울리는구나." 우리를 둘러싸고 수많은 플래시가 터질 때 내가 말했다.

리는 그 방에 있는 소녀들에게 돌아가며 한 번씩 왕관을 씌워줬고, 나는 일어서서 한동안 그 모습을 바라봤다. 카리나 공주도 이렇게 했을지 모르겠지만 나는 내가 한 일이 잘못됐다고 생각하지 않았다. "리는 머리가 빠지기 시작하면서 거울을 본 적이 없었죠." 필딩 박사가 조용히 말했다. "공주님은 아이들 마음을 잘 알아준다고 하던데 그 말이 맞는 것 같군요."

"감사합니다." 리가 여기저기 돌아다니며 관객들에게 뽐내는 모습을 보며 내가 대답했다.

공주로서 병원을 방문하며 다니는 일도 괜찮은 일이라는 생각이 들었다. 그 일도 화려한 의상과 화장과 보석과 우아한 머리만큼이나 멋진 일이었다.

종류가 전혀 다를 뿐이었다.

호텔로 돌아가는 도중에도 나는 그 아이들의 모습이 머릿속에서 떠나지 않았다. 그런 모습을 보고 난 뒤에 어떻게 행복하게 연회를 즐길 수 있을까. 나는 왕관을 무릎에 올려놓고 좌석 등받이에 기댄 채 창밖을 내다봤다. 차는 카리나 공주와 잉그리드가 머물고 있는 비벌리힐스 호텔로 가고 있었다.

"너 카리나하고 너무 똑같아서 소름끼칠 정도야." 느닷없이 잉그리드가 말했다.

"뭐라고?"

"병원을 방문하고 온 뒤에는 카리나도 항상 그렇게 조용하고 침울한 표정이었거든."

잉그리드가 어깨를 으쓱하며 설명했다.

"정말? 빌에게 곧장 로데오 경기장으로 가자고 했을 거 같은데?" 그 말을 한 순간 내가 카리나 공주를 너무 냉혹하고 인정머리 없는 사람으로 얘기했다는 생각이 들었다.

"너는 카리나가 이중인격자라고 생각하는 거지?" 잉그리드가 물었다.

"아냐!" 나도 모르게 나온 대답이었다. 잉그리드가 나와 눈높이를 맞추고 의심스러운 눈초리로 쳐다봤다. 나는 카리나 공주의 가장 친한 친구에게 상처주지 않고 내 생각을 말하기 위해 머리를 쥐어짰다. "그러니까…… 음…… 카리나는 자기가 누리고 있는 걸 깨닫지 못하는 것 같다는 뜻이야. 며칠 전에 디자이너들이 보내준 옷들을 한쪽으로 던지는 거 봤지? 그 옷 한 벌 가격만 해도 내 등록금보다 비싸. 정말이야."

"그렇구나. 그런데 카리나가 살아온 환경이 워낙 그랬으니까. 카리나가 생전 처음 청바지를 샀을 땐 그걸 자기 방까지 몰래 들여간 거 모르지? 게다가 걔 부모님은 그걸 입고 자기 방 밖으로는 나오지도 못하게 하셨어. 혹시 기자들이 와 있는 동안 그걸 볼지도 모른다면서."

"그게 뭐 어때서? 원하는 옷은 다 입을 수 있는데 그까짓 청바지 하나 못 입는 게 그렇게 대수야?"

"그렇지 않아. 만약 네가 청바지를 못 입는 처지라면 너도 분명히 그걸 입고 싶어 안달할걸?"

"그래, 그렇다 쳐. 하지만 카리나는 항상 주위 사람들한테 그렇게 명령투로 얘기하니? 절대 부탁조로 얘기하는 법이 없더라."

"너도 대릴한테 왕관을 가져오라고 시킬 때 그랬잖아." 잉그리드가 맞받아쳤다.

나는 얼굴이 화끈 달아올랐다. 내가 그랬나?

"이제 알겠지? 며칠밖에 안 됐지만 주위에서 모든 시중을 들어주니까 너도 자연스럽게 그렇게 되잖아. 어쨌든 카리나의 생활을 이해해줘야 돼. 너는 겨우 한 시간 동안 기자들 질문과 귀찮은 카메라에 시달렸지. 그런 감시관들이, 사람들이 너를 평생 따라다닌다고 생각해봐. 게다가 궁전 밖에는 여기저기 숨어 있는 기자들이 훨씬 더 많아. 어딜 가거나 무엇을 하거나 항상 뒤쫓는 눈이 있다고."

나는 숨을 깊이 몰아쉬며 등받이에 몸을 기댔다. 맞다. 그렇게 일거수일투족이 감시받는다는 건 확실히 불편한 일이었다. 킬조이와 대릴과 시어도어와 기자들과…… 그래, 잉그리드까지, 그 틈에서 나는 네 시간 동안 한 번도 마음 편히 쉬지를 못했다. 하루하루를 어떻게 그렇게 살아갈 수 있는지 상상이 안 됐다.

카리나 공주가 왜 그렇게 보통 여자아이들처럼 수행원들 없이 청바지 차림으로 돌아다니고 싶어했는지 이해할 만했다.

"그래 알겠어. 그러니까 공주가 된다는 건 짜증나는 일이라는 거지." 나는 반은 체념조로 반은 냉소적으로 말했다. "그래도 난 오늘 밤에 그 연회용 드레스를 빨리 입고 싶어 죽겠는걸."

잉그리드는 몸을 기울여 손을 내 무릎에 얹고 자못 진지한 표정으로 말했다. "그건 당연한 거니까, 너무 자학하지 마."

우리 둘이 웃음을 터뜨릴 때 차는 호텔 앞에 정차하고 있었다. 뭔가 뜨거운 기운이 내 몸을 관통하는 듯 흥분이 느껴졌다. 이제 할 일은 연회에 참석할 마음의 준비를 하는 것이다. 큰 실수를 할까 봐 걱정되기도 했지만, 기대감에 마음이 한껏 부푼 것도 사실이었다. 이제 평생 한 번뿐인 신데렐라 체험시간이 다가왔다.

chapter 17

대사관 안으로 걸어 들어갈 때는 마치 동화 속으로 걸어 들어가는 기분이었다. 늑대가 사람을 잡아먹거나 하는 으스스한 동화가 아니라 그 반대의 동화 말이다. 그 건물의 내부장식 하나하나와 참석자들이 모두 빛나는 것 같았다. 벽에는 포도주 색깔의 두꺼운 벨벳 휘장이 드리워져 있었고 금이나 청동 장식품들은 거대한 샹들리에의 휘황찬란한 빛을 받아 번쩍였다. 각자 보석으로 치장한 여자들은 긴 드레스 자락을 오스카상 시상식 때 깔리는 붉은 주단보다 더 아름다운 주단 위로 끌고 다녔다. 손님들은 반짝이는 샴페인 잔을 들고 가볍게 홀짝거렸고 다섯 명으로 구성된 관현악단은 두런두런 주고받는 말소리를 방해하지 않을 정도로 고전음악을 연주하고 있었다. 정신을 뺏긴 듯이 멍한 표정으로 그 광경을 바라보던 나는 정신을 차리고 얼른 무관심한 표정으로 바꿨다. 내가 입을 벌리고 있던 모습을 아무에게도 들키지 않았기를 바랄 뿐이었다.

"어! 탬스 공작부인이다." 잉그리드가 속삭였다. 가슴이 깊이 파인 드레스를 입은 몸집이 큰 여자가 우리에게 급히 다가오고 있었다. "귀여운 머피는 잘 있는지 물어봐."

최초의 실전을 앞에 두고 심장이 쿵쾅거렸다.

"카리나 공주님!" 그 여자가 강한 향수 냄새를 풍기며 아는 체를 했다. "다시 만나다니 정말 반가워요." 그녀는 가볍게 인사하더니 내 두 손을 가져가 잡았다. "국왕 내외분도 잘 계시죠?"

"네, 감사합니다." 나는 잉그리드를 곁눈질하며 대답했다. "그런데…… 그 귀여운…… 머피는 잘 있나요?" 나는 카리나 공주가 질문할 때 고개를 약간 기울이는 것을 떠올리며 그 모습을 흉내냈다.

그 공작부인은 기쁨으로 볼을 발갛게 물들이며 외쳤다. "어머, 정말 다정도 하셔라. 우리 예쁜 강아지까지 기억해주다니! 관절염이 좀 있지만 그 외에는 다 괜찮답니다." 부인은 내 안부인사에 정말로 감명을 받은 것 같았다. "아, 제가 너무 오래 붙잡고 있을 순 없죠. 만날 사람이 수백 명은 족히 될 텐데."

수백 명이라고? 나는 온몸에 갑자기 열이 오르는 것을 느끼며 침을 꿀꺽 삼켰다. 이런 짓을 수백 번이나 더 해야 된단 말이야?

"이해해주시니 감사합니다. 다시 뵙게 되어 저도 반가웠어요."

잉그리드는 내 팔에 자기 팔을 끼워 한쪽 구석으로 데리고 가더니 감탄조로 말했다.

"완벽했어. 이제 내가 옆에 없어도 되겠는걸?"

"내 옆에서 사라지면 널 죽여버리겠어." 내가 엄포를 놓았다. 잉그리드가 소리 내어 웃더니 내 등을 호되게 때렸다.

"오늘 밤에는 너한테 꼭 붙어 있을 테니 걱정 마."

프뢰켄 킬로이는 우리 반대편에 서서 턱시도 차림의 멋진 남자와 얘기를 나누고 있었다. 손을 가슴에 얹고 소리 내어 웃는 모습을 보니 정말 연애를 하고 있는 것 같았다. 어쨌든 내게는 좋은 일이었다. 그 남자가 오늘 밤에는 킬로이를 붙들고 있을 테니까 말이다. 나로서는 수많은 유명인사 앞에서 실수하는 것보다 킬로이 앞에서 실수하는 것이 더 두려웠다.

몇 사람이 잉그리드와 내게 다가와서 자기들을 소개했고, 웨이터는 우리에게 샴페인을 권했다. 잉그리드는 얼른 그것을 받아들었지만 나는 사양했다. 정신을 똑바로 차리고 있어야 했기 때문이다.

드디어 우리 옆에 있던 문이 양쪽으로 열리고 흰색 턱시도를 입은 웨이터 한 명이 나오더니 "여러분! 만찬이 준비됐습니다!" 하고 알렸다.

"됐어!" 사람들이 안으로 들어가기 시작하자 잉그리드가 속삭였다. "이제 넌 우리 테이블에 오는 사람들하고만 이런저런 사소한 얘기를 나누면 돼."

"그리고 언제 어느 포크를 사용해야 하는지 기억하고, 팔꿈치를 식탁 위에 올려놓지 말고, 등을 곧게 펴고 앉고, 어쩌고저쩌고……." 내가 잉그리드가 할 말을 가로채서 말했다.

그러자 잉그리드가 거만한 얼굴로 말했다.

"공주가 어쩌고저쩌고라고 하면 안 되지."

큰 실수 없이 겨우 저녁식사를 끝냈다. 먹은 게 없었으니 실수할 것도 없었다. 처음 나온 요리는 고급 아보카도 게살 샐러드였는데 나는 아보카도에 알레르기가 있어서 먹을 수가 없었다. 하지만 섬세하게 꾸며져 나온 그 샐러드를 어떻게 해야 품위 있게 먹을 수 있는지 짐작도 되지 않았으니 오히려 다행스런 일이었다. 그 다음에는 식용달팽이가 나왔는데, 그런 건 돈을 줘도 안 먹는다. 엄밀히 말하면 그것도 카리나 공주가 돈을 줘서 하는 일이었지만, 뭐 어쨌든.

나는 소 안심요리는 조금 먹었지만 지방 부위를 베어 무는 바람에 그것을 몰래 냅킨에 뱉을 때까지 한참을 고생했다. 그 뒤부터는 뭔가를 먹는 것 자체가 무서웠다.

다행히 우리 테이블에 합석한 사람들은 이야기하기가 어렵지 않았다. 우리는 닌다 공작 부부와 그들의 딸 비비안, 그리고 아들 빅터와 함께 앉았다. 비비안은 예일대학에 다녔고 빅터는 매사추세츠에 있는 사립 고등학교에 다니고 있었다. 나와 똑같은 미국인이라 해도 과언이 아니었다.

"LA에 와보니 어떤 것 같아요?" 비비안이 물었다. 거의 굶주린 상태였던 나는 치즈 케이크를 공주스럽게 먹기 위해 조그만 조각으로 나누느라 애를 쓰고 있었다.

"정말 마음에 들어요." 내 입에서 자동적으로 대답이 나왔다. "실은 나도 비비안처럼 동부에 있는 학교에 가고 싶지만요."

잉그리드가 테이블 아래서 내 발목을 찼다. 나는 움찔하는 것을 들키지 않으려고 온몸에 힘을 줬다.

"정말요?" 비비안은 의외라는 듯이 자기 부모를 쳐다봤다.

"저는 국왕 내외께서는 미국식 교육제도를 극도로 반대한다고 들었는데요."

나는 당황해서 잉그리드를 쳐다봤다. 발로 차일만도 했다.

"오, 뭐, 그래서 우린…… 아직도 그 문제에 대해 의견조정을 하고 있어요." 내가 얼버무렸다.

비비안의 아버지가 수염을 실룩거리며 웃었다.

"꺾이지 마세요. 국왕폐하와 저는 아주 어렸을 때부터 알고 지냈지요. 겉으로 보면 절대 싸움에서 안 질 것 같지만 속으로는 온화한 분이지요."

듣고 있던 사람들이 점잖게 웃자 나는 안도의 한숨을 내쉬며 의자에 구부정하게 기댔다. 하지만 잉그리드가 얼른 내 등 뒤에 손을 밀어넣어 똑바로 앉게 했다. 나는 재빨리 몸을 세우고 잉그리드에게 고맙다는 미소를 보냈다. 그녀는 아무 일도 없었던 것처럼 물을 조금 마셨다.

그런데 갑자기 잉그리드의 눈이 커졌다. 그녀는 물잔을 내려놓다가 그것을 접시 가장자리에 부딪히는 바람에 물을 엎지를 뻔했다. 잉그리드의 시선을 따라간 나는 흠칫 놀라 덩달아 심장이 쿵쾅거리기 시작했다.

마르쿠스 잉발드선이 만찬장에 들어서고 있었던 것이다. 내 평생 그렇게…… 잘생긴 사람은 본 적이 없었다.

'자, 넌 이제 저 남자를 피해다녀야 돼. 절대 감상적으로 대하면 안 되고 냉정하게 대해야 돼.' 나는 속으로 다짐했다.

"드디어 납셨군. 잘난 척 선생." 잉그리드가 입속말로 빈정거렸다. 그녀는 마르쿠스가 테이블을 돌아다니며 사람들과 인사를 나누는 모습을 힐끗 거리더니 무릎에 놓인 냅킨을 접고 또 접었다. "분명히 헤어디자이너가 해준 머리가 마음에 안 들어서 여태 꾸물거렸을 거야."

"그건 그렇다 치고, 저기 좀 봐." 내가 말했다. 마르쿠스가 서서 어느 노신사와 이야기를 하고 있었는데 미간에 주름을 잡은 채 손으로는 턱을 받치고 있었던 것이다. 속물 같은 남자들이 멋있게 보이려고 잡는 자세였다. 곧이어 그는 머리를 뒤로 젖히고 호탕하게 웃었다. 그건 상대방이 하는 말을 듣지도 않고 주변 유리창에 비친 자기 모습을 훔쳐보고 있다가 터뜨리는 웃음이었다.

"윽, 완전히 자아도취야." 잉그리드가 비아냥거렸다. "이쪽으로 온다." 반듯이 앉아 식기를 함부로 놀리던 잉그리드는 손을 무릎 위에 얌전히 겹쳐놓았다.

"잉그리드, 카리나!" 마르쿠스가 우리에게 다가오며 외쳤다. "낯익은 얼굴들을 보니 반갑네."

어색한 침묵. 만찬장의 모든 눈이 나에게 쏠리는 와중에도 나는 마르쿠스에게서 무척 근사한 향기가 난다는 생각을 하고 있었다.

"어서 와, 마르쿠스." 이윽고 내가 그를 맞았다. 내 의자 주위에서 서성거리는 걸 보니 그는 내가 일어서서 악수를 하거나 키스 같은 걸 해주기를 기다리는 듯했다. 뭐, 그러거나 말거나. 카리나 공주는 그에게 쌀쌀맞게 대하라고 했으니 나는 그렇게 할 참이었다.

"카리나…… 이제 무도회장으로 자리를 옮기는 것 같은데, 너랑 처음으로 춤을 출 영광을 베풀어주겠니?"

잉그리드가 내 얼굴을 쳐다봤다. 공작 내외도 나를 쳐다봤다. 비비안과 빅터도 나를 쳐다봤다. 나는 곤혹스러운 상황에서 어쩔 줄을 모르고 있었다. 하지만 카리나 공주라도 이 사람들이 보는 앞에서 그의 청을 거절할 도리가 없었을 것이다.

"어…… 그래." 내가 일어서며 대답했다. 옆에서 잉그리드가 한숨을 내쉬는 소리가 들렸지만 그럼 내가 어떻게 해야 한단 말인가. 그녀는 카리나 공주의 체면을 손상시키면 안 된다고 누누이 강조했으니, 사람들 앞에서 마르쿠스를 처참하게 망신주는 것이 공주다운 처신이라고는 말 못할 것이다. 마르쿠스는 정말이냐는 듯이 잠깐 나를 쳐다보더니 미소를 지으며 팔을 내밀었다. 그가 나를 무도회장으로 안내하는 동안 나는 기를 쓰며 그 사람만 쳐다봤다. 냉랭한 표정을 보여주려고 말이다. 춤은 추겠지만 절대 기분 좋은 얼굴로는 추지 않을 작정이었다.

Chapter 18

토드머핀이 공연하고 있는 클럽 뒷문 밖에서는 대머리에 악마의 뿔을 문신으로 새긴 거구의 남자가 지키고 있었고, 스무 명도 넘는 여자아이들이 그에게 안으로 들여보내 달라고 애원하고 있었다.

미치광이 데이브와 내가 그 무리를 뚫고 곧장 걸어가자 그 남자가 문을 열어줬다. 나는 문이 우리 뒤에서 닫히는 순간 투덜대는 여자아이들에게 씩 웃어보였다. 불쌍한 것들.

"리빗이 대기실로 바로 데려오라고 했어." 미치광이 데이브가 앞장서며 말했다. "따라와."

쿵쿵 울리는 음악소리 때문에 클럽의 벽이 진동했다. 미치광이 데이브는 칠흑같이 깜깜하고 비좁은 지하 계단으로 나를 이끌었다. 시큼하고 매운 냄새가 역겨워서 한 손으로는 입을 막고 어둠 속에서 추락할까 봐 다른 한 손으로는 벽을 더듬어갔다. 그러다 손에 뭔가 끈적끈적한 것이 닿자 놀라서 손을 홱 털어냈다. "여기야." 미치광이 데이브가 문으로 들어가라는 시늉을 하며 말했다. 그 문에는 요란한 스티커가 잔뜩 붙어 있었는데 〈헤이지 데이즈〉, 〈봉 베이브즈〉, 〈우피〉, 〈츄 토이즈〉 같은 선정적인 밴드 이름이었다. 문 앞에는 깨진 맥주병 조각이 널려 있었고 내가 서 있는 곳 근처에는 정체불명의 액체가 고여 웅덩이가 만들어지고 있었다. 미치광이 데이브가 계단 쪽을 돌아보자 나는 불안해졌다.

"정말 나를 여기 두고 갈 거 아니죠?"

"노크나 하셔." 그가 히죽 웃으며 말했다.

숨을 깊이 들이마시다 냄새에 새삼스레 놀란 나는 수상한 웅덩이를 팔짝 뛰어넘었다. 문 앞에 서자 안에서 웃음소리와 기타 퉁기는 소리, 이야기를 나누는 소리가 들렸다. 나는 슬며시 웃음이 났다. 드디어 때가 왔어. 이제 나의 록스타를 만나는 거야. 문을 노크하자 안에서 "문 열렸어요!" 하는 소리가 들려왔다.

손가락 끝으로 지저분한 손잡이를 잡고 돌린 다음 문을 밀었다. 대기실은 담배연기로 자욱해서 내부의 풍경이 잘 보이지 않았다. 소파에는 머리가 분홍색인 남자가 앉은 채 잠들어 있었는데 입에는 담배가 물려 있었다. 그 옆에서는 남자 둘이 기타를 치고 있다가 내가 서 있는 걸 물끄러미 쳐다봤다. 그러더니 그중 하나가 내뱉듯이 말했다.

"쌍, 누구야!"

뒷덜미의 털이 곤두서는 것 같았다. 그런 모욕적인 말투는 생전 처음이었다. 하지만 오늘은 내가 카리나가 아니라는 사실을 금세 떠올렸다. 사람들은 줄리아 같은 애들한테 보통 그렇게 말하나 보다.

"리빗을 만나러 왔는데요. 만나기로 약속이 돼 있어요."

그때 화장실에서 물 내리는 소리가 들렸고 곧이어 그 문이 열렸다.

나는 놀란 듯한 리빗의 푸른 눈과 마주쳤고, 그 순간 다른 건 모두 하찮은 일이 되어버렸다. 담배연기도 악취도 벽에서 손끝에 묻혀온 수상쩍은 얼룩도 다 잊어버렸다.

리빗은 나를 보고 씩 웃었다.

"줄리아?"

내 진짜 이름도 중요하지 않았다. '내 사랑이 내 진짜 이름도 모르고 있다니. 하지만 상관없어. 내가 여기 왔잖아.'

"네. 제가 줄리아예요."

"너무 멋진걸!" 그가 나를 위아래로 훑어보며 활짝 웃었다. 그는 두세 걸음으로 성큼성큼 방을 가로질러 오더니 나를 끌어안았다. 그는 낡아빠진 검은색 티셔츠를 입었고 곱슬곱슬한 밤색 머리는 뒤로 넘겨 대충 묶었다. 그에게서 땀 냄새와 담배 냄새, 달착지근한 냄새, 그리고 록스타에게서 날 법한 온갖 냄새가 났다. 문득 고향에 온 듯 마음이 편안해졌다. 이게 내 운명인지도 몰랐다. 유명한 록스타의 멋진 여자친구 말이다. 바인랜드 공화국에서 애지중지 자란 공주가 아니라.

팔을 풀고 내 눈을 들여다보며 그는 다시 씽긋 웃었다. "자, 이제 우리가 무대에 나갈 차례야." 그는 밴드 동료들을 돌아보며 헐렁한 바지춤을 추켜올렸다. "누가 프로도 좀 깨워."

"내가 깨울게." 그중 한 명이 대답했다. 리빗은 내 손을 잡고 계단 위로 올라갔다. "여기서 너를 만나다니 정말 기분 좋다!"

좁은 통로를 걸어가며 그가 음악소리보다 크게 외쳤다. "이메일 여자친구가 외국에서 왔다!" 그가 이끄는 대로 어떤 출구 같은 곳으로 갔는데, 도착해보니 그곳은 바로 무대 옆쪽이었다. 아래쪽에서 기다리고 있는 관객 일부가 보였다. 술을 병째 들고 마시는 사람도 보였고 음악에 맞춰 머리를 흔드는 사람도 있었다. 한쪽에서는 웃통을 벗은 두 남자가 서로 맥주를 쏟아붓고 천장이 울리도록 고함을 치더니 급기야 머리를 때리며 몸싸움을 했다. 옆에 있던 여자아이들은 튀는 맥주를 보며 손바닥으로 그것을 막았다.

"저는 여기서 공연을 볼게요." 그 광경을 본 나는 갑자기 보통 여자아이들의 특권을 누릴 자신이 없어졌던 것이다. "그래, 그렇게 해주지." 리빗이 수줍게 웃으며 말했다. 잘생긴 얼굴 주변으로 머리카락이 흘러내려 있었다. "내 키스를 받아준다면 말이야."

심장에서 쿵 하는 소리가 난 것 같았다. 어렸을 때부터 '함께' 자라온 마르쿠스도 내게 키스한 것은 딱 한 번뿐이었다. 그것도 짧고 가벼운 것이었다. 그래서 나는 마르쿠스를 소심쟁이라고 생각했는데, 나를 만난 지 몇 분도 안 된 리빗이 갑작스레 그런 요구를 하니 경계심이 일었다.

"왜 그래. 나야 나, 리빗이라고!"

리빗이 자기 손과 내 손을 깍지 끼며 말했다.

나는 빙그레 웃으며 생각했다.

'뭐야, 내가 마르쿠스보다 더 소심쟁이잖아?'

"좋아요!" 내가 뛰는 심장을 억누르며 대답했다.

리빗이 천천히 다가와 내 입술에 키스를 했다. 길고 느리고 한참을 머문 키스였다. 그의 입에서 달콤한 냄새가 났고, 감은 내 눈꺼풀이 파르르 떨리는 것이 느껴졌다. 1년 동안 하루도 빠짐없이 상상했지만 이보다 더 환상적인 첫 키스는 상상도 못했다. 그것을 내가 한 것이다.

그가 뒤로 물러날 때 나는 뭔가 멋진 말을 생각해내려 애썼다. 앞으로 우리는 이 순간을 영원히 기억할 테니까 말이다.

"고마워, 달콤한 입술!" 리빗이 웃으며 말했다. 그러고는 손바닥으로 내 엉덩이를 툭 쳤다. 순간 나는 그의 따귀를 철썩 때려주고 싶은 충동을 느꼈다. 하지만 그는 어느새 무대로 뛰어나갔고 이어서 관중의 미친 듯한 환호성이 들려왔다. 다른 멤버 세 명도 뛰어나가 첫 곡을 부르기 시작했다. '쓰러뜨려'라는 곡이었다. 생전 처음 들어보는 굉장한 사운드였다.

'자, 진정하자.' 나는 호흡을 고르며 생각했다. '저 사람은 록스타라 행동하는 게 보통사람들하고 다른 것뿐이야. 마르쿠스처럼 따분하거나 꽉 막힌 것보다 낫잖아.' 그때 문밖에서 소리를 지르고 음악에 맞춰 춤을 추던 여자아이들이 내 주위로 몰려오기 시작했다. 눈을 들어보니 미치광이 데이브가 마지막 한 명을 내가 서 있는 곳으로 들여보내고 있었다. 생각할 겨를도 없이 나는 그의 옷소매를 잡았다.

"어, 여기 있었네. 드라이브 친구." 그가 태평스럽게 웃었다.

"이 애들은 누구예요?"

"너처럼 리빗의 팬들이지."

그 말에 나는 배신감에 휩싸였다. 리빗의 팬들이라고? 하지만 오늘 밤은 우리에게 특별한 날이잖아. 1년 동안 낭만적인 이메일을 주고받은 후 직접 만나게 된 가장 의미 있는 날. 그럼 나는 리빗을 쫓아다니는 애송이들 중 한 명일 뿐이었단 말이야? 그리고 이 애들도 모두 리빗과 키스한 대가로 이렇게 무대 측면에 자리를 얻었단 말이야?

"아, 걱정 마." 미치광이 데이브가 내 귀에 대고 속삭였다. "대기실에 들어간 사람은 너밖에 없거든." 그러고는 씩 웃으며 한쪽 눈을 찡긋하더니 저벅거리며 나가버렸다.

나는 고개를 돌려 무대를 누비며 뛰어다니는 리빗을 바라봤다. 나 혼자만 대기실에 들어갔대. 행운이군.

chapter 19

“오늘은 카리나 네가 평소와 다른 것 같아.”

‘그러게 말이야.’ 나는 마르쿠스의 눈을 슬쩍 쳐다봤다가 그의 시선과 마주친 순간 눈길을 돌렸다. 나는 계속해서 이 사람은 자기중심적이고 잘난 체하는 속물이라고 스스로 세뇌시키고 있었다. 하지만 생각처럼 쉽지 않았다. 이 곤혹스러운 왈츠를 추는 동안 마르쿠스가 한 일이라곤 우리 가족(실은 카리나 가족) 안부를 묻고 LA에서 내가 잘 지냈는지를 물은 것뿐이었으니 말이다. 그걸 가지고 자기중심적이고 잘난 체하는 속물이라고 할 수는 없는 노릇이었다.

“좀 피곤해서 그런가 봐.” 내가 변명하듯 말했다.

“나도 좀 그래.” 마르쿠스가 미소를 지으며 말했다. “오늘 아버지를 따라 LA를 누비고 다녔거든. 집안 명의로 구입할 만한 부동산을 둘러보느라고 말이야.”

‘흠, 이제야 본색을 드러내는군.’ 내가 생각했다. 그의 말에서 왠지 비웃는 듯한 어조가 느껴졌기 때문이다.

"LA에 집을 사려고?" 우리 둘은 여전히 무도장을 누비며 춤을 추고 있었다.

나는 내 발을 보지 않으려고 온 정신을 집중했다. 마르쿠스가 잘 이끈 덕에 나는 그의 발을 두 번밖에 안 밟았다.

"아버지 생각이지. 살펴보고 계시는 면적으로 치면 집이 아니라 작은 국가라고 해도 될 거야. 작은 것이 미덕이라는 말이 이럴 땐 안 통하는 건가?" 분명히 속물이 할 만한 말은 아니었다.

"그러게. 휴, 아침에는 이 드레스가 딱 좋겠다 생각했는데 온종일 끌고 다니다보니 등이 아파 죽겠어."

그 말에 마르쿠스가 웃었고 나는 얼굴이 화끈 달아올랐다. 제길! 그런 말은 카리나스럽지 않은 말인데. 그 와중에 또 그의 발을 밟고 말았다.

"어머! 미안!" 나는 숨을 헐떡이며 사과했다.

"아프지도 않은데 뭐." 마르쿠스가 아무렇지도 않게 말했다. 그는 내 팔꿈치를 단단히, 그러면서도 조심스럽게 잡았다.

"나가서 좀 쉬는 게 좋겠어."

'이제 살았다.' 나는 속으로 반색하며 대답했다. "그래." 그를 따라 무도회장을 벗어나고 있는데 킬로이가 눈으로 우리를 쫓아왔다. 쳇! 저 현미경에서는 1초도 벗어날 수 없는 거야?

"베란다로 나갈까?" 마르쿠스가 물었다. 내게 딱 맞는 장소였다. 바람도 좀 쐴 수 있고 매서운 킬로이의 시선도 피할 수 있으니까. 하지만 그때 빅터의 팔에 안겨 춤을 추던 잉그리드가 내게 눈총을 보냈다. 마르쿠스에게 쌀쌀맞게 대해야 하는데 함께 베란다로 가고 있으니 그럴 만도 했다.

"근데, 아무래도……." 나는 주저하는 기색을 보였다.

"그럴 거 없잖아, 카리나." 마르쿠스가 파란 눈을 반짝이며 설득하려 했다. "우린 오랜 친구야. 둘이 베란다로 좀 나갔다고 해서 킬로이가 부적절한 행동이라고 생각할 것 같아?"

뭐? 그게 '부적절'할지도 모른다는 생각은 하지도 않았는데. 카리나 공주가 사는 세상은 그런 거야? 사람들이 많은 곳에서 남자와 단둘이 얘기하는 건 있을 수 없다는 말이지?

"나갈 거지?" 그가 한쪽 눈을 치켜뜨면서 다시 팔을 내밀었다.

마르쿠스가 그런 표정으로 쳐다볼 때마다 나는 가슴이 두근두근했다. 우습기도 하고 친근하기도 하고 놀리는 것 같기도 하고 노골적이기도 한 그 표정. 그에게서 흠을 찾기는커녕 나는 그에게 점점 빠져들고 있었다. "그래." 나는 살짝 웃으며 그가 내민 팔에 팔짱을 꼈다.

베란다에 서니 비벌리힐스의 아름다운 풍광이 내려다보였다. 주차장까지 곡선으로 이어진 진입로와 회반죽으로 치장한 지붕들, 오렌지 과수원, 고속도로를 질주하는 자동차도 보였고 하늘에 낮게 떠서 창백하게 빛나는 달도 보였다. 나는 숨을 깊이 들이마신 다음 천천히 내쉬었다. 무도회장의 수많은 시선에서 벗어난 그 고요한 시간을 맘껏 음미하고 싶었다.

“아름다운 도시야. 그렇지?” 마르쿠스가 팔꿈치를 난간에 올려 놓으며 말했다.

“아름다운 곳도 있긴 하지.”

“아름답지 않은 곳은 어딘데?”

“그건…….” 나는 하마터면 ‘내가 사는 동네지’라고 말할 뻔했지만 얼른 정신을 차리고 대답했다. “오늘 오후에 내가 방문했던 곳. 온통 낙서투성이에 지저분하고 부서진 집들은…… 수리도 하지 않아서 너무 황폐해 보였어.”

“어느 도시나 그런 지역이 있지.” 마르쿠스가 나를 물끄러미 쳐다보며 말했다. “하지만 우리가 기껏 할 수 있는 일은 그런 곳을 조금 개선하는 것뿐이야.”

나는 그저 웃을 뿐이었다. 말은 쉽지.

“네가 수상이 되면 그렇게 할 거야?”

“만약에, 그렇게 된다면.” 그가 다시 눈길을 돌려 도시를 내려다봤다. 입을 꽉 다물어 턱의 근육이 드러났다.

“만약에……라니. 그게 무슨 뜻이야?”

그가 무슨 생각을 하는지 궁금해졌다.

그는 똑바로 서더니 과연 나를 믿어도 될지 재보는 눈길로 나를 바라봤다. 그와 카리나 공주는 거의 평생 동안 알고 지냈다는데 그래도 못 믿겠다는 건가?

“말해 봐.” 내가 재촉했다. “내가 보기엔…… 털어놔야 할 것 같은데.”

마르쿠스는 한숨을 쉬더니 발끝으로 타일을 톡톡 차면서 바닥을 응시했다.

"그렇게 눈에 훤히 보이는 거야?" 그가 체념하듯 물으며 고개를 들었을 때 그의 얼굴은 두려움으로 가득 차 있었다. 생애 처음으로 번지점프를 하려고 선 사람 같았다.

"나는 수상 되기 싫어." 그가 느닷없이 말했다. "그냥 건축학교에 들어가고 싶어."

"정말?" 나도 모르게 불쑥 나온 말이었다. 그때까지 나는 눈앞의 남자가 가문의 특혜에 기대 살려고 하는 한심한 사람이라 생각하고 있었다. 그런데 그런 것에 전혀 흥미가 없다니 깜짝 놀란 것이다.

마르쿠스가 하하 웃었다. "정말 오늘 밤에는 평소하고 다르네."

나는 슬며시 웃었다. "칭찬으로 들을게."

마르쿠스가 잠시 내 얼굴을 쳐다보자 나는 얼굴이 달아올랐다. 무도회장 안에서는 음악소리가 커졌다 작아졌다 끊임없이 이어지고 있었고, 형형색색의 드레스를 입은 여인들이 남자들과 빙빙 돌며 춤을 추거나 희희낙락하고 있었다. 그 안에서 킬로이는 분명히 초시계를 들고 우리가 나간 시간을 재고 있을 것이다.

마르쿠스가 별안간 말했다.

"카리나, 여기서 나가고 싶지 않아?"

"그런 마음이야 간절하지." 생각할 겨를도 없이 내 입에서 나온 말이었다. "하지만 그럼 나중에 골치 아파지잖아."

"우리가 나갔다는 것도 눈치 못 챌 거야."

마르쿠스가 자신 있게 말했다.

나는 설마 그럴까 싶었지만 그가 하자는 대로 따르기로 했다. 게다가 그의 눈에는 거부할 수 없는 그 장난꾸러기 같은 표정이 담겨 있었다. 그것만 보면 맥박이 빨라졌다.

"어디 가고 싶은데?" 내가 물었다.

"우리 아버지가 아시면 나를 죽이려 들 만한 곳." 마르쿠스가 짓궂게 대답했다. "관광객들이 좋아할 만한 곳이라던데. 로스코라던가? 닭튀김이랑 와플을 파는."

거의 먹지 못해 굶주려 있던 내 위가 우르릉거렸다.

"아, 거기 내가 정말 좋아하……."

제길!

"어…… 재밌을 것 같다고." 내가 씩 웃으며 얼버무렸다.

마르쿠스가 내게 손을 내밀었다. 다시 심장이 주체할 수 없이 뛰기 시작했다.

"가자."

30분 후에 우리는 마르쿠스가 대여한 근사한 초록색 무개차 앞좌석에 앉아 닭튀김을 냅킨으로 싸들고 우적우적 먹고 있었다. 나는 카리나 공주의 드레스에 기름이 묻지 않도록 각별히 신경을 썼다.

"와, 배가 많이 고팠구나." 쓰레기봉지로 쓰고 있던 종이봉투에 내가 또 닭다리 뼈를 던져넣자 마르쿠스가 놀라며 말했다.

"저녁시간에 먹은 게 거의 없거든." 내가 변명하듯 말했다.

"잘 됐네. 그럼 맛있는 닭튀김을 더 많이 먹을 수 있으니까."

맞는 말이었다.

"맞아." 나는 손가락을 하나씩 핥아먹으며 말했다.

"카리나 공주!" 마르쿠스가 기절할 듯한 시늉을 내며 말했다. "왕비께서 그걸 보면 뭐라고 하실까."

그는 놀리려고 한 말이었지만 나는 순간 간이 콩알만 해졌다. 대사관을 빠져나온 이후 긴장이 풀린 나는 몇 번이나 실수를 했다. 내가 살고 있는 도시를 마르쿠스에게 보여준다는 생각을 하고 있어서 더 그런 것 같았다. 하지만 내 역할을 계속해야 했다. 마르쿠스는 아직도 나를 카리나 공주로 생각하고 있으니까 말이다. 우리가 이렇게 함께 재밌게 보내는 시간도…… 그에게는 내가 아닌 다른 사람과 보내는 시간일 테지.

"정말, 그 생각을 못 했네." 나는 자세를 고쳐 앉으며 말했다. "냅킨을 써야겠지." 냅킨으로 손을 닦아내는 동안 어색한 침묵이 차 안에 감돌았다. 오늘 밤이 너무 싫었다. 내가 하는 짓들이 다 싫었다. 게다가 맡은 역할도 제대로 못하고 갈팡질팡하고 있잖은가. 카리나 공주는 마르쿠스와 친하게 지낼 생각이 없으므로 나는 그를 쌀쌀맞게 대해야 했다. 그런데도 나는 그와 함께 도망쳐나와 단둘이 차 안에 앉아…… 그의 눈길을 받을 때마다 설레는 가슴을 어쩌지 못하고 있으니.

'카리나가 나를 죽이려 들 거야. 그 전에 잉그리드나 킬조이 손

에 죽겠지만.'

"카리나, 아까 한 말은 농담이었어." 마르쿠스는 미안한 얼굴이었다. "기분 상하게 하려고 그런 게 아니라."

"어…… 나도 알아. 난 그냥……."

"너 어머니가 보고 싶은 거지?" 마르쿠스가 다정하게 물었다. "외할머니께서 편찮으시다는 말 들었어. 난……."

"우리 다른 얘기 하자." 내가 말을 끊었다. 그가 '내' 가족들에 대해 얘기할수록 나는 가시방석에 앉은 기분이었다. 내가 하고 있는 짓을 생각할수록 괴로워졌다. 마르쿠스와 단둘이 앉아 있는 것이 온종일 내가 한 어떤 거짓 행동들보다 가증스럽게 여겨졌다. 이 공주놀음이 그냥 한바탕 신나는 놀이라고 생각했었는데, 지금은 점점…… 개인적인 감정이 개입되고 있었다.

"그래. 무슨 얘기 할까?" 마르쿠스가 물었다.

'무슨 얘기가 안전할까?' 나는 머리를 굴리기 시작했다. 내 얘기를 할 수는 없고…… 그럼 아무래도…….

"아까 말한 건축공부에 대해 더 얘기해봐." 그에게 고개를 돌리며 말했다. "어느 학교로 가고 싶은데?"

마르쿠스는 들고 있던 냅킨을 구겨서 쓰레기봉지에 넣더니 그것을 들어 자기 좌석 뒤에 밀어넣었다. 그는 몸을 돌려 무릎을 세워 발을 시트 위에 올리고는 문에 기댔다.

"얘기할게. 대신 너만 알고 있어야 돼."

"스카우트의 명예를 걸고 약속할게."

"응?"

다시 가슴이 뜨끔했다. "LA에 와서 그냥 주워들은 말이야."

"아…… 어쨌든 나는 어렸을 때부터 뭘 짓는 걸 좋아했어. 내가 항상 블록이나 레고나 팅커토이를 가지고 놀던 거 알지?"

"응." 거짓말이었다.

"그러다가 요새와 클럽하우스에까지 관심을 갖게 됐고, 그 후에는 크리스마스 때마다 건축 책을 사달라고 졸랐지."

점점 얘기가 재밌어졌다.

"처음에 아버지는 그걸 취미라고 생각하셨는지 내버려두셨어. 하지만 내가 건축공부를 하겠다고 말씀드리니까 노발대발하시더라고."

"정말? 왜? 건축가는 좋은 직업이잖아."

"하지만 아버지가 생각하시는 직업은 아니거든." 마르쿠스의 얼굴이 굳어졌다. 그는 신발끈으로 손가락을 연방 감았다. "카리나, 주위의 기대라는 게 어떤 건지 너도 알지? 그런 기대와 부딪히면 어떤 심정이 되는지."

그의 목소리는 갑자기 풀이 죽었다. 솔직히 말하면 그게 어떤 심정인지는 몰랐지만 조금은 이해할 것도 같았다. 집세 독촉장이 계속 날아올 때 내가 느꼈던 기분과 비슷하지 않을까 싶었다. 자신이 철저히 무기력하다는 것을 절감할 때의 그 심정 말이다.

"그 후로 아버지와 얘기 안 해봤어?" 내가 물었다.

"응. 하지만 할 거야. 할 생각이야."

그가 곁눈질로 나를 보며 웃자 나도 웃어주었다. 다시 그 얘기를 아버지에게 꺼내려면 그에게 굉장한 용기가 필요할 것이다. 하지만 나는 그가 어떻게든 해낼 거라고 믿었다. 그가 힘든 일 앞에서 물러날 사람 같지는 않았다.

"이제 돌아가야겠는걸." 마르쿠스가 시동을 걸며 말했다. 나는 무도회고 드레스고 다 팽개치고 마르쿠스와 그렇게 15분 만이라도 더 얘기하고 싶었지만 어쩔 수 없는 일이었다. 그날 밤은 곧 끝날 것이고 킬로이는 무도회장에서 기다리고 있다가 내가 돌아가자마자 잡아먹을 듯이 야단을 칠 터였다.

대사관 뒤쪽에 차를 주차한 뒤 우리는 뒷문과 부엌과 식당을 통해 무도회장으로 몰래 들어갔다. 무도회장 가장자리를 돌아 멋진 신사와 얘기하고 있는 킬로이에게 다가가는 동안 나는 숨도 제대로 쉬지 못했다. 그런데 킬조이는 나를 보더니 기분 좋은 표정으로 미소를 보내는 것이 아닌가. 정말 새로 생긴 남자친구에게 홀딱 반한 모양이었다.

얼마 후에 마르쿠스와 나는 다시 우리 둘만의 저녁이 시작되었던 베란다로 갔다.

"봤지? 아무 일도 없잖아." 그가 난간을 잡고 있던 내 손에 자기 손을 얹으며 말했다. 그의 손이 내 손에 닿자마자 뜨거운 기운이 내 손을 타고 온몸으로 번졌다.

'아냐.' 내가 생각했다. '아무 일도 없는 게 아니라고.'

Chapter 20

"실례합니다!" 클럽에서 사람들을 헤치며 나는 미친 듯이 리빗을 찾고 있었다. "실례합니다! 잠깐만 지나갈게요!"

내 앞에 있던 여자애가 나를 잡아먹을 듯이 노려보다가 마지못해 왼쪽으로 1인치쯤 비켜줬다. 나는 그녀와 오른쪽에 있던 거구의 남자 사이를 비집고 가며 그 애를 똑같은 눈초리로 쏘아봤다.

'내가 누군지 알면 저 애는…….' 내 머릿속에서 분개한 작은 목소리가 들려왔다. 하지만 나는 얼른 그 목소리를 잠재웠다. 그 여자애는 내가 누군지 안다 해도 '그래서 뭐?' 할 것 같았다. 그 클럽에 모인 사람들은 대부분 다른 일에는 전혀 관심이 없는 것 같았다. 마지막 맥주 한 잔을 차지하려고 얼굴에 못이 박힌 남자들이 주먹다툼을 벌이든, 모르는 사람이 자기들 신발에 토를 하든 말이다.

'여기서 나가야 돼.' 나는 담배연기와 땀 냄새와 빙빙 도는 사람들 사이에서 가쁜 숨을 몰아쉬며 생각했다. 경호원들이 그리워지기 시작했다. 그들이 여기 있었으면 내 주위에 방어선을 치고 나를 보호해줬을 텐데. 나는 발끝으로 서서 목을 빼고 출입문이 어딨는지 둘러봤다. 겨우 출구를 찾았는데 바로 그때 리빗이 밴드 동료와 그 문을 밀고 나가는 모습이 눈에 들어왔다.

"리빗!" 그때는 실례한다는 말도 없이 무작정 군중을 밀치며 소리쳤다. 내 평생 살을 맞댄 사람들을 모두 합해도 그날 밤에 맞댄 사람들보다는 많지 않을 것이다. "리빗! 잠깐만요!"

나는 간신히 사람들 틈에서 빠져나와 맑은 공기를 마실 수 있는 밖으로 나왔다. 그리고 이제 살았다고 안도하며 잠시 심호흡을 했다. 산소가 이렇게 호사스러운 거라는 걸 누가 알까? 그때 리빗과 그의 동료들이 주차장 맞은편에 있는 버스 쪽으로 걸어가고 있었다.

"리빗! 잠깐만요!" 내가 군데군데 파인 거친 아스팔트를 뛰어가며 그를 불렀다.

나를 발견하고 걸음을 멈춘 리빗이 버스에 달려드는 술 취한 여자아이들을 밀어내며 "어이!" 하며 외쳤다.

"여태 어딨었어? 지금까지 내내 찾아다녔는데."

'정말? 정확히 어딜 찾았는데?' 그런 의심이 들었지만 내색하지 않았다. "그랬어요?"

"그럼! 함께 파티를 하려고 했는데, 우리 공연이 끝나고 네가 사라졌잖아."

리빗이 팔로 내 목을 감으며 말했다. 우리는 함께 버스 쪽으로 걸어갔다.

"화장실 앞에서 기다리는 줄이 10킬로미터는 되겠더라고요." 내가 사정을 얘기했다. "그것도 화장실이라고 할 수 있을지 모르겠지만요." 지저분한 변기의 시트에 까느라 화장지를 3톤은 썼을 것이다.

"여자로 사는 건 정말 골치 아파." 리빗이 재밌다는 듯이 웃으며 말했다. "우리 남자들한테는 사방이 다 화장실인데. 안 그래 친구들?" 앞서가던 리빗의 동료들이 천천히 버스에 오르다가 "당연하지!" 하며 일제히 맞장구를 쳤다. 몇 명은 두 손을 들어올려 주먹으로 손바닥을 치기도 했다.

"어서 타." 리빗이 버스 발판에 올라 내 손을 잡고 끌어올렸다.

"어…… 이 버스 어디로 가는 거예요?" 내가 물었다. 벌써 새벽 3시가 다 되어갈 때였다. 몇 시간 후에는 호텔로 돌아가서 줄리아를 공주 역할에서 해방시켜줘야 했다.

"지금은 정해진 곳이 없어." 리빗이 대답했다. "그냥 아무 주차장에서나 시간을 보내다가 우리끼리 파티를 할 거야." 그가 조금 섹시한 미소를 날리자 심장이 뛰놀기 시작했다. 드디어 리빗을 혼자 독차지하게 되는 것이다. 버스에는 다른 사람들도 많았지만 그래도…….

나도 웃으며 그의 손을 잡고 버스에 올라탔다. 안에는 10여 명의 사람이 담배를 피우거나 술을 마시거나 음악을 연주하거나 중국 음식을 담았던 일회용 용기에 병뚜껑을 던져넣고 있었다. 밴드 동료들을 지나치면서 리빗은 주먹을 맞부딪혔다. 그들의 뮤직비디오에서 수도 없이 본 몸짓이었다. 그는 나를 버스 맨 뒤쪽으로 데리고 갔다. 뒤쪽 벽에 기대며 긴 비닐의자에 구부정하게 앉은 그는 뭔가 기대하는 눈빛으로 나를 올려다봤다.

"저 문 좀 닫아줄래?" 그가 턱으로 가리키며 말했다.

"저쪽이 너무 시끄러워서 말이야."

몸을 돌려 보니 벽에 손잡이 같은 게 튀어나와 있었다. 종잇장처럼 허술한 그 갈색 문은 내가 잡아당기며 한참 낑낑댄 후에야 닫혔다.

"닫아도 별 효과가 없네요." 내가 맥 빠진다는 듯이 말했다. 시끄러운 소리는 닫기 전이나 마찬가지였다.

"그래도 우리 둘만 있는 건 사람들에게 안 보이잖아." 그가 앉은 채 내 손을 잡고 끌어당겼는데 어찌하다 보니 내가 그 위로 올라간 자세가 되었다. 나는 숨이 막힐 것 같았다.

"뭐 하는 거예요?" 내가 물었다.

"내 팬에게 키스하는 거지." 그의 대답이었다.

그러고는 몸을 일으켜 손을 내 목 뒤로 슬그머니 가져가며 나를 끌어당겼다. 나는 처음에는 몸을 빼내 이 상황을 모면해보려고 했지만 리빗의 황홀한 키스에 빠져들고 말았다. 그와 키스를 할수록 더 오랫동안 하고 싶어졌다. 입에서 맥주 맛이 나는 걸로 보아 그가 과음했다는 것을 알 수 있었지만 나는 개의치 않았다. 사실 그 맛은 일종의 섹시한 냄새였다. 금지된 세계의 냄새.

'지금 내가 하는 짓을 보면 부모님은 둘 다 심장발작을 일으키시겠지' 하는 생각이 들었다. 그때 뭔가가 내 옆구리에 거치적거려서 보니 그때까지도 메고 있던 가방이었다. 나는 리빗의 손에서 빠져나와 똑바로 앉았다.

"잠깐만요. 이 가방 좀 내려놓을게요."

나는 가방을 머리 위로 벗어 바닥에 내려놓고 리빗에게 몸을 돌렸다. 그런데 그는 조금 전에 감미롭게 키스한 입술에 미소를 띤 채 코를 골고 있었다.

"리빗." 그렇게나 빨리 잠들었을 리가 없다는 생각을 하며 그를 불러봤다.

"리빗." 손가락으로 그의 얼굴을 두드려봤지만 코고는 소리는 더욱 커졌다.

나는 숨을 깊이 들이마시며 손목시계를 봤다. 호텔로 출발하기까지 아직 몇 시간이 남아 있었다. 그 정도면 리빗을 깨워서 가슴 속에 담아둔 얘기를 하며 의미 있게 보낼 수도 있다. 그리고 서로의 눈을 들여다보며 우리 둘이 운명이라는 걸 깨달을 수도 있다.

'자, 긴장 풀자.' 나는 버스 앞쪽에서 들려오는 웃음소리와 고함소리를 들으며 등받이에 기댔다. 나는 요가 강사인 키린이 스트레스를 받을 때마다 해보라고 한 대로 눈을 감고 심호흡을 했다. 긴장 풀어. 모든 게 잘 될 거야. 오늘 밤은 아직 끝나지 않았어.

chapter 21

"카리나! 카리나! 일어나! 나야, 마르쿠스!"

방문을 계속 두드리는 소리에 나는 침대에서 벌떡 일어나 앉았다. 창문으로 비치는 햇빛에 눈이 부신 나는 눈을 깜빡이며 정신을 차리려 했다. 여기가 어디지? 저 문을 두드리는 사람은 누구고?

"카리나, 제발! 네가 아무 말 안 하니까 경호원들이 날 막고 있잖아!"

헉, 세상에! 마르쿠스다! 그럼 나는 카리나. 근데 나는…… 잠옷 차림이잖아! 나는 침대에서 뛰어내려 화장대로 달려가 거울에 내 얼굴을 비춰봤다. 부스스하게 부은 얼굴에 발그레한 얼굴, 사방팔방으로 뻗친 머리. 그건 그렇다 치고 화장도 다 지워졌는데 내가 카리나 공주처럼 보일까?

"카리나, 제발. 화났다는 건 알지만 다 잘 될 거야."

마르쿠스가 말했다.

나는 고개를 돌려 닫힌 문을 쳐다봤다. 화가 나다니? 무슨 소리지? 그래, 어젯밤 우리가 멋진 키스를 하고 있을 때 잉그리드가 끼어들어 빨리 무도회장으로 들어가라면서 그동안 어디 있었느냐고 따질 때 기분이 상하긴 했지. 하지만 키스하고 나서 평생 그보다 더 황홀한 일은 없을 거라 생각하게 된 건 자기 잘못이 아니잖아. 잉그리드가 나를 끌고 간 후 우리 둘이 다시 못 만나고…… 무도회장을 떠나면서 내게 잘 자라는 인사를 안 했다고 해서 내가 화났다고 생각하는 건가? 하지만 말할 기회도 없었으니 당연한 건데, 왜 저러지?

"카리나, 문 좀 열어줘!"

"1분 만!" 나는 카리나 공주의 말투로 외쳤다. 그러고는 욕실로 뛰어들어가 새둥지 같은 머리를 수건으로 감싸고 구강청결제로 입 안을 헹군 다음 문으로 달려갔다.

"카리나, 난……."

마르쿠스가 나를 보자마자 얼굴이 빨개졌다. 그는 잘 다려진 진한 녹색 바지와 파란색 셔츠를 입고 있었고, 샤워한 후인지 머리는 젖어 있었다. 하지만 그의 얼빠진 표정으로 보아 나는 분명히 어이없는 행색이었을 것이다.

"미안해." 그가 바닥으로 눈을 떨어뜨리며 말했다.

"아직 잠옷 차림이라는 생각을 못 했네."

공주는 잠옷 차림으로 문을 열어주면 안 되는 모양이다. 하지만 엄밀히 말하면 어제 무도회장에서 입은 드레스보다는 그 잠옷이 노출이 더 적었기 때문에 나는 개의치 않았다.

"괜찮아." 나는 문 앞에서 한 걸음 물러섰다.

"들어와. 무슨 일인데?"

방 한가운데로 걸어 들어온 마르쿠스가 놀란 얼굴로 돌아서서 나를 쳐다봤다. "아직 안 봤구나?"

"뭘 안 봐?" 나는 침을 삼키며 물었다. 마르쿠스가 손으로 얼굴을 쓸어내리더니 텔레비전 위에 있던 리모컨을 집어들었다. 지역 뉴스가 화면에 나타났고 소식을 전하고 있는 앵커 위에는 "공주의 반항!"이라는 자막이 떠 있었다.

갑자기 속이 울렁거리기 시작했다.

"……파티가 이 공주의 취향에는 맞지 않았던 모양입니다." 앵커의 목소리가 흘러나왔다. "저희가 단독으로 입수한 이 사진들은 바인랜드의 카리나 공주가 그녀의 남자친구로 '알려진' 마르쿠스 잉발드선과 함께 어제저녁에 시내에 나와 있는 모습입니다……."

이런 내용이 나가는 동안 여러 장의 사진이 화면에 연속적으로 나오고 있었다. 드레스 차림으로 닭튀김이 든 종이봉투를 흔들며 로스코에서 나오고 있는 나. 가게 안으로 들어가다 신문을 떨어뜨린 어떤 남자에게 그 신문을 주워주는 나. 마르쿠스의 차 앞자리에서 손가락을 핥아먹는 나. 게다가 반쯤 감긴 눈과 오므린 입술은 정말 가관이었다.

"나 토할 것 같아." 내가 침대 가장자리를 짚으며 말했다.

"카리나, 다 내 잘못이야." 내 앞에 무릎을 꿇으며 마르쿠스가 사과했다.

"아버지에게도 다 내 책임이라고 말씀드렸고, 바인랜드에 돌아가면 너희 아버지에게도 똑같이 말씀드릴게. 내가……."

"카리나!"

킬로이와 잉그리드까지 내 방으로 들이닥치자 나는 심장이 덜컥 내려앉았다. 두 사람 역시 잠옷 바람이었다. 킬로이는 얼굴이 너무 벌게서 인간의 얼굴 같지가 않았다. 얼굴이 석상처럼 굳어 있던 잉그리드는 마르쿠스가 내 발치에 무릎을 꿇고 있는 걸 보고 하얗게 질렸다. 그것을 보고 나는 이제 끝장이라는 절망감에 휩싸였다. 잉그리드가 내 편이 아니면 나는 죽은 목숨이나 마찬가지였다.

"마르쿠스!" 킬로이가 소리쳤다. "당장 이 방에서 나가요!"

마르쿠스가 천천히 일어섰다. "킬로이, 제 말 좀 들어……."

"변명 따윈 듣고 싶지 않군요." 킬로이가 마르쿠스의 얼굴을 노려보며 말했다. "경호원도 없이 공주를 대사관 밖으로 데리고 나가서 함부로 이 위험한 도시를 돌아다니다니. 마르쿠스 잉발드선, 그렇게 생각이 없어요?"

마르쿠스는 부끄러워 고개를 떨어뜨렸다.

"당신은 카리나 공주의 보호자인 나를 허수아비로 만들었어요." 킬로이의 목소리가 노여움으로 떨리고 있었다. "당장 내 눈앞에서 사라져요."

마르쿠스는 죄스러운 표정으로 나를 한번 쳐다보더니 방에서 나갔다. 그가 떠나는 순간 나는 이 세상에 혼자만 남은 듯이 암담해졌다.

다시는 우리 둘이 만나지 못하리라는 것을 그는 상상도 못했을 것이다. 킬로이의 분노보다 그 생각 때문에 내 가슴은 쥐어짜듯 고통스러웠다.

내 편이 되어주길 기대하며 잉그리드에게 눈길을 줬지만 그녀는 팔짱을 끼고 나를 외면해버렸다. 그녀를 어떻게 탓할 것인가. 절대 하지 말라고 한 일 — 마르쿠스와 어울리는 것 — 을 저질러버림으로써 나는 잉그리드의 가장 친한 친구를 곤경에 빠뜨렸다. 게다가 그와 키스까지 했으니.

"당장 짐을 싸세요." 킬로이가 지시했다. 나는 킬로이의 매서운 시선 아래서 몸이 졸아드는 것 같았다. "우린 3시 비행기로 돌아갈 것이고 저는 공주님의 일탈행위에 대해 국왕 내외분에게 보고드릴 겁니다." 그녀는 똑바로 서서 자신의 잠옷을 매만졌다. "국왕 폐하는 보고를 듣자마자 공주님을 데려오라 하실 겁니다. 그리고 제 목을 치라는 어명을 내리시겠지요." 그녀는 몸을 홱 돌려서 나가버렸다. 다리가 부들부들 떨리고 심장은 쿵쾅쿵쾅 울렸다.

"잉그리드, 난……."

"네가 어떻게 카리나에게 이럴 수가 있니." 잉그리드는 격앙되어 있었다. "주의사항 몇 가지만 따르면 되는 게 네 일이었어. 아니지. 몇 가지도 아니고 딱 한 가지지. 마르쿠스와 같이 다니지 말라는 것! 그게 그렇게 어려운 거니?"

'얼마나 어려운데!' 내가 속으로 외쳤다.

잉그리드의 얼굴은 붉으락푸르락하다가 천천히 눈에 눈물이 고였다.

그 순간 나는 망치로 머리를 얻어맞은 느낌이 들었다. 평소의 잉그리드라면 이 모든 사건을 보며 재밌다고 법석을 떨었을 텐데. 그렇다면 저 눈물은 카리나 공주를 불쌍하게 여겨서 흘리는 눈물이 아니야. 배신감 때문에 우는 거야. 저렇게 우는 건…… 잠깐, 그게 말이 돼? 잉그리드가 '질투'를 하다니.

"오, 세상에. 잉그리드. 너도 마르쿠스를 좋아하는구나."

"뭐?" 그녀가 화들짝 놀라더니 곧이어 낭패감으로 얼굴이 일그러졌다. 그것을 보고 나는 확신했다.

"맞구나! 카리나가 나보고 마르쿠스랑 말도 하지 말라고 했을 때 너는 무척 안심하는 얼굴이었어." 내가 말했다. "그리고 넌 나보고 마르쿠스랑 떨어져 있으라고 100번도 넘게 말했어. 세뇌될 정도로 말이야. 그리고…… 어젯밤에 마르쿠스가 파티장에 들어섰을 때 네 얼굴에선 빛이 나더라. 나는 우리가 꾸민 일 때문에 네가 안절부절못하는 거라 여겼는데, 그게 아니었어. 넌 마르쿠스를 '좋아하는' 거야."

잉그리드는 잠시 멍한 눈으로 나를 바라보더니 숨을 깊이 들이마시고 머리를 흔들었다.

"짐을 싸는 걸 도와주러 왔는데, 싫어졌어. 너 혼자 해."

그녀가 쌀쌀맞게 말했다. 그러고는 휑하니 나가며 문을 쾅 닫았다.

나는 침대 위에 털썩 주저앉았다. 이렇게 짧은 시간에 이렇게 일을 엉망으로 만들다니 어이가 없었다. 카리나 공주를 곤경에 빠뜨리고, 마르쿠스도 곤경에 빠뜨리고, 잉그리드에게 상처를 주고, 어쩌면 킬로이를 파면시킬지도 모른다.

공주 시험은 완전히 망쳤다.

Chapter 22

깜짝 놀라서 눈을 떴다가 사정없이 내리쬐는 햇볕에 금세 눈물이 났다. 눈을 꼭 감고 손으로 햇빛을 가리며 머리를 들었다. 목에서 찌르르 통증이 느껴졌다.

"악!" 똑바로 앉으려던 나는 비명을 질렀다. 아픈 곳을 문질렀지만 통증은 사라지지 않았다.

'내가 어떻게 잔 거지?'

그때였다. 내 아래서 덜컹거리는 낯선 움직임을 느낀 것은. 나는 눈을 번쩍 떴고 그제야 내가 어디에 있는지를 깨달았다. 나는 버스 뒷자리에서 얼굴을 리빗의 가슴에 대고 자고 있었다. 그리고 버스가…… 달리고 있었다.

몸속의 피가 한꺼번에 머리로 몰리면서 나는 공황상태에 빠졌다. 바깥은 대낮처럼 밝았지만 내 눈에 보이는 것은 더러운 유리창뿐이었다. 아무리 깨끗한 곳을 찾으려 해도 탁한 유리뿐이었다. 대체 나를 어디로 데려가는 거야.

"리빗! 리빗! 일어나봐요!" 내가 리빗을 힘껏 흔들며 깨웠다. 그는 눈을 몇 번 깜박이다 다시 감고는 팔을 이마에 아무렇게나 내던졌다. "버스가 가고 있어요!" 내 목소리가 갈라져 나왔다.

"그래, 이 버스도 굴러갈 때가 있지." 그가 잠에 취한 목소리로 대꾸했다. 그러고는 옆으로 돌아누워 코를 골기 시작했다.

살아오면서 그렇게 화가 난 건 처음이었다. 잉그리드가 내가 가장 아끼는 지미추 구두를 몰래 신고 나가 〈물랭루주〉 흉내를 내다 호수에 빠뜨렸을 때도 그렇게 화가 나지는 않았다. 나는 손목시계를 보고 가슴이 철렁 내려앉았다. 벌써 오전 10시였던 것이다. 우리 계약대로라면 줄리아는 지금 자기 집으로 출발해야 할 시각이었다. 벌써 출발했을까? 혹시 정체가 탄로난 건 아닐까?

'아, 어떡해. 이제 나는 죽을 때까지 24시간 내내 감시받으며 살 거야.'

나는 일어서다가 위에 있는 캐비닛에 머리를 꽝 부딪쳤다. 그 정도의 충격이면 아마 움푹 패었을 것이다. 나는 몸서리를 치며 버스 앞쪽을 향해 걷기 시작했다. 버스의 움직임 때문에 비틀거리며 먼저 종잇장처럼 얇은 가리개를 한쪽으로 제쳤다.

버스에 탄 사람들은 모두 자고 있었다. 남녀가 겹쳐서 드러누워 있기도 했고, 남자들 어깨에 침을 흘리며 자고 있는 여자들도 있었다. 한 남자는 자기 기타줄 사이에 코를 박은 채 곯아떨어져 있었다. 나는 넘어지지 않으려고 애를 쓰며 운전대를 잡고 있는 미치광이 데이브에게 다가갔다.

"데이브! 버스 세워요!"

그가 깜짝 놀라 나를 쳐다보는 바람에 버스가 차선을 빗나가 반대편 차선으로 넘어갔다. 맞은편에서 오던 파란색 차가 경적을 울리며 우리를 피해 방향을 틀었다.

"깜짝 놀랐잖아, 이 아가씨야!" 그가 야단을 쳤다.

"그리고 버스는 못 세워."

"제발요, 데이브." 나는 최대한 인내심을 발휘하며 애원했다. "전 당장 내려야 돼요."

"안 내리는 게 좋을 거야." 그가 고개를 저으며 말했다. "네가 여기서 내리면 세 가지 중 한 가지가 일어나. 일사병으로 죽거나 코요테에게 잡아먹히거나 여기 탄 사람들보다 훨씬 험악한 인간들에게 납치되는 거지."

"험악하다뇨?"

"나도 어디서 읽은 것뿐이야."

나는 숨을 깊이 들이마셨다 천천히 내뱉었다.

"그럼 차를 돌려요. 전 로스앤젤레스로 돌아가야 돼요."

데이브가 웃음을 터뜨리는 바람에 기타에 코를 박고 자던 남자가 머리를 홱 들자 기타줄이 팅 하고 불협화음을 냈다.

"그렇게는 못 해." 미치광이 데이브가 말했다. "우리는 오늘 밤에 엘패소에 도착해야 되거든. 공연이 있어서."

"엘패소라고요? 거기가 어딘데요?"

"텍사스 주에 있지." 데이브가 서부영화에 나오는 말투로 대답했다.

"텍사스라고요?" 나는 기가 막혀서 가까운 의자에 털썩 주저앉았다. 한 국가의 공주로서 나는 세계 지리를 훤히 꿰고 있었다. 물론 현 미국 대통령의 출신지역인 텍사스도 잘 알고 있었고 그곳이 로스앤젤레스에서 한참 멀다는 것도 너무 잘 알고 있었다.

'자, 겁낼 거 없어.' 나는 마음을 다잡았다. '잉그리드에게 전화하는 거야. 그 애는 어떻게 해야 할지 알고 있을 거야.'

나는 크로스백을 열고 안을 뒤져서 휴대폰을 찾았다. 당연히 밤새 꺼져 있었다. 전화기가 켜져 있었다면 잉그리드는 분명히 아침 내내 나한테 전화를 했을 것이고, 그 소리를 들은 나는 일이 이 지경이 되도록 방치하지 않았을 테니까. 전원을 켜니 전화기 화면이 미친 듯이 깜박였다. 음성메시지가 열 개나 와 있었다. 굳이 들어볼 필요도 없이 나는 호텔의 잉그리드 방 전화번호를 눌렀다. 벨이 한 번 울리자 잉그리드가 즉각 받았다.

"카리나?" 잉그리드의 다급한 목소리였다.

"잉그리드, 나 큰일났어."

"도대체 어디야?"

"리빗네 버스에서 잠이 들었는데, 지금 텍사스로 가고 있어."

나는 눈을 질끈 감으며 말했다.

"텍사스라니. 거기가 어딘데?"

"LA에서 한참 떨어진 곳이야." 저절로 한숨이 나왔다.

"어쨌든 당장 돌아와야 돼."

"나도 잘은 모르겠는데 사막 한가운데를 지나고 있나 봐. 내릴 만한 곳이 없어."

잉그리드의 뇌가 분주히 작동하는 소리가 들리는 듯했다.

"그럼 운전기사한테 다음 도시에 내려달라고 한 다음, 누구든 붙잡고 돈을 줄 테니 여기로 데려다 달라고 해."

"좋은 생각이긴 한데 내가 돈이 한푼도 없어. 킬로이가 조금 주긴 했는데 환전을 못했어. 한 번도 내 손으로 환전해본 적이 없잖아."

전화기 저쪽에서는 아무 소리도 들리지 않았다. 잉그리드도 대책이 안 서는 모양이었다.

오, 세상에. 내가 무슨 일을 저지른 거지? 부모님을 배신하고, 킬로이를 속이고, 경호원들을 따돌리고, 지금은 사막에서 헤매고 있어. 뭣 때문에! 내 앞에서 술에 취해 쓰러진 남자한테서 낭만적인 키스를 받기 위해서?

갑자기 옆에 마르쿠스가 있으면 좋겠다는 생각이 들었다. 나랑 함께 있었다면 그는 책임지고 일을 처리하며 나를 안심시켰을 것이다. 마르쿠스에게 장점이 딱 하나 있다면 그것은 훌륭한 인격을 타고났다는 것이다. 그리고 명석했다. 그리고 판단력이 뛰어났다. 그러고 보니 장점이 세 가지네. 그리고 내 앞에서 침 흘리며 쓰러져 자는 그런 사람도 아니었다.

"그럼 어떡해야 되니? 우린 3시 비행기를 타야 되는데."

잉그리드가 안달하고 있었다.

"잠깐만." 나는 손바닥으로 전화기를 막고 물었다. "데이브, 로스앤젤레스에서 출발한 지 얼마나 됐죠?"

"몇 시간 됐지. 다섯 시간 정도?"

나는 절망감에 싸여 힘겹게 침을 삼켰다. 제시간 안에 돌아가기는 이미 틀린 일이었다. 자리에 앉아 등을 기대는데 눈물이 고이는 것이 느껴졌다. 나는 엄지와 검지로 콧날을 집으며 떨리는 목소리로 말했다.

"잉그리드, 줄리아를 데리고 함께 바인랜드로 가줘."

chapter 23

"저…… 잉그리드, 지금쯤 '줄리아'가 전화했어야 하잖아."

내가 잉그리드를 보며 조심스럽게 물었다. 긴장으로 땀에 전 리넨 드레스가 등에 달라붙어 끈적거렸다. 나는 카리나 공주의 리무진 뒷자리에 앉아 있었고 옆에서는 킬로이가 작고 반짝거리는 눈으로 내 얼굴을 쏘아보고 있었다. 차에 탄 지 20분이나 됐지만 킬로이는 눈 한 번 깜빡이지 않았다. 단 한 번도.

"걱정 마. 할 거야." 잉그리드가 자기 휴대폰 화면을 내려다보며 대답했다. 휴대폰 버튼을 누르고 있는 걸 보니 문자를 찍고 있는 것이 분명했다. 나는 최대한 자연스럽게 보이려 애를 쓰면서 목을 빼고 그것을 읽었다.

지금 오고 있어. 공항으로 바로 갈 거야.

'당연히 그래야지.' 킬로이의 날카로운 시선을 의식하며 나는 조금 마음을 놓았다. 그리고 뒤로 몸을 기댄 채 낯익은 LA의 거리가 창밖으로 휙휙 지나가는 것을 바라봤다. 벌써 3시가 되어갔지만 나는 아직도 공주 행세를 하고 있었다. 안절부절못하고 죄책감에 시달리는 공주, 무엇보다도 곧 비행기를 타야 하는 위급한 상황의 공주. 빌이 신호등의 빨간불 앞에서 차를 세울 때마다 나는 차에서 뛰쳐나가 원래의 내 삶으로 돌아가고 싶은 충동을 느꼈다. 하지만 뒤따라오는 차에 카리나 공주의 경호원들이 타고 있다는 걸 생각하면 별로 좋은 방법은 아니었다.

'공항까지만 가줘.' 잉그리드가 호텔에서 내게 부탁했다. '카리나가 거기서 우릴 기다릴 거야. 별일은 아니고 그냥…… 늦잠을 잤나 봐.'

그때 못하겠다고 거절했어야 하는데. 계약에 의하면 나는 오전 10시 정각에 호텔을 떠나기로 되어 있었으니까 말이다. 하지만 내가 저지른 일이 있는데 어떻게 카리나 공주와 잉그리드의 청을 거절하겠는가. 그래서 나는 바보같이 잉그리드의 부탁대로 로스앤젤레스 국제공항으로 가고 있는 것이다. 그곳에서는 카리나 공주를 다른 대륙으로 태우고 갈 전세기가 기다리고 있었다. 내가 조마조마한 건 바로 그 비행기 때문이었다. 만일 카리나 공주가 조금이라도 늦으면 킬로이는 나를 비행기에 태울 것이다. 내가 저항하면 내 머리를 헤드락으로 꼼짝 못하게 해서라도 끌고 갈 사람이었다.

"카리나 공주, 똑바로 앉아요." 그녀가 딱딱거렸다.

나는 등을 똑바로 펴고 잉그리드가 쓰라고 준 검은색 펠트 모자의 챙을 반듯이 폈다. 내 머리는 모두 올려서 모자 안으로 밀어넣었다. 공항에서 카리나 공주를 만나면 그녀의 밤색 머리칼도 모자 안으로 밀어넣게 해야 했다. 그래야 머리색깔이 갑자기 바뀐 걸 아무도 눈치채지 못하기 때문이다.

모자만 만져도 지금쯤 기절하기 일보 직전에 있을 엄마 생각이 났다. 엄마는 분명히 내가 남긴 쪽지를 봤을 것이고, 내가 집에 도착할 거라고 한 10시 30분이 지난 다음부터는 안절부절못하고 있을 것이다. 어쩌면 바인랜드 대사관으로 달려가 경호원들에게 미친 듯이 악을 쓰고 있는지도 모른다.

나는 불안해서 미칠 지경이었다.

리무진이 고속도로 출구를 빠져나가 로스앤젤레스 공항을 향하자 손에서 땀이 배어나오기 시작했다. 나는 잉그리드에게 여러 번 시선을 보냈지만 그녀는 나를 계속 외면하고 있었다. 터미널 앞에 차를 세울 때 나는 카리나 공주를 찾아 재빨리 눈을 굴렸다. 진한 선글라스와 야구모자를 쓴 여자가 있는지 둘러봤지만 그런 사람은 없었다.

빌이 차문을 열어주자 나는 차 밖으로 발을 내디뎠다. 하지만 긴장해서 비틀거리는 바람에 그의 팔에 안겼다. 베니스의 우리집, 겁에 질린 엄마와 털북숭이 고양이가 있는 아담한 아파트에 무사히 돌아갈 수만 있다면 무슨 짓이라도 할 것 같았다. 킬로이가 짐꾼에게 위치를 일러주는 동안 잉그리드가 옆으로 다가와 내 손에 뭔가를 쥐어줬다. 나는 입이 바싹 마른 채 그게 뭔가 하고 내려다봤다. 수첩 같은 걸 펴보니 카리나 공주의 사진이 나를 보고 웃고 있었다.

"이걸로 뭘 어쩌라고?" 내가 숨죽여 말했다.

"그걸 카운터에 서 있는 여자에게 내보이면 너한테 탑승권을 줄 거야. 이따가 카리나 공주한테 전해줘." 잉그리드가 속삭였다.

나는 실낱같은 희망을 품고 다시 주위를 둘러봤다.

'제발 와 있어라. 제발!' 내가 간절히 기원했다. '내가 다시는 이런 장난에 끼어드나 봐라.'

"카리나 공주! 뭘 꾸물거리고 있어요!" 킬로이가 터미널로 들어가는 문을 잡은 채 재촉했다.

나는 숨을 깊이 들이마신 후 에어컨으로 서늘한 터미널 안으로 발걸음을 옮겼다. 카운터 뒤에서 내게 탑승권을 건네준 여자는 별말이 없었다. 나는 사형선고를 받은 죄인처럼 그 종잇조각을 내려다봤다.

잉그리드가 탑승권을 받고 나오자마자 나는 그녀의 팔을 붙잡고 수행원들한테서 멀찍이 떨어진 곳으로 끌고 갔다.

"카리나는 대체 어딨는 거야?" 내가 따지듯 물었다. 그녀는 팔을 홱 뿌리치며 대꾸했다. "카리나가 도착하면 빌이 경적을 울리기로 했어. 그럼 너는 차에 두고 온 게 있다고 하면서 나가는 거야. 그리고 거기서 둘이 만나 옷을 바꿔 입으면 돼."

"그러니까 그게 언젠데? 15분 있으면 비행기가 뜨잖아."

심장이 주체할 수 없이 뛰고 있었다.

"진정해." 잉그리드는 전혀 달래는 말투가 아니었다. "네가 그렇게 불안해하면 킬로이한테 의심을 산단 말이야."

나는 침착해지려 노력했다. 이를 악물고 노력했다. 하지만 다른 수행원들은 이미 탑승구 앞에서 줄을 서 있었다. 시간이 얼마 안 남았다. 거의 없었다.

"나 얼른 화장실에 갔다올게." 잉그리드가 뒤를 힐끗 돌아보더니 느닷없이 그렇게 말했다. "금방 올게." 내가 입을 떼기도 전에 그녀는 바람같이 사라졌다. 바로 그때 누군가 내 어깨를 짚는 것을 느끼고 나는 심장이 덜컥 내려앉았다.

"탈 시간이에요. 카리나 공주." 킬로이였다

"안 돼요!" 나도 모르게 튀어나온 말이었다. "어…… 잉그리드가 화장실에 갔거든요."

"무슨 소리예요. 저기 있잖아요!" 킬로이가 탑승구를 가리키며 말했다. 놀라서 돌아봤더니 잉그리드가 경호원들 앞에 끼어들어 비행기에 오를 준비를 하고 있었다. 거기서 그녀는 내게 미안하다는 눈길을 보냈다.

'이럴 수가.' 눈앞이 깜깜해졌다. '카리나는 안 오는 거야. 잉그리드는 카리나가 오지 않는다는 걸 알고 있었어. 둘이 짜고 나를 이 지경으로 몰아넣은 거야.'

킬로이가 나를 탑승구 쪽으로 밀고 가자 나는 버티고 있을 수가 없었다. 갑자기 내 몸이 내 의지와 상관없이 움직이고 있었다. 오만 가지 생각이 뇌리를 스쳤다. 나는 납치당하고 있었다. 나를 바인랜드 공주로 대체하기 위한 작전에 말려든 것이다. 이 사람들이 나를 바인랜드 공주로 만들려고 계획했던 것일까? 이게 처음부터 의도된 것이었을까?

"카리나 공주! 뭐 하고 있어요. 걸을 줄 몰라요?"

킬로이가 야단을 쳤다.

"이건…… 뭔가 잘못된 거야." 나도 모르게 중얼거렸다. "나는 여기 있을 사람이 아니라고."

"그래서 공주님을 고국으로 보내드리고 있잖아요." 탑승권을 확인하던 공항 직원이 씩 웃으며 농담조로 말했다. "그런 뜻이 아니에요! 난 저 비행기에 타면 안 된다고요!" 내가 더이상 참지 못하고 킬로이의 손을 뿌리치며 외쳤다.

"대릴, 시어도어, 카리나 공주가 또 심통을 부리네요." 킬로이가 지겹다는 투로 경호원들을 불렀다. 그러자 즉시 두 사람이 다가와 나를 꼼짝 못하게 양쪽에서 붙잡고 비행기로 끌고 가다시피 했다. 그동안 내 발은 바닥에서 질질 끌렸다.

"당신들은 몰라요." 나는 차분하고 이성적인 어조로 말하려 애를 썼지만 나오는 목소리는 오히려 신경쇠약에 걸린 사람 같았다.

"난 카리나 공주가 아니에요. 내 이름은 줄리아 존슨이라고요. LA에 살고 있고요."

"그렇습니까? 전에는 니콜 키드먼이 공주님 생모라면서 그 여자한테 가려고 오스트레일리아행 비행기표를 사셨잖아요."

대릴이 히죽거리며 말했다.

“한번은 담을 몰래 넘어가다 들켰을 땐 상한 굴을 먹고 정신착란에 걸린 것처럼 우리를 속이려고 했지요.”

시어도어도 재밌다는 듯이 덧붙였다.

뭐라고! 카리나 정말 필사적이었네.

두 경호원은 지루한 표정으로 잡지를 팔랑팔랑 넘기고 있던 잉그리드 옆에 나를 앉혔다. 대릴은 몸을 기울여 내게 안전벨트까지 채워줬다.

“편히 가십시오, 공주님.”

비행기가 움직이기 시작하자 그가 씽긋 웃으며 말했다. 그러고는 잉그리드와 나만 두고 뒤쪽으로 멀어져갔다.

“마르쿠스 때문이지?” 내가 목소리를 죽이며 잉그리드에게 다그쳤다. “마르쿠스 일 때문에 내게 이러는 거지?”

“너무 감상적으로 생각하는 거 아니니?” 잉그리드가 심드렁한 표정으로 대꾸했다. “너도 바인랜드가 마음에 들 거야.”

Chapter 24

버스 앞자리에 앉은 나는 잉그리드한테서 다시 소식이 오기를 기다리며 휴대폰 화면을 응시하고 있었다. 어찌됐든 줄리아가 바인랜드행 비행기에 탔다면, 당분간 일을 수습할 시간이 생긴 것이다. 혹시 줄리아가 비행기에 타는 걸 거부하면서 우리가 한 짓을 폭로했다면 정부의 비밀요원들이 나를 찾으러 출발했을 것이다.

드디어 내 휴대폰에 문자메시지가 떴다.

작전 성공! 지금 이륙하고 있음! 나 대~단~하지?

나는 안도의 한숨을 내쉬었지만 마음이 편치만은 않았다. 아직도 사막이 끝없이 펼쳐져 있어서 그런 걸까. LA로 돌아갈 방법이 막막해서 그런 걸까. 미치광이 데이브가 30분 동안 목청이 터져라 〈레드 핫 칠리 페퍼스〉를 부르고 있어서—차라리 고문이었다—그런 걸까.

게다가 나는 지금…… 화장실이 급했다. 버스 뒤에 있는 냄새 고약한 간이화장실은 절대 안 갈 작정이었다. 그건 자존심이 허락하지 않는 일이었다.

'그래, 내가 누구인지를 밝히자.' 내가 차분히 결심했다. '그걸 어떻게 증명할지는 모르겠지만, 이 사람들이 내 말을 믿어준다면 나를 LA로 데려다주겠지.'

그게 위험한 시도라는 건 나도 알고 있었다. 하지만 다른 방법이 없다는 것이 문제였다. 버스가 흔들려서 나는 등받이를 붙잡으며 일어섰다. 그리고 좌석을 훑어봤다. 리빗은 뒤쪽 자리에서 기타리스트와 함께 새 곡을 검토하고 있었다. 머리를 뒤로 넘겨 묶은 그는 파란색 티셔츠 차림이었다. 그가 진지한 얼굴로 앞에 놓인 공책에 뭔가를 끼적거릴 때면 콧날에 작은 주름이 잡혔다.

이틀 전에는 노랫말 짓는 데 열중하고 있는 그런 모습만 봐도 가슴이 두근거려 어찌할 바를 몰랐지만, 지금은 나를 이 지경으로 몰아넣고 신경도 안 쓰는 그의 멱살을 잡고 악을 쓰고 싶을 뿐이었다.

나는 통로로 걸어가 리빗 옆에 섰다. 그는 고개도 들지 않았다. 내가 헛기침을 해도 마찬가지였다.

"리빗, 할 말이 있어요." 내가 단호한 어조로 입을 열었다.

"잠깐만." 그가 연필을 내게 들어 보이며 말했다. 공책에는 '불타는 입술'이니 '소화기'니 하는 말들을 끼적이고 있었다. '췟, 퍽이나 심오하군.'

"리빗, 데이브에게 차 돌려서 저를 다시 LA로 데려다주라고 해줘요." 그리고 나는 천천히 숨을 들이마셨다. "난 줄리아 존슨이 아니에요. 사실은 바인랜드의 카리나 공주예요. 내가 지금 우리나라로 돌아가지 않으면 심각한 일이 벌어질 거예요."

리빗과 기타리스트가 나를 올려다보는 몇 초 동안 나는 그들이 내 말을 믿은 줄 알았다. 내가 한 말을 되새기는 듯하다가 두 사람의 눈이 휘둥그레졌기 때문이다. 하지만 그 둘은 갑자기 웃음을 터뜨렸다. '나를 두고 웃어?' 화가 치민 나는 얼굴에 불길이 이는 것 같았다. 나는 더이상 이런 대접…… 그러니까 보통 여자아이로 취급받는 것을 참을 수가 없었다. 보통사람들이 매일 이런 취급을 받는다면 누가 자기 집 밖으로 나가고 싶을까?

"이봐." 리빗이 웃음을 그치고 물었다. "만일 네가 공주라면 왜 우리 같은 부랑아들하고 어울리는 거야?"

"나도 그걸 알고 싶군요." 내가 쏘아붙였다.

"아니, 우리를 지금 부랑아라고 한 거야?" 기타리스트가 자세를 고쳐 앉으며 따졌다.

"리빗이 먼저 그랬잖아요!" 나도 지지 않고 대꾸했다. 리빗은 어느새 공책을 들여다보고 있었고 나는 그의 시야에 들어가기 위해 바닥에 쪼그리고 앉았다.

"리빗, 제발요. 생각 좀 해봐요. 내가 바인랜드에서 온 건 당신도 알잖아요. 그리고 내가 콘서트에 가는 건 거의 불가능하다고 했다는 것도요. 그리고…… 그리고…… 내가 당신에게 이메일을 보낼 때 항상 C라고 해서 보냈잖아요. 카리나의 C. 생각 안 나요?"

"그건 정말 생각 못했네." 리빗이 여전히 공책에서 눈을 떼지 않고 무심한 표정으로 대꾸했다.

맥이 빠진 나는 한숨을 쉬며 일어섰다. 이 방법은 효과가 없는 것 같았다. 내 가방에 나를 증명해줄 것도 없었다. 바인랜드 지폐 다발이 있었지만 그것이 나를 바인랜드 출신이라고 증명해주는 건 아니었다.

나는 우중충한 버스를 둘러보며 그곳을 당장 벗어나는 것이 불가능하다는 걸 깨달았다. 엘패소에 도착할 때까지는 이 사람들과 꼼짝없이 같이 움직이는 수밖에 없었다. 하지만 거기에서 뭘 한단 말인가? 카우보이가 될 수는 없잖은가?

"화장실 다녀와. 다들 서둘러." 버스가 덜컥했다가 서서히 멈추더니 미치광이 데이브가 외쳤다.

사람들이 하품을 하고 기지개를 켜고 끄응 하는 신음을 하며 일어설 채비를 했다. 창밖을 보던 나는 사막에 신기루처럼 우뚝 솟은 건물을 보고 깜짝 놀랐다. 건물 앞에는 10여 대의 트럭과 버스, 승용차가 주차되어 있었고 건물 꼭대기에는 간단히 〈식당〉이라고 씌어 있었다. 믿어지지가 않았다. 나는 텍사스에 도착할 때까지 온통 사막뿐일 거라고 생각했던 것이다. 하지만 저것이 식당이라면 거기에는 화장실도 있을 것 아닌가. 그리고 화장실이 있으면 적어도 한 가지 문제는 해결할 수 있을 터였다. 나는 앞자리로 뛰어가 내 가방을 들고 다른 사람들이 자리에서 미처 일어나기도 전에 버스에서 뛰쳐나갔다.

건물 안으로 들어갔더니 요란한 격자무늬 셔츠와 너절한 야구 모자를 쓴 덩치 크고 우락부락한 남자들이 스무 명도 넘게 앉아서 나를 쳐다봤다. 그들의 표정을 보니 여자라고는 생전 처음 구경하는 사람들 같았다. 나는 당당하게 고개를 쳐들고 카운터로 다가갔다. 머리가 크게 부풀고 분홍 립스틱을 바른 여자가 어떤 사람의 주문을 받고 있었다.

"화장실이 어디죠?" 내가 물었다

그녀는 나를 위아래로 훑어보더니 껌을 딱딱 씹었다.

"마법의 말을 잊어버린 모양이네."

마법의 말? 대체 무슨 소리야? 화장실에 들어가려면 문 앞에서 '수리수리마수리' 같은 주문을 외워야 한다는 말인가?

"어…… '실례지만'이라는 말을 빠뜨렸다는 뜻인 것 같은데."

내 옆에 서 있던 남자가 일러줬다.

나는 그 남자에게 힐끗 눈길을 줬다가 한 번 더 쳐다봤다. 그는 나보다 한두 살 더 많아 보였는데, 옅은 금발이었고 바인랜드의 정원에 있는 연못처럼 파란색 눈동자였다. 그 사람을 보니 갑자기 집 생각이 간절해졌다.

나는 헛기침을 하며 자존심을 억눌렀다. 정말로 화장실이 급했기 때문이었다.

"실례지만, 화장실이 어디 있나요?"

그녀는 나를 보며 혀를 끌끌 차더니 말했다. "건물 밖으로 나가서 왼쪽으로 돌아가요." 그러고는 카운터 위에 있던 냅킨을 한 움큼 집어줬다. "이거 가져가. 화장지가 떨어졌으니까."

나는 그 거칠고 껄끄러운 냅킨을 받으며 얼굴을 찡그렸다. 내가 LA에 오기 전에는 미국이 세계에서 가장 현대적이고 문명화된 나라인 줄 알았는데. 유리문을 밀고 건물 옆으로 돌아가던 나는 토드머핀의 드럼주자가 남자화장실에서 나오는 것을 보고 잽싸게 화장실로 들어갔다. 그들은 화장실이 어딨는지 다 알고 있었던 것이다.

나는 화장실에 들어섰다가 그 악취에 정신을 잃는 줄 알았다. 왜 화장지가 다 떨어졌는지 알 만했다. 화장실 바닥은 화장지 뭉치와 흙과 생리대 포장지와 뭔가 묻어 있는 갈색 종이봉투로 뒤덮여 있었다. 변기의 시트는 10년 동안 한 번도 닦지 않은 것처럼 더러웠다.

'집에 가고 싶어.' 머릿속에서 징징 우는 소리가 들려왔다. 하지만 아직은 그럴 때가 아니었다. 나는 항상 사람들에게 내 힘으로 뭐든지 할 수 있다고 장담해온 터였다. 이제 그것을 증명해 보일 기회가 온 것이다. 다행히 세면대에는 액체비누가 담긴 통이 있었다. 나는 기절할 것 같은 악취를 맡지 않기 위해 입으로 숨을 쉬면서 시트를 닦을 냅킨 위에 비누를 짜냈다. 내 몸은 너무 급해서 세균 같은 거 신경 쓰지 말고 빨리 일이나 보라고 아우성치고 있었지만 말이다.

'아빠랑 엄마가 지금 내 모습을 보면 뭐라고 하실까.' 그런 생각

을 하니 나도 모르게 웃음이 났다. '화장실 변기를 닦고 있는 카리나 공주.'

웬만큼 깨끗해지자 나는 코를 막고 볼일을 봤다. 그리고 5분 동안 손을 씻고 냅킨으로 손잡이를 잡은 다음 문을 밀고 나갔다.

역겨운 화장실에서 나오니 기분이 500배는 좋아졌다. 내가 한 일이라고는 고작 변기 시트를 닦은 것밖에 없는데 뭔가 대단한 일을 해낸 것처럼 뿌듯했다. 나는 머리를 어깨 뒤로 넘기면서 건물을 돌았다. 마지막으로 리빗에게 한 번만 더 시도해볼 생각이었다. 이번에도 내 말이 안 먹히면 엘패소까지 따라가야겠지. 그곳이 대도시라면 내가 가진 돈을 달러로 바꿀 수 있고, 그러면 그 돈으로 LA까지 가는 차편을 구할 수도 있을 거야. 어쩌면 거기에도 공항이 있어서 곧바로 우리나라로 돌아갈 수 있을지도 몰라!

갑자기 모든 일이 잘 풀릴 것 같은 예감이 들었다. 하지만 모퉁이를 돌면서 보니 주차장에 있던 토드머핀의 버스가 먼지를 일으키며 부르릉 출발하는 게 아닌가.

모든 일이 잘 풀릴 것 같은 예감은 연기처럼 사라져버렸다.

chapter 25

"퀸 아리아나 병원이 언제 건립되었죠?"

킬로이가 내 책상을 탁 치며 다그치듯 물었다. 나는 심장 뛰는 소리를 들으며 그녀를 쳐다봤다. 킬로이의 턱살이 점점 아래로 처지면서 그녀가 반은 여자로 반은 칠면조로 보이기 시작했다. 나를 노려보는 그녀의 눈이 빨간색으로 반짝였다.

"어서 대답해요." 그녀가 화난 목소리로 말했다.

"어…… 1898년?" 나는 몸을 웅크리며 말했다.

"똑바로 앉아요!" 그녀가 다시 책상을 탁 치며 말했다.

"공주가 그게 뭐예요!"

대릴과 시어도어가 갑자기 나타나 내 팔을 붙잡고 등이 자처럼 곧게 펴질 때까지 위로 끌어올렸다.

"바인랜드의 공작 내외 이름을 그 사람들이 다스리는 지방이랑 함께 대봐요. 동부에서 서부 순서로, 높은 직위부터 말해요."

"네…… 음…… 찰스 공작과 마리유 부인은 글로켄셔 지방을 다

스리고, 어…… 마이클 공작과 코린 부인은…… 어……."

머릿속이 하얗게 비었다. 지방이 한 군데도 기억나지 않았고, 호수도, 그 대학이 세워진 해도 기억나지 않았다. 우리나라에 대해 아무것도 생각나지 않았다.

'그거야 네 나라가 아니니까 그렇지.' 내 귓가에서 어떤 목소리가 속삭였다. '너는 이 자리에 있으면 안 돼. 곧 들통날 거야. 그럼 그 사람들이 너를…….'

고개를 들어보니 잉그리드가 내 앞에서 거만한 얼굴로 웃고 있었다. 나는 악을 썼다.

"날 우리집으로 보내줘. 여기서 나가고 싶단 말이야!"

좀비처럼 눈동자가 텅 빈 사람들이 구름처럼 나를 향해 다가왔다. 비명을 지르려는 찰나, 멀리서 강력한 엔진소리가 들려왔다. 갑자기 경호원들이 양쪽으로 갈라졌고 어둠 속에서 헤드라이트 불빛 두 개가 나타났다. 곧이어 무개차 한 대가 끽하며 내 책상 바로 앞에 섰다. 무개차였다.

"그 여자를 놔두시오!" 귀에 익은 목소리였다.

차에서 마르쿠스가 나오더니 사람들을 헤치고 나를 향해 다가왔다. 그는 책상 너머로 손을 내밀며 미소를 지었다.

"걱정 마. 집에 데려다줄게."

나도 웃으며 그의 손을 잡았고, 눈 깜짝할 사이에 우리는 햇살을 받으며 태평양 연안도로를 달리고 있었다. 모든 것이 다…… 해결되었다는 안도감이 밀려왔다.

"도착했습니다! 카리나 공주님! 다 왔습니다!"

내 몸이 흔들려서 깨어보니 승무원이 내 어깨에 손을 얹고 있었다. 나는 어리둥절해서 눈을 깜빡이며 그녀를 쳐다봤다. 다시 꿈속으로 돌아가고 싶다는 생각뿐이었다.

"잘 다녀오셨어요, 공주님?" 그녀가 반듯이 서서 두 손을 공손히 모으고 말했다. "…… 좋은 꿈을 꾸고 계셨나 보네요."

잉그리드 자리는 이미 비어 있었고 창밖을 보니 밖은 한낮이었다. 활주로 너머로 푸른 초원이 펼쳐져 있었고 멀리 보이는 산은 꼭대기가 눈에 덮여 있었다.

이럴 수가. 내가 정말 바인랜드에 온 것이다.

"카리나." 잉그리드가 승무원 뒤에서 나타났다. "정신이 드니?"

나는 천천히 일어나 머리를 어루만졌다. 어느새 심장박동이 빨라지고 있었다. 잉그리드는 내게 바라는 게 뭘까? 정말 궁전으로 가서 카리나 부모에게 딸 행세를 하라는 건가? 미쳤어!

"미안하지만 자리 좀 비켜줄래요?" 내가 승무원에게 부탁했다.

"네, 공주님." 그녀가 고개를 숙이며 대답했다. 그리고 비행기 옆문으로 나가 공항으로 이어진 통로로 들어갔다.

나는 심호흡을 하고 잉그리드의 눈을 응시했다. 그녀는 팔짱을 끼고 벽에 기대선 채 나를 마주봤다.

"잉그리드, 도대체 일이 왜 이렇게……."

"줄리아, 내가 일부러 이런 건……."

우리는 동시에 입을 열었다가 동시에 멈췄다. “먼저 얘기해.” 내가 말했다.

“그래.” 잉그리드가 똑바로 서면서 말했다.

“너를 속인 건 미안해. 근데 카리나가 사실은 미국 어딘가에서 오도 가도 못하고 있어. 그래서 너를 여기까지 데려온 거야. 우리가 한 짓을 카리나 부모님이 아시게 되면 카리나가 앞으로 어떻게 될지 너는 상상도 못할 거야.”

“그럼 내가 이렇게 다른 나라에 와 있다는 것을 우리 엄마가 아시면 어떻게 될 것 같니?”

“그럼 너희 엄마는 화가 나시겠지. 큰일이네.” 잉그리드가 어깨를 으쓱하며 대답했다. “카리나 부모님은 카리나가 평생 궁전 밖으로 못 나가게 하실걸? 정말이야.”

어이가 없었다. 그녀는 내 걱정은 조금도 하지 않았고, 이 모든 계획이 우리 가족에게 어떤 영향을 줄 것인지에도 전혀 관심이 없었다. 엄마가 지금쯤 어떤 상태인지 나도 짐작이 안 되는데 말이다.

“줄리아, 카리나는 로스앤젤레스에서 최대한 빨리 비행기편을 구해서 돌아올 거야. 방금 들었는데 카리나 부모님은 누구 영결식 때문에 스웨덴에 가셔서 내일 아침에나 돌아오신대. 그때까지는 카리나도 돌아올 거야. 그러니까…… 조금만 더 도와줘, 응?”

잉그리드가 애원했다.

나는 네가 계획한 일이니 네가 알아서 하라고 말하고 싶었다. 혈액형 검사나 지문 검사, DNA 검사 등 무엇이든 받고 싶었다. 그래서 내가 카리나 공주가 아니라는 것을 밝히고 당장 집으로 돌아가고 싶을 뿐이었다.

“카리나는 이미 충분히 곤경에 빠져 있어.” 잉그리드가 기내용 가방을 가지고 문쪽으로 걸어가기 시작했다.

그 말을 듣자 죄책감이 밀려왔다. 그 말이 맞았다. 카리나 공주는 몹시 난처한 상황에 빠졌고 그것은 나 때문이었다. 그러니 하루 정도 더 협조해주는 게 도리일 것 같았다. 그럼 다 끝나는 거야. 잠깐, 그러고 보니 나는 항상 유럽에 오고 싶어했잖아…….

“카리나 공주, 차가 대기하고 있어요.”

킬로이가 비행기 옆문에서 나타나며 말했다.

“네, 나가요.” 마음을 다잡은 나는 머리를 어깨 뒤로 넘기며 입을 앙다물었다.

내가 저지른 일에 책임을 져야 할 때였다. 카리나 공주가 말한 대로 국왕 내외가 카리나 공주 방에 거의 나타나지 않기를 바라는 수밖에 없었다. 그들이 나를 카리나 공주로 믿을 리 만무하기 때문이다. 세상 사람을 다 속여도 부모를 속일 수는 없는 법이다.

이제 ‘고국’에 왔으니 킬로이는 내가 잉그리드와 단둘이 공주 전용 리무진에 타는 걸 허락했다. 고속도로 양쪽으로 소떼가 풀을 뜯는 평화로운 풍경이 펼쳐졌건만 잉그리드와 나는 차 안에서 아

무 말이 없었다. 멀리 하늘을 향해 솟은 산들이 보이고 공기도 청량해서 내가 그동안 스모그를 마시며 살아왔다는 것이 실감났다.

하지만 주변 경치가 아무리 아름다워도 내 기분은 나아지지 않았다. 내가 그렇게 철저한 외톨이로 느껴진 적은 없었다. 엄마를 만나 내가 무사하다는 것을 알려주고 엄마 품에 안겨 모든 걸 용서받고 싶을 뿐이었다.

"카리나. 내 말 들어." 갑자기 잉그리드가 운전기사를 힐끗거리며 입을 열었다. "'줄리아'에게는 절대 말하면 안 돼…… 어…… 오늘 아침에 네가…… 알아차린 거 말이야. 알았지?"

나는 공항을 출발한 후 처음으로 잉그리드를 쳐다봤다. 금방이라도 울음을 터뜨릴 것 같은 얼굴이었다. 잉그리드가 그런 표정을 짓다니, 상상도 못한 일이었다.

"그 일 말이야? 너랑……."

"마르……첼로. 마르첼로 말이야."

불안한 얼굴로 운전기사 눈치를 보며 잉그리드가 대답했다. 운전기사를 보니 그는 거울을 통해 나를 보고 있었다. 정말 어딜 가나 우리 말을 엿듣는 사람이 있었다.

"하지만 줄리아는 마르첼로를 싫어하잖아. 안 그래?" 내가 눈을 치켜뜨며 물었다. 잉그리드가 한숨을 쉬더니 가방 안에서 휴대폰을 꺼냈다. 그러고 무슨 문장인가를 찍어서 내게 내밀었다.

맞아. 하지만 두 사람은 서로 약혼한 사이잖아.

나는 갑자기 가슴이 찌르듯 아파왔다. 하지만 내색 않고 천천히 고개를 끄덕였다. 그걸 알면서도 마르쿠스에게 마음을 품다니, 내가 무슨 생각으로 그런 걸까. 그는 내가 가까이 다가갈 수 없는 사람이다. 그러니 외국인이고 다른 사람의 애인인 남자, 그리고 내가 누군지도 모르는 남자를 내가 한때 진지하게 좋아했다는 걸 혼자만 간직하자.

나는 숨을 깊이 들이마셨다가 천천히 내뱉었다. 마르쿠스는 잊어버리고 이제 눈앞에 닥친 일에 신경 써야 할 때였다. 오늘 낮과 밤을 무사히 보내는 일 말이다. 어쨌든 얼마 안 있으면 카리나 공주가 여기로 올 것이고 나는 원래의 내 생활로 돌아갈 것이다. 이런 일이 있었다는 것도 잊고 다시 옛날처럼 살아가게 될 것이다.

높이 솟은 돌담을 몇 분간 따라가던 차가 짧은 진입로로 꺾어들자 곧 웅장한 철문이 나타났다. 그 문이 열리자 차는 양쪽에 아름다운 전나무가 늘어서 있는 널찍한 곡선 진입로를 부드럽게 달렸다. 그러다 모퉁이를 돌자 갑자기 눈앞에 성이 나타났다.

그 성을 올려다본 나는 숨이 턱 막혔다. 성은 양쪽으로 수 마일이나 뻗쳐 있는 듯했다. 하얀 벽돌로 지어진 벽은 태양을 받아 빛나고 있었고 진입로는 물이 솟고 있는 분수대를 끼고 원을 그리고 있었다. 창문마다 고급스러운 휘장이 드리워져 있었고 낮은 창문 아래에는 붉은 꽃들이 만발해 있었다. 그보다 더 많은 붉은 꽃들이 진입로를 따라 피어 있었고 성 앞에는 말 한 쌍이 말뚝에 매어져 있었다. 그 광경을 보니 19세기로 시간여행을 온 것처럼 얼떨떨

했다.

"저 말은 누구 거야?" 내가 물었다.

"네 거잖아." 잉그리드가 안타까운 눈빛으로 나를 쳐다보더니 다시 운전기사를 곁눈질했다.

"네 말이 여섯 마리라는 거 잊었니? 으이구, 카리나, 미국에 얼마나 있었다고. 마부들이 오늘 오후에 네가 말을 탈 것 같아서 방금 연습을 시켰나보다."

내 이럴 줄 알았지. 말이라면 유치원 동물원 체험 시간에 조랑말에 5분 동안 앉아 본 게 다였다. 나는 울음을 터뜨리고 그치지를 않아 결국 엄마가 일하다 나를 데리러 왔었다.

운전기사가 차를 세우고 걸어나와 문을 열어줬다. 나는 그가 내민 손을 잡고 나오며 휘둥그레한 눈으로 다시 한 번 성을 올려다봤다. 생전 처음으로 나는 '숨이 막히다'는 표현을 실감했다. 내가 납치되어 온 게 사실이라면 여기보다 더 멋진 장소는 없을 것이다.

"엄마한테 전화해야 돼." 잉그리드가 곁에 서자 내가 말했다.

"왕비 마마께서는 오늘 밤에 스웨덴 대사관에 계실 예정입니다." 운전기사가 알려줬다.

"아, 그렇군요. 고마워요." 나는 말을 더듬었다. "그럼…… 거기……로 전화하면 되겠네요."

잉그리드가 내 팔을 붙들고 성 안으로 데리고 갔다. 로비는 천장 높이가 3층도 넘을 것 같았고 사방에서 반짝반짝 광택이 흘렀다. 내가 사는 아파트 건물이 통째 거기에 들어갈 수도 있을 것 같았다. 바닥 한가운데는 바인랜드를 상징하는 문장이 섬세한 모자이크로 처리되어 있었고 현관 맞은편 문 앞에는 제복 차림의 여자 셋이 서 있었다.

"네 시녀들이야. 왼쪽에 있는 여자가 어셔인데 너를 네 방까지 데려다주고 짐까지 정리해줄 거야."

"잠깐! 너도 여기 함께 있는 거 아냐?" 잉그리드가 자리를 뜰 기미를 보이자 내가 화들짝 놀라며 물었다.

"난 가봐야 돼. 우리 부모님이 기다리셔."

"그럼…… 난 어떡해?" 나는 절박한 심정으로 잉그리드의 손을 붙잡고 속삭였다.

"그냥…… 네 방에 있어. 카리나 컴퓨터를 쓰면서…… 기다리고 있어. 카리나가 전화하든지 내가 하든지 할게. 나한테 할 말 있으면 교환원한테 잉그리드를 연결해달라고 말해."

"잉그리드, 가지 마!"

내가 콩닥콩닥 뛰는 심장을 억누르며 애원했다.

"카리나, 정말 미안하다. 가봐야 돼." 잉그리드의 눈에는 진심으로 미안해하는 빛이 담겨 있었다. "전화해."

그러더니 황급히 문밖으로 나갔다. 나는 시녀들을 돌아보며 웃음을 지으려 했지만 몸이 떨리는 건 어쩔 수 없었다.

"잘 ……있었어?" 나는 주저하며 그들에게 다가갔다.

"어서 오세요, 공주님." 그들은 합창하듯 똑같이 말했다. 이어서 어셔가 한 걸음 앞으로 나왔다.

"여행은 어떠셨어요? 샤워하고 싶으실 것 같아서 준비해뒀어요." 그녀가 살짝 웃으며 말했다.

"어…… 고마워." 내가 말했다. 그때 다른 두 사람이 서로 눈짓을 교환하는 것을 보고, 나는 카리나 공주가 아랫사람들을 어떻게 대했던가를 떠올렸다. 그럼 나도 그렇게 대해줘야지, 뭐.

"지금은 그냥 방에서…… 쉴래."

'일단 전화를 해야 돼.' 나는 그 생각뿐이었다. '전화부터 찾아야 돼.'

"그렇게 하세요." 어셔가 말했다.

다른 두 사람이 문을 양쪽으로 활짝 열어주자 어셔가 앞장서서 호화로운 카펫이 깔린 넓은 계단을 오르기 시작했다. 그녀는 여러 개의 문이 줄지어 있는 긴 복도를 지나가다 복도 맨 끝에 있는 문을 열어주었다. 나는 어셔에게 미소를 지어 보이고 카리나 공주의 방으로 들어갔다. 그곳은 굉장히 넓고 더할 나위 없이 호화로웠다. 풍성한 꽃과 주름장식과 레이스와 술 장식은 내 취향이 아니었지만 그래도 아름다웠다. 사주四柱식 침대 머리맡에는 푹신해 보이는 베개가 놓여 있었고 침대 주변에는 분홍색 벨벳 휘장이 드리워져 있었다. 침대와 책상 사이 축구장만큼이나 넓은 공간에는 카펫이 깔려 있었고 책상 위에는 최신 매킨토시 노트북이 놓여 있었다. 그리고 전화기도.

"뭐 시키실 일이라도?" 어셔가 물었다.

"아냐. 됐어. 괜찮아." 내가 대답했다. 그리고 속으로 덧붙였다.

'잘은 모르겠지만.'

"저를 부르시려면 벨을 누르세요." 이 말을 남기고 어셔가 방을 나갔다. 조용한 방에 혼자 남은 나는 전화기로 돌진해 수화기를 들었다. 그런데 신호음이 들리지 않고 "공주님, 어디로 연결해드릴까요?" 하는 안내 목소리가 나왔다. 당황한 나는 울음이 터질 것 같았지만 가까스로 용기를 내서 말해봤다.

"어…… 미국 캘리포니아로 걸 거야."

"번호가 몇 번인가요?"

우리집 전화번호를 대고 연결되는 동안 나는 숨을 죽이고 있었다.

"여보세요?" 엄마였다. 불안한 목소리.

"엄마?" 뜨거운 눈물이 솟구쳤다. 엄마 목소리가 그렇게 된 건 나 때문이었다.

"줄리아! 어디니! 너 괜찮니?"

"네, 괜찮아요." 겨우 대답한 나는 책상 앞에 털썩 주저앉아 수화기를 꽉 잡았다.

"오, 하느님, 감사합니다. 드디어 전화를 했구나. 이 쪽지 내용은 대체 뭐니? 이 돈은 또 뭐고? 너 있는 데가 어디야?" 절박하고 겁에 질린 목소리였다. 너무 낯설어서 엄마 목소리 같지가 않았다.

나는 금색이 섞인 고풍스러운 크림색 벽지, 맞은편 벽에 걸린 금도금 된 거울, 제인 오스틴의 소설 속 주인공 같은 카리나 공주의 초상화를 둘러봤다.

"전…… 어…… 지금은 말 못 해요." 나는 눈을 감으며 말했다.

"하지만 최대한 빨리 돌아갈게요. 그리고 전 잘 있어요. 정말이에요."

"줄리아 린 존슨, 그곳이 어딘지 당장 말하지 못해? 안 그러면 걷는 걸 잊어버릴 때까지 집 안에서 못 나갈 줄 알아!"

흠. 이제야 우리 엄마 같네.

"엄마. 제 말 믿으세요." 내가 숨도 쉬지 않고 읊듯이 말했다.

"저는 아무 일 없고 엄마를 사랑하고 금방 집에 갈 거예요."

그러고 나서 나는 가장 힘들고 어쩌면 가장 어리석은 짓을 저질렀다. 엄마 말을 듣지도 않고 전화를 끊어버린 것이다.

Chapter 26

15분이나 기다린 끝에 나는 리빗과 미치광이 데이브가 나를 데리러 돌아오지 않을 거라는 걸 깨달았다. 그들은 내가 없어진 사실도 몰랐을 것이다. 데이브는—그러니까 그 미치광이를 말하는 거다—자기만의 왕국에 살고 있는 사람이었다. 설령 내가 없어졌다는 걸 뒤늦게 알아차렸다 해도 그는 내가 실존인물이 아니라 자기가 공상 속에서 만들어냈던 인물이라 생각해버렸을 것이다. 리빗은? 그는 철저하게 자기중심적인 사람이어서 자기에게 말을 걸 때까지 나를 거들떠도 안 봤다. 그가 내게 조금이라도 관심이 있었다면 자신을 공주라고 우기는 싸이코가 어떻게 됐는지 궁금해하기라도 했을 것이다.

그렇게 암담한 기분은 생전 처음이었다. 리빗을 따라 엘패소로 간다는 것을 체념하듯 받아들이고 거기서 할 일을 생각해낸 순간에 사막에 발이 묶이는 신세가 되다니. 이제 어떻게 해야 하지?

어쨌든 나는 다시 식당으로 들어갔다. 신선한 커피향과 튀긴 음식 냄새를 맡자 위가 갑자기 요동쳤다. 그 전날 미치광이 데이브가 어느 패스트푸드점 앞에 정차한 이후로 아무것도 먹은 게 없었다. 게다가 나는 그들이 준 게 먹을 만한 음식인지 미심쩍어서 거의 입도 대지 않았다. 몇 푼 안 되는 달러가 있었는데 그걸로 뭘 사 먹을 수 있을지 알 수 없었다. 나는 일단 칸막이가 있는 창가 자리에 앉았다. 플라스틱으로 된 식탁깔개가 메뉴판을 겸하고 있는 듯했다. 아침식사 메뉴를 훑어보니 다행히 2달러로 계란과 토스트를 먹을 수 있었다. 가방에 손을 넣어 지갑을 열어봤다. 바인랜드 지폐와 함께 20달러가 있었다. 됐어. 일단 먹고 기력을 회복한 다음, LA까지 갈 방법을 찾아보는 거야. 내가 할 수 있는 일은 엄마에게 전화해서 펑펑 울면서 용서를 비는 일뿐이었지만, 그럴 수는 없었다. 아무튼 지금은 먹는 게 우선이었다.

"주문하게?" '마법의 말' 운운하던 여자가 메모지와 연필을 들고 와서 물었다.

"삶은 계란 두 개랑 구운 식빵 주시고, 커피도 주세요." 내가 말했다. 주문을 받아적은 그녀는 연필을 귀 뒤에 꽂고 자리를 떴다.

"잠깐만요!" 내가 외쳤다.

"어?" 그녀가 돌아봤다.

"저…… 여기서 LA로 가는 방법이 있을까요?"

"운 좋은 줄 알아." 그녀가 거만하게 웃으며 말했다. "여기 오는 남자들은 모두 LA로 가거나 LA에서 오는 사람들이거든."

나는 당황해서 주위를 둘러봤다. 아니 이런 사람들한테 LA로 데려다 달라고 부탁하란 말이야? 누런 이에 돼지같이 먹어대고 몸에서 지독한 냄새가 나는 이런 인간들한테? 사막 한가운데를 지날 텐데 거기서 나한테 무슨 짓을 할지 어떻게 알아? 저 여자는 〈배니싱〉이나 〈타임투킬〉도 안 봤나? 〈로드트립〉은?

흠. 내가 영화를 너무 많이 본 건가?

"전……."

"이봐요! 이 애를 LA까지 태워다줄 사람 없어요?"

그 여자가 목청껏 외쳤다.

그러자 식당 안은 서로 자기가 태워주겠다며 외치는 소리로 난리가 났고 몇 명은 휘파람까지 불어댔다. 그리고 다들 내 얼굴을 보려고 자리에서 일어나 기웃거렸다. 몇 사람의 눈빛은 아까 화장실에서 느낀 역겨움을 능가했다. 경매장에 나온 말도 이보다 더 비참하지는 않을 것이다.

"왜 그런 말을……."

"다 도와주려고 그런 건데, 뭐." 그녀가 웃음을 참으며 말했다. "계란 금방 가져올게."

그녀가 멀어지자마자 저 너머에서 턱수염이 있는 키 큰 남자가 칸막이 밖으로 나오는 것이 보였다. 그는 바지춤을 추켜올리고 흘러내린 작업복 멜빵을 끌어올리며 이쪽으로 어슬렁거리며 걸어왔다. 나는 심장이 쿵쾅거리기 시작했고 그가 나를 지나치기를 바라며 창밖으로 얼굴을 돌렸다. 하지만 그는 내 앞에서 멈췄다.

"태워다줄 사람을 찾는다고?" 그가 바지주머니에 손을 넣으며 물었다.

내 눈은 그의 벨트 버클과 높이가 같았다. 이상한 깃발 모양의 놋쇠장식이었다. 커다란 X자가 그려져 있었고 그 안에는 별이 몇 개 있었다. 이 남자는 미국출신이 아닌가? 왜 자기 나라 국기도 아닌 다른 나라 국기를 달고 다니는 거지?

"대답하기 싫어?" 남자가 주먹 쥔 손으로 식탁을 짚으며 내 위로 몸을 기울였다. "차 탈 거야, 말 거야." 뜨거운 숨결과 고약한 입 냄새.

"안 타요." 나는 두려움에 떨면서 간신히 대답했다.

"고맙지만 사양하겠어요."

"그럼 왜 사람을 찾는다고 해?" 그가 심술궂게 웃었다.

나는 입을 벌렸지만 아무 말도 나오지 않았다. '난 바인랜드의 공주야. 이따위 인간이 나를 어떻게 하겠어' 하고 생각할 뿐이었다.

하지만 지금은 공주가 아니었다. 그리고 이 사람은 기분 내키는 대로 무슨 짓이든 할 사람 같았다. 게다가 주위 사람들은 그 남자가 뭘 하든 아무 관심도 없는 것 같았다.

"저는 그냥……."

"그 애는 저랑 동행입니다."

아까 카운터에서 본 아름다운 파란 눈의 남자였다. 내 맞은편 의자에 털썩 앉은 그는 커다란 배낭을 식탁에 내려놓고 그 위에 두 손을 얹었다. 파란 눈의 남자는 험악한 표정으로 서 있는 남자보다 몸집이 훨씬 작았지만 상대방을 올려다보는 눈빛은 자신감에 차 있었다. 어떻게 보면 깔보는 것 같기도 했다.

"언제부터요?" 거구의 남자가 똑바로 서면서 물었다.

"지금부터요." 파란 눈의 남자가 당당하게 말했다. "이 애는 내가 LA까지 태워다줄 생각이오."

두 남자는 서로 마주보며 눈싸움을 시작했는데 내게는 그 시간이 영원 같았다. 나는 손에 찬 땀을 바지에 문질러 닦았다. 그리고 속으로 파란 눈의 남자를 응원했다. 모르는 사람과 함께 차를 타고 가는 건 내키지 않았지만, 두 사람 중 한 명을 택해야 한다면 파란 눈의 남자가 훨씬 나았기 때문이다.

마침내 거구의 무서운 남자가 눈을 끔뻑이며 말했다.

"에잇, 까짓 것 맘대로 하슈."

그러고는 식탁에서 어슬렁거리며 멀어져 가더니 문을 탁 밀고 나가버렸다.

그의 모습이 사라지자 나는 참았던 숨을 내뱉었다.

"정말 감사합니다."

"뭘, 그런 걸로. 난 글렌이야."

"전 카리나예요." 무심코 말해놓고 나는 가슴이 덜컥 내려앉았다. 내 진짜 이름을 말하고 이렇게 돌아다니면 큰일 나는데. 이 사람이 내가 누군지 알아보면 어떡하지? 공주로서 내 품위는 어떡하고? 혹시 그가 나를 인질로 삼고…….

"카리나? 예쁜 이름이네." 글렌이 테이블에서 배낭을 끌어당기며 말했다.

'하긴, 미국에선 교실마다 내 사진을 걸어놓는 것도 아니고 신문에 내 사진이 실리는 것도 아니잖아. 바보.' 나는 안도의 한숨을 내쉬며 생각했다. '이제는 적응할 때도 됐는데.'

내가 주문한 음식이 나오자 뱃속에서 꼬르륵 소리가 요란하게 났다. 생전 그렇게 먹음직스러워 보이는 음식은 처음이었다. 계란은 부석부석했고 식빵은 조금 탔지만 말이다.

"정말 LA로 가는 차를 얻어탈 생각이야?"

그가 의자에 등을 기대며 물었다.

"네." 나는 계란에 후추를 뿌리며 대답했다. "정말 거기 가시는 길이에요?"

"응." 그가 대답했다. "영화판에 일자리가 생겼거든."

"정말요?" 감독 의자와 높다란 조명기구와 거대한 세트장이 머릿속에 떠올랐다.

"무슨 일을 하시는데요?"

"어…… 그냥…… 커피도 타고 이런저런 심부름도 하고 그런 거지. 처음엔 다 그런 일부터 시작해." 그가 어깨를 으쓱하며 대답했다.

"그런지도 모르죠." 맥이 빠졌다. 사실은 그가 안 됐다는 생각이 들었다.

세계에서 가장 화려한 영화계에 발을 들여놓았는데 거기서 심부름꾼 노릇을 하다니.

"그런지도 모르죠? 그게 무슨 뜻이야?"

그의 아름다운 눈이 반짝였다.

"당신 얼굴 말이에요. 할리우드는 당신 같은 얼굴을 좋아한다고요…… 히스 레저, 브래드 피트, 레오나르도 디카프리오 같은 사람들처럼요. 당신은 배우가 돼야 해요…… 허드렛일 하는 사람이 아니라."

글렌이 하하 웃자 나는 커피를 홀짝 마셨다.

"고맙다……. 그렇게 말해줘서."

나는 다시 먹기 시작했다.

"그래, 기름값은 있어?" 글렌이 물었다.

포크로 음식을 가득 찍어 입으로 가져가던 나는 멈칫했다. 기름값? 그게 얼마나 하지? LA까지 가려면 얼마나 줘야 하는 거야?

'그게 중요한 게 아니잖아.' 내 머릿속에서 작은 목소리가 들려왔다. '무조건 이 남자 차에 타. 안 그러면 넌 여기서 옴짝달싹 못 하는 신세야.'

"물론이죠." 내가 마른 입에 음식을 밀어넣으며 대답했다.

"잘 됐군." 글렌이 씽긋 웃었다. 그걸 보고 내 심장에서 쿵 소리가 났다. 웃는 모습은 그의 아름다운 눈보다 훨씬 더 매력적이었던 것이다.

"그럼 이제 여행친구가 생긴 셈이네. 오늘 밤에는 LA에 도착할 거야." 지금까지 들어본 말 중에서 가장 황홀한 말이었다.

chapter 27

"아침식사를 방에서 하실 것 같아서 이리 가져왔습니다."

어셔가 카리나 공주의 침실로 쟁반을 들고 왔다. 나는 너무 기뻐서 그녀에게 뽀뽀라도 해주고 싶었다. 그때는 바인랜드 시각으로 오전 10시였고 몇 시간 전부터 깨어 있던 나는 배가 고파 쓰러질 지경이었던 것이다. 하지만 부엌이 어디 있는지 몰랐고 한밤중에 헤매고 다니는 모습도 들키고 싶지 않아 방에서 꼼짝 않고 있었다. 누군가가 그런 모습을 봤다면 틀림없이 수상쩍게 생각했을 테니 말이다.

"고마워, 어셔." 어셔는 접시와 물을 창가의 작은 테이블에 차려놓았다. 그리고 영화에서 자주 나오는, 그 안에 와플과 신선한 과일과 크림이 들어 있는 돔 모양의 은뚜껑을 들었다. 나는 눈치 볼 것도 없이 허겁지겁 먹기 시작했다.

"왕비마마께서는 국왕폐하와 함께 이따 공주님을 만나겠다고 하셨습니다. 왕비마마는 우선 공항에서 병원에 들렀다가 오신답니다." 어셔가 침대 쪽으로 가면서 말했다.

나는 와플을 입 안에 가득 넣고 있다가 멈칫했다. 가슴이 철렁했다. "어…… 엄마도 알고 계셔?"

"뭘 말이에요?" 어셔가 침대 시트와 베개를 정리하며 물었다.

"미국에서…… 미국에서 생긴 일 말이야."

어셔가 똑바로 서더니 바닥으로 시선을 떨어뜨렸다. "솔직히 말씀드려도 될까요?" 그녀는 나를 똑바로 쳐다보는 것도 두려워하는 것 같았다.

"그럼." 나는 침을 삼키며 대답했다.

"모르는 사람이 없어요. 신문에 났거든요. 국왕폐하는 스웨덴에 며칠 더 계실 예정이었지만 그 일 때문에 일정을 취소하고 돌아오신대요…… 공주님과 얘기를 하시려고요."

'얘기를 하는 게 아니라 죽이러 오는 거겠지.' 내가 생각했다. 오 하느님. 이제 카리나 부모님을 만나는 것도 모자라서 무지막지하게 야단까지 맞아야 된단 말입니까. 그것도 그 사람들이 내가 가짜란 걸 알아차리고 지하감옥에 가두지 않았을 때의 일이다. 분명히 그럴 것이다. 내가 자기들 딸이 아니란 걸 알아볼 거란 말이다. 설마 이 근처에 지하감옥이 정말 있는 건 아니겠지?

"미리 알고 계시는 게 좋을 것 같아서요."

어셔가 이번에는 용기를 내서 나를 쳐다봤다.

"고마워, 말해줘서."

"별말씀을요." 어셔가 어색하게 웃었다.

그녀가 침대 정리를 마칠 때까지 나는 아침을 먹어보려 애를 썼지만 입맛은 이미 싹 사라져버렸다. 어셔가 방을 나가자마자 나는 전화기를 집어들었다.

"잉그리드 연결해줘."

나는 누군지도 모르는 남자 교환원에게 말했다.

"여보세요?" 벨이 울리기가 무섭게 잉그리드가 받았다.

"카리나는 대체 언제 오는 거야." 내가 다짜고짜 물었다.

"어, 너도 잘 잤니?" 그녀가 딴청을 피웠다.

"잉그리드. 장난하지 마. 국왕이 카리나가 마르쿠스랑 한 짓 때문에 노발대발해서 오고 있단 말이야."

"카리나와 마르쿠스가 아니라 너와 마르쿠스겠지."

잉그리드가 아픈 데를 찔렀다.

나는 눈을 질끈 감았다. "맞아. 하지만 무슨 상관이야? 국왕은 나를 보자마자 내가 카리나 공주가 아니라는 걸 금세 알아볼 텐데. 카리나가 지금 안 오면 나는 끝장이라고."

"그렇지도 않아. 카리나 아버지가 눈치를 못 챌 수도 있거든."

"뭐라고!? 그분은 카리나 아버지잖아!"

"맞아. 하지만 2년 동안 카리나는 아버지를 한 번에 5분 이상 마주한 적이 없대. 네가 15센티미터나 키가 커도 카리나 아버지는 카리나가 최근에 몰라보게 쑥쑥 자랐다고만 생각하실걸?"

나는 속이 메스꺼워졌다.

"정말? 그럴 리가!"

"두고 봐."

몇 시간 후면 카리나 공주의 아버지가 걸어들어와 내 목을 칠 텐데 그때까지 방에 가만히 앉아 기다릴 수가 없었다. 그래서 나는 시간을 죽일 방법을 찾아보기로 결심했다. 나는 카리나 공주가 준 책에서 본 도서관을 떠올리며 그곳에서 시간을 보내기로 했다. 거기에 바인랜드의 법률책이 있으면 가짜로 공주 행세를 하는 사람에게 어떤 형벌을 내리는지 알아볼 수도 있을 것이다.

성안은 쥐죽은 듯이 조용해서 한동안 나는 사람 구경을 못 했다. 카리나 공주의 침실이 있는 동에는 대부분 침실이 있었는데 몇 년 동안 쓰지 않은 것 같았다. 카리나 공주의 방처럼 모두 비슷한 고전양식으로 꾸며져 있었고 먼지 하나 없이 깨끗했다. 얼룩 하나 없이 말끔하고 나뒹구는 장난감 하나 없는 집에서 자라다니, 나로서는 상상할 수 없는 일이었다.

아래층으로 내려가다가 목소리가 들리거나 뭔가 움직이는 소리가 나면 발끝으로 서서 걸었다. 나는 도서관이 남쪽 동에 있었다는 걸 어렴풋이 떠올리며 성 뒤쪽을 향했다. 하지만 내가 열어본 방은 모두 거실처럼 꾸며져 있거나 예술품이나 작은 소파가 들어앉아 있어 용도를 알 수가 없었다. 그러다 드디어 위압적으로 높은 육중한 나무문을 발견했다. 나는 문을 열면 혹시 바인랜드의 고위인사들이 모여 법률조항을 작성한다거나 하는 광경에 맞닥뜨릴까 봐 잠시 주저했다.

'너는 공주야. 네가 못 갈 곳이 어딨어.'

힘겹게 용기를 끌어모은 나는 심호흡을 한 다음 문을 잡아당겼다. 넓디넓은 방 한가운데 긴 테이블이 놓여 있었고 10여 명의 일꾼들이 새하얀 사기그릇과 반짝이는 은식기를 테이블에 차리고 있었다. 나를 본 순간 그들은 모두 하던 일을 멈추고 얼어붙었다.

"어머…… 미안해." 나도 모르게 나온 말이었다.

턱시도 차림의 한 남자가 무리에서 빠져나와 내게 고개를 숙였다. "무슨 일이십니까, 공주님."

'자, 침착해야 돼.' 나는 뛰는 가슴을 진정시키며 생각했다. '지금 이 상황을 잘 수습해야 돼.'

"실은 도서관을 찾고 있었어." 나는 입술을 깨물며 말했다. "이상하게 들리겠지만 어딨는지 못 찾겠어."

남자가 미소를 지었다. "전혀 이상하게 들리지 않습니다. 공주님." 그 말을 듣고 다른 사람들이 킥킥 웃다가 눈길을 돌렸다. 카리나 공주는 도서관을 별로 애용하지 않은 모양이었다.

나는 안도의 숨을 내쉬며 그를 따라 복도를 걸어갔다. 용도를 알 수 없는 수많은 방을 지나 드디어 그가 도서관에 도착하여 문을 열어주었다. 색깔별로 구분된 책들이 층층의 서가에 꽂혀 있는 광경을 보고 나는 입이 쩍 벌어졌다. 입구에 서 있는 그를 지나쳐 도서관 안으로 발을 들여놓자 그는 고개를 숙였다. 나는 곧장 가운데로 들어가 고개가 한껏 뒤로 젖히며 올려다봤다.

"굉장해."

"마음껏 보십시오, 공주님." 나는 그 말대로 계단을 올라가 다양한 분야의 책들을 둘러봤다. 한쪽 벽에는 온통 세계사책만 있었고 다른 쪽 벽에는 온통 바인랜드의 역사책만 있었다. 소설쪽 분야로 찾아가보니 헤밍웨이에서 호손, 앨리스 워커, 그리고 산드라 치스네로스까지 모든 작품의 초판을 갖추고 있었다. 여기서라면 시간을 어떻게 보낼지 걱정할 것이 없었다. 며칠이라도 거뜬하게 보낼 수 있을 것 같았다.

나는 나란히 꽂혀 있는 책들을 구경하며 이따금 책을 꺼내 휘리릭 넘겨보기도 했다. 그러다 '예술과 건축'이라고 쓰여진 분야로 발걸음을 옮겼는데 그 순간 나는 몸이 굳어버렸다. 몇 미터 앞에 마르쿠스가 책에 코를 박고 서 있었던 것이다. 나는 내가 헛것을 보고 있다고 생각했다. 하지만 고개를 든 마르쿠스가 놀라서 바닥에 책을 떨어뜨렸고, 도서관이 생긴 이래 가장 요란했을 그 소리에 정신이 든 나는 눈앞의 마르쿠스가 엄연한 실재임을 깨달았다.

"카리나!"

"마르쿠스!"

"여기서 뭐해?" 우리는 동시에 똑같이 말하고 소리내어 웃었다.

"아버지께서 나보고 너희 아버지께 직접 사죄드리라고 하셨어."

마르쿠스가 바닥에서 책을 집어들어 제자리에 꽂으며 말했다.

"아버지는 찰스 공작이랑 말을 타러 가셨는데, 나는 여기서 기다리는 게 나을 것 같아서. 내가 제일 좋아하는 곳이거든."

"그래? 나도." 머릿속에는 하고 싶은 말이 꽉 차 있었지만 무슨 말부터 꺼내야 할지 정리가 안 됐다. 마르쿠스를 다시 보게 될 줄은 상상도 못했기 때문이다. 그런데 이제 다시 그를 만났고 그는 나를 향해 걸어오고 있다. "어…… 우리 아빠가 언제 오실지 아니?"

"금방 오실 거야." 마르쿠스가 대답했다. 그러고는 내 손을 잡아 자기 손과 깍지를 끼며 내 눈을 들여다봤다. "카리나, 정말 미안해. 누군가 우리를 보고 있다는 것을 알았다면……."

"네 잘못이 아냐. 나도 따라가겠다고 한 거잖아."

"그래. 하지만 우리 부모님들 잘 알잖아. 내가 남자답고 책임감 있게 행동하지 못했다고 생각하셔."

"말도 안 돼." 내가 못마땅한 얼굴로 말했다.

마르쿠스가 웃더니 내 손을 놓고 높다란 책장에 기댔다. 그가 내 손을 놓자마자 이상하게 손이 허전한 느낌이 들었다.

"우리가 그 사진 찍는 사람만 봤더라면." 그가 머리를 흔들며 말했다. "내가 당장 그 카메라를 빼앗아 필름을 빼냈을 텐데."

"근데 그 사람 누구였어?"

"네 사진을 찍으려고 항상 몰래 따라다니는 파파라치야. 지금쯤 분명히 돈깨나 벌었을 거야."

"그런 걸로 먹고 살다니, 한심해."

내가 그의 옆에 기대서며 말했다.

마르쿠스가 깊이 숨을 들이마시더니 고개를 돌리고 내 옆얼굴을 바라봤다.

"있잖아. 부모님들이 우리가 다시 만나는 걸 허락하시면……

나중에…… 같이 외식하러 갈래?"

그 말에 나는 심장이 쪼그라드는 것 같았다. 거절당할까 봐 겁내면서도 그것을 너무나 간절히 원하고 있다는 것이 절실히 느껴졌던 것이다. 내가 하고 싶은 말은 '좋아'였지만 그럴 수가 없었다. 그가 물어보는 사람은 내가 아니라 카리나 공주이기 때문이다. 그런데 카리나 공주는 마르쿠스와 말도 하기 싫어했다.

왜 그럴까? 마르쿠스가 얼마나 멋진 남자인지 왜 모르는 걸까?

나는 심호흡을 하며 마르쿠스에게 고개를 돌렸다. 그의 기대에 가득 찬 눈빛을 보니 그 자리에서 뛰쳐나가고 싶었다.

"마르쿠스, 저기……."

갑자기 도서관 문이 홱 열렸다. 아까 책 떨어지던 소리보다 더 요란한 소리였다. 마르쿠스와 나는 깜짝 놀라 떨어져 섰다. 우리가 있는 자리에서는 그 문이 안 보였지만 누군지 알 것 같았다.

"카리나!" 고함소리가 들렸다. "카리나! 여기 있는 거 알고 있다. 당장 이리 나와!"

오, 하느님! 저를 당장 사라지게 해주세요. 나는 절망적인 심정으로 기도했다.

"내가 말씀드릴게." 마르쿠스가 내 손을 꽉 잡으며 말했다. 그리고 서가 사이에서 걸어나갔다.

"폐하." 그는 당당했다.

"마르쿠스, 내 딸은 어딨나?" 국왕의 목소리가 들려왔다.

머리끝에서 발끝까지 부들부들 떨면서 걸어나간 나는 마르쿠스 옆에 고개를 떨구고 섰다. 내 얼굴을 국왕에서 보여줄 수가 없었다. 내가 카리나 공주가 아니란 게 들통나면 나는 어떻게 되는 걸까?

"카리나, 지금 상황에선 최소한 내 눈이라도 쳐다봐야 할 것 아니냐." 카리나 공주의 아버지가 노여움을 억누르며 말했다.

'모르겠다. 일단 부딪쳐 보자.'

나는 턱을 쳐들고 폭탄이 폭발하기를 기다렸다. 우리는 도서관 바닥에서 몇 계단 올라온 자리에 서 있었기 때문에 국왕은 우리보다 낮은 자리에 서 있었다. 국왕은 조끼까지 갖춘 양복 차림이었고 윤기나는 금발은 뒤로 넘겨져 있었다. 키가 컸고 약간 뚱뚱해 보였지만 강해 보였다. 화가 나서 얼굴은 벌게진 채였다.

하지만 경악의 불꽃은 튀지 않았다. 나를 알아본 기색이 없었다.

"어떻게 두 사람이 그렇게 무책임할 수가 있나?"

그가 냉정한 목소리로 말했다.

세상에! 잉그리드 말이 맞았다. 카리나 공주의 아버지는 내가 카리나 공주가 아니라는 걸 눈치도 못 채고 있었다!

"폐하, 제가 말씀……."

"먼저 내 딸한테서 듣겠네." 국왕이 한 손을 들어 마르쿠스를 제지하며 말했다. "카리나, 이리 내려와라."

후들거리는 다리로 나는 가까스로 계단을 내려갔다. '내가 가까이 가면 그는 내 눈을 들여다보고 내가 가짜라는 걸 알아볼지도 몰라.' 별안간 나는 내 신분이 들통났으면 좋겠다는 생각이 들었다. 내가 자기 딸이 아니라는 걸 그가 못 알아본다면…… 너무 서글픈 일 아닌가. 나는 국왕 가까이 몇 걸음 다가가서 고개를 들었다. 내 귀에는 심장이 쿵쾅쿵쾅 뛰는 소리가 그렇게도 크게 들리건만 마르쿠스나 국왕에게는 그 소리가 들리지 않는 것 같았다

"밖에서 하는 네 일거수일투족은 왕실과 우리나라 전체에 영향을 미친다고 내가 몇 번이나 말했느냐. 네가 한 일이 얼마나 엄청난 일인지 알기나 한단 말이냐."

"제가 한 일이라곤." 대답하려던 나는 목소리가 갈라져 나와 잠시 멈췄다. "제가 한 일이라곤 태어날 때부터 아버지가 저와 짝지어준 남자와 외식하러 간 것뿐이었어요." 연습한 바인랜드 말투가 약간 어긋났다.

"말투가 그게 뭐냐." 국왕이 부르르 떨며 말했다. "공주가 경호원 없이 젊은 남자와 돌아다녀서는 안 된다는 걸 너희 둘 다 잘 알고 있잖느냐. 어떤 남자건 말이다." 그가 마르쿠스에게 눈길을 던지자 마르쿠스도 계단을 내려와 내 옆에 섰다.

"폐하, 분명히 말씀드리지만 우려하실 만한 일은 없었습니다. 카리나는 한 번도 공주의 신분을 벗어나는 행동은 하지 않았고……."

"그리고 마르쿠스도 조금도 품위를 잃지 않았어요."

내가 덧붙였다.

"지금 그 얘기를 하는 게 아냐!" 국왕이 우리한테서 조금 물러나며 소리쳤다. "중요한 건 너희가 말한 그런 게 아니라, 사람들이

무엇을 믿느냐 하는 것이야. 좋든 싫든 밖으로 드러나는 게 전부인 세상이란 말이다. 카리나, 내 딸이 그런 행동을 했다니 나는 정말 어처구니가 없구나."

그 순간 내 눈에서 눈물이 핑 돌았다. 이어서 절망과 두려움, 혼란스러움, 카리나 공주에 대한 연민이 뒤섞여 눈물이 흐르기 시작했다. 내 안에서 뭔가가 툭 하고 끊어지는 소리가 났다. 기력이 쇠진한 듯했다. 지난 며칠 동안 너무 많은 일을 겪고 그 모든 것이 한꺼번에 밖으로 끓어넘치고 있었다.

"더이상 못 참겠어요!" 내가 절규하듯 외치자 국왕이 어리둥절해했다.

"카리나!" 그가 호통을 쳤다.

"저한테 이래라 저래라 하지 마세요. 아무것도 듣기 싫어요!" 나는 눈물을 흘리며 소리쳤다. "저는 빚진 거 없어요. 하나도요! 제가 누군지 아세요? 모르시잖아요!"

"카리나, 진정해." 마르쿠스가 나를 달래려 손을 내밀자 나는 그의 손을 탁 쳐냈다. 그의 얼굴이 일그러지는 것을 본 순간 나는 그들에게 털어놓고 싶었다. 두 사람에게 자초지종을 고하고 그 결과를 기꺼이 감수하고 싶었다. 하지만 그럴 수가 없었다. 내가 이야기한다 해도 믿어주지 않을 거라는 생각이 들었던 것이다. 게다가 그건 내 마음대로 할 수 있는 일도 아니었다. 카리나 공주의 주변 인물들과의 관계는 그녀가 알아서 할 일이었다. 이 사람들은 나하고는 아무 상관이 없었다. 국왕도 마르쿠스도.

그래서 나는 아연실색해서 서 있는 두 사람을 남겨두고 도서관 밖으로 달려나왔다. 내 머릿속에는 '내가 카리나 공주의 방을 제대로 찾아갈 수 있을까, 저 두 사람이 내 뒤를 따라오면 안 되는데' 하는 생각밖에 없었다.

chapter 28

“잠깐, 잠깐만.” 글렌이 주유 펌프 앞에 차를 세우며 말했다. “너 정말 줄리아 로버츠가 현재 미국에서 최고의 배우라고 생각하는 거야?”

“그럼요. 당신은 아니에요?” 나는 눈을 치켜뜨며 대답했다.

“말도 안 돼! 줄리안 무어…… 홀리 헌터…… 메릴 스트립…….”

그는 차 밖으로 나가면서 계속 얘기했고 나도 물러서지 않았다. 우리는 차를 타고 오는 두 시간 내내 영화에 대해 얘기했고 최고의 영화인이 누구인지를 두고 의견이 충돌했다. 그는 스티븐 스필버그가 과대평가되었고, 지난 10년 동안 나온 모든 청소년 영화는 쓰레기며, 귀네스 팰트로가 별로 예쁘지 않다고까지 했다.

내가 아무래도 제정신이 아닌 사람의 차를 얻어 탄 것 같았다. 게다가 나는 귀네스 팰트로와 닮았다는 말을 자주 들었는데, 그녀가 예쁘지 않다면…….

“그럼 당신은 줄리아 로버츠가 〈에린 브로코비치〉로 오스카상을 받은 게 잘못됐다는 거예요?" 나는 차 문을 쾅 닫고 나오며 물었다.

다리가 뻐근했고 등도 안 아픈 데가 없었다. 나는 팔을 머리 위로 죽 뻗으며 하품을 하다가 주춤했다. 사람들 보는 데서 그런 행동을 하면 안 되는데.

'왜 안 돼?' 내 머릿속에서 작은 목소리가 일깨워줬다.

나는 씩 웃고는 다시 몸을 죽 펴서 굳은 근육을 풀었다. 온종일 이렇게 사소한 행동으로 움찔했다가 안심하는 일을 되풀이했다. 차에서 발목 부근을 겹쳐 앉을 필요가 없다든가 하는 일 말이다. 한번은 조수석 앞의 보관함에서 지도를 꺼내 글렌에게 건네주고 그 문을 닫다가 손가락이 끼었는데 나도 모르게 상소리가 나왔다. 그 순간 본능적으로 킬로이를 의식하며 뜨끔했다가 그녀가 수천 킬로미터나 떨어져 있다는 걸 뒤늦게 깨닫고 다시 한 번 상소리를 내뱉기도 했다. 기분이 정말 최고였다.

"그걸 말이라고 하니? 그 상은 조앤 알렌이 받아야 했는데 뺏긴 거야!" 글렌이 주유펌프를 주유구에 꽂으며 대꾸했다. 나는 과장되게 미간을 찌푸렸다.

"당신 혹시 연상의 여자들에게만 매력을 느끼는 거 아니에요?"

글렌의 얼굴이 붉게 물들었다.

"아냐. 그냥 진짜 배우에게 반한 것뿐이라구."

나는 빙그레 웃으며 차에 기대 태양 쪽으로 얼굴을 돌렸다.

남자와 대화를 나눈 게 언제였는지 기억도 나지 않았다. 어쩌면 한 번도 없었는지도 모른다. 마르쿠스가 하는 얘기는 학교와 폴로경기와 내 친선여행뿐이었으니까. 그와 얘기하는 동안에는 오늘처럼 웃을 일이 없었다. 내가 손가락을 다쳐 상스러운 비명을 내뱉었다면 그는 깜짝 놀라서 나를 쳐다봤을 것이다. 하지만 글렌은 다른 방식으로 마르쿠스를 생각나게 했다. 화장실에 가기 위해 작은 관광 안내소에 들렀을 때 그는 내게 문을 열어줬다. 마르쿠스도 항상 그랬다.

뭐, 바인랜드에서는 다들 내게 그렇게 해줬다. 하지만 그 전날 리빗과 함께 다닐 때 그는 항상 내 앞으로 끼어들어 자기 먼저 들어갔다. 공연 후에 대기실로 들어갈 때도 그랬고, 대기실에서 클럽에 들어갈 때도 그랬고, 클럽을 나와 버스를 탈 때도 마찬가지였다. 그뿐만이 아니다. 글렌은 내게 추운지 더운지 계속 물었고, 음악을 틀 때도 내게 먼저 허락을 구했다. 내가 불편하지 않은지 항상 신경을 써주는 그런 태도는 마르쿠스와 비슷했다. 내가 얘기하는 동안 글렌은 항상 귀를 기울여 들어줬다. 마르쿠스도 항상 성심껏 들어줬다. 하인리히 박사님이나 잉그리드와 최근에 있었던 일을 얘기해도 마찬가지였다. 나는 한숨을 쉬며 허름해진 내 신발을 내려다봤다. 마음이 무거워졌다. 리빗은 개구리로 변해버렸지만 나는 왕자님을 만난 것 같았다. 항상 곁에 있었고 지금은 바인랜드에서 나를 기다리고 있는 왕자님을 생각나게 하는 왕자님 말이다.

잠깐, 내가 마르쿠스를 보고 싶어하는 거야?

"괜찮니?" 글렌이 주유 펌프를 고리에 걸어놓으며 물었다.

"어…… 네." 나는 얼토당토않은 생각을 떨치기 위해 머리를 저었다. 마르쿠스와 시간을 보내고 싶었던 적이 한 번도 없었는데 내가 왜 이러지?

"다행이구나. 기름값을 내야 되니까 말이야."

"아, 맞다!" 차에서 가방을 꺼내 미국 돈이 얼마나 남았는지 살펴보니 15달러였다. 나는 구겨진 지폐를 꺼내 글렌에게 꺼내줬다.

"그래, 이거면 충분할 거야." 그가 말했다.

나는 침을 꿀꺽 삼키며 내 마지막 돈을 받아 주유소 사무실 안으로 들어가는 글렌을 지켜봤다. 내가 줄 수 있는 돈이 저것밖에 안 되는 거야? 한 번 주유하는 걸로 끝난단 말이야? 그럼 이제부터는 어떡하지?

나는 조수석에 앉으며 머리를 감싸쥐었다.

'괜찮을 거야. 하루만 버티면 돼. 지금까지 잘해왔잖아.'

글렌이 상점에 들러서 비스킷과 물 두 병을 사왔다.

"군것질할 게 필요할 것 같아서." 그가 그것들을 모두 건네며 말했다. 몇 시간 동안 비스킷이 먹고 싶어 안달하던 나는 반색했다. 글렌은 정말 신사였다. 그때까지는 보통사람들은 모두 무례한 줄 알았는데 그를 보니 보통사람들에 대한 생각을 바꿔야 할 것 같았다.

"그럼…… 너는 톰 크루즈도 좋은 배우라고 생각하겠구나?" 차에 올라탄 글렌이 미소 띤 얼굴에 다시 도전적인 표정을 지어보였다.

내 옆의 문을 쾅 닫으며 나는 그를 똑바로 쳐다봤다.

"당신은 영화판의 이단아예요."

글렌은 웃으며 시동을 걸었고 곧 고속도로로 들어섰다.

그날 저녁에 나는 아이홉이라는 팬케이크 전문점에서 글렌과 마주 앉아 있었다. 그날 아침에 우리가 만났던 식당에서처럼 맛있는 냄새를 맡자 내 위가 요동쳤는데 이번에는 더 요란했다. 음식을 사먹을 돈이 하나도 없었기 때문인지도 모른다.

"아이홉에 온 게 지금이 처음이라니 믿어지지가 않는다." 글렌이 수많은 음식이 적힌 메뉴를 내게 밀며 말했다. "이곳 버터밀크는 마약 같은데."

나는 심장이 덜컥 내려앉았다. "당신 마약해요?" 내가 목소리를 죽이며 물었다.

글렌이 푸하하 웃더니 "아냐, 그냥 비유야. 뭐 먹을래?" 하고 물었다.

"안 먹을래요." 나는 크레이프와 와플과 과일 등 먹음직스러운 사진들을 보지 않으려고 메뉴판을 덮으며 아무렇지도 않게 말했다.

"팬케이크 같은 건 아침으로나 먹는 거잖아요. 전 저녁에는 이런 거 안 먹어요."

"저녁식사로 먹을 만한 것도 있어." 글렌이 메뉴판에서 스테이크와 파스타와 샐러드가 가득 실린 면을 펴주며 말했다.

"배 안 고파요." 나는 다시 메뉴판을 탁 덮었다.

"농담하지 마." 글렌이 말했다. "오늘 오전에 비스킷만 먹고 여태 아무것도 안 먹었잖아."

"괜찮다니까요." 나는 입씨름하기 싫어서 단호하게 말했다.

종업원이 다가와 얼음이 담긴 물 두 잔을 식탁에 내려놓으며 물었다. "주문하시겠어요?"

"난 양이 많은 아침식사 세트랑 콜라 주세요." 글렌이 말했다.

"너는?" 글렌의 메뉴판을 가져가며 종업원이 내게 물었다.

'여기 있는 건 다 주세요. 팬케이크, 소시지, 베이컨, 과일 디저트…….' 나는 속으로 그런 생각을 하며 대답했다. "전 됐어요."

그녀가 멀어져갈 때 전화벨이 울렸다. 글렌은 배낭에서 검은색의 작은 휴대폰을 꺼내 발신자 번호를 힐끗 보더니 굳은 표정으로 전화기를 꺼버렸다.

"누구예요?"

"누나." 그가 배낭에 휴대폰을 던져넣으며 대답했다. 눈길을 돌리며 물을 조금 마신 그는 얼음을 오도독 씹었다.

"둘이 사이가 안 좋아요?" 나도 물을 마시며 물었다. 차가운 물이 목구멍에서 식도를 타고 빈 윗속으로 흘러가는 것이 느껴졌다.

"얘기하자면 복잡해." 그가 식당을 둘러보며 말했다. "간단히 말하면, 우리 아버지가 갑자기 돌아가셨고 돌아가실 때 누나를 무척 보고 싶어하셨지. 그런데 누나는……." 그는 숨을 깊이 들이마시더니 물잔을 두 손으로 잡고 앞뒤로 여러 번 움직였다. 그 자리에 물 자국이 남았다. "어쨌든 몇 주 전에 아버지를 묻었고, 누나는 장례식에도 안 왔어."

"어머." 나는 잠시 배고픔도 잊어버렸다. "아버지 일은 정말 안 됐어요." 갑자기 그를 안아주고 싶은 이상한 충동이 일었다. 누군가를 안아주고 싶은 건 그때가 처음이었다. "그래서 누나와…… 싸운 거예요?"

"이젠 아냐." 아주 잠깐 나를 쳐다보다 그는 눈을 돌려버렸다.

"아버지와 누나는 오랫동안 의절하고 지냈어. 우리 부모님은 이혼하셨는데 누나는 그게 아버지 탓이라고 생각했지. 가족은 하나뿐인데. 아버지가 돌아가시기 전에…… 누나는 아버지를 용서하지 않은 걸 분명히 후회할 거야."

글렌의 목소리가 점점 작아졌고 나는 무슨 덩어리에 목이 메는 듯한 느낌이 들었다. 바인랜드에서 엄마는 외할머니와 함께 있을 것이다. 외할머니가 병상에서 하루하루 약해지는 모습을 지켜보면서 말이다. 그리고 어쩌면 병문안을 오지 않는 나를 원망하고 있을지도 모른다. 글렌이 지금 자기 누나를 미워하고 있는 것처럼.

'가족은 하나뿐인데…….'

왜 외할머니한테 한 번도 안 갔는지 이유가 떠오르지 않았다. 아, 그래, 그보다 더 중요한 일이 있다고 생각했던 거야.

"어쨌든 누나는 LA에 살고 있으니 거기 가면 언젠가는 만나볼 거야. 아직은 마음의 준비가 안 됐지만." 한참 후에 글렌이 말했다. 그러고는 숨을 깊이 들이마셨다가 길게 한숨을 토했다.

"다른 얘기 하자."

"그래요." 나는 땀에 젖은 손을 의자에 문지르며 대답했다.

“지금 어떻게 배가 안 고플 수 있는지 그것 좀 설명해줄래?” 글렌이 물었다. “나는 지금 너무 배가 고파서 뭐든 먹을 수 있을 것 같은데.”

나는 얼굴이 확 달아올라 얼른 물을 마셨다. 돈이 한 푼도 없다는 말은 차마 할 수가 없었다. 내게 이제 기름값이 없다는 걸 알면 그는 화가 나서 혼자 가버릴지도 모르기 때문이다. ‘그럼 다음 주유소에서 기름을 넣고 나서 그제야 돈이 없다고 할 거야?’ 내 머릿속에서 작은 목소리가 들려왔다.

나는 심호흡을 하고 글렌을 쳐다봤다. 그는 자기 속마음을 내게 털어놨고, 나 같은 여자애를 아무데나 두고 가버릴 사람은 아닌 것 같았다. 내가 그럴 운명에 빠질 뻔했을 때 이미 한 번 구해주지 않았는가.

“좋아요. 얘기할게요.” 나는 눈을 질끈 감고 속사포처럼 재빨리 털어놨다. “지금 돈이 하나도 없어요.”

“뭐라고?”

나는 조마조마한 마음으로 얘기했다.

“아까 기름값으로 준 게 마지막 남은 돈이었어요.”

“왜 그걸 이제야 말해?”

“처음부터 말하면…….”

“내가 안 태워줄 거라고 생각했니?” 글렌이 테이블에 팔꿈치를 올려놓으며 물었다. “내가 기름값 있냐고 물은 건 지금 현금이 좀 부족해서 그런 거야. 네가 그런 사정이 있다는 걸 알았으면…….”

"당신은 아무것도 몰라요." 나는 갑자기 눈물이 핑 도는 데 당황해서 그의 말을 막았다. 그때 종업원이 글렌이 시킨 음식을 접시에 푸짐하게 담아와 식탁에 놓았다. 나는 울음이 터질까 봐 얼른 냅킨을 집어 눈 아래에 갖다댔다.

종업원이 자리를 뜨기 전에 글렌이 말했다. "죄송하지만…… 이 애가 생각이 바뀌었답니다. 주문을 하겠다는군요."

종업원은 이해한다는 표정으로 나를 보며 웃었다.

"뭘로 먹을래?"

"글렌, 난 돈이 없다니까요." 내 입에서 나온 말이었지만 정말 창피했다. "이미 당신한테 신세를 너무 많이 졌어요."

"카리나, 빨리 주문해. 안 그러면 너를 여기 두고 가버릴 거야."

나는 쏟아지려는 눈물을 가까스로 참으며 웃었다. 그리고 종업원을 올려다보며 말했다. "석쇠구이 닭고기랑 샐러드 주세요."

"그래." 내게 한쪽 눈을 찡긋하며 종업원이 대답했다.

글렌이 테이블 건너편에서 내게 호기심 어린 눈빛을 던졌다.

"자, 이제 자초지종을 얘기해볼래?"

"얘기하자면 복잡해요." 나는 아까 그가 한 말을 똑같이 흉내 냈다. "간단히 말하면, 어젯밤 록밴드의 순회공연버스에서 잠이 들었는데, 깨어보니 현금도 거의 없이 사막 한가운데 있는 거예요."

"오호, 록가수를 쫓아다니는 인생이라."

글렌이 씩 웃으며 말했다.

"하지만, 돈은 다 갚을게요. 나중에 보내줄게요. 약속해요."

내가 정색하며 말했다.

글렌은 가소롭다는 듯이 등을 기대며 말했다.

"왜 이러셔. 나는 장차 히스 레저나 브래트 피트 같은 배우가 될 몸이야. 알았어? 네 돈 같은 건 필요 없다고."

나는 웃으며 그가 시킨 음식을 쳐다봤다. "안 드세요?"

"네 거 오면 같이 먹지 뭐."

"당신은 정말 신사예요."

"뭐, 우리 아버지가 잘 가르치신 거지."

글렌의 얼굴이 심각해졌다.

"정말 그런 것 같네요. 훌륭하신 아버지를 두셨어요."

"고마워. 그건 사실이야."

우리는 등을 기대고 앉아 편안한 마음으로 생각에 잠겼다. 집에 가면 맨 먼저 외할머니부터 뵈러 가야지. 그리고 글렌에게 빚진 돈을 보내야겠어. 누군가가 의무에서가 아니라 마음에서 우러나서 내게 은혜를 베풀어준 건 이번이 처음이었다. 내겐 그것이 참으로…… 감동적이었다.

이 순간을 평생 잊지 못할 거라는 예감이 들었다.

Chapter 29

그날 저녁 글렌과 나는 로스앤젤레스에 도착한 뒤에도 줄리아네 집을 찾느라 거의 한 시간을 헤맸다. 거기 갈 때는 항상 빌이 태워다줬기 때문에 나는 지리를 눈여겨보지 않았던 것이다. 마침내 눈에 익은 거리 이름이 보이자 나는 글렌의 팔을 잡으며 소리쳤다.

"저기서 꺾어요!"

"너를 재워줄 친구는 정말 착한가 보다." 그가 운전대를 꺾으며 말했다. "너는 그 친구 집이 어딘지도 잘 모르는 것 같은데."

"그것도 얘기하자면 복잡해요." 나는 가라앉은 말투로 대답했다. "어쨌든 이 길이 맞아요. 저기 빨간 문이 있는 건물이에요."

글렌이 인도에 바짝 차를 댔다. 그를 쳐다보는데 갑자기 할 말이 떠오르지 않았다. 그는 자기가 내게 얼마나 큰 일을 해줬는지 모르고 있었다. 그는 진정한 영웅이었다. 우리 둘이 바인랜드로 돌아가면 사람들은 사막에서 공주를 구해온 그를 위해 퍼레이드라도 벌일 것이다.

"자, 그럼……." 글렌이 말했다.

"네……." 나는 손을 내려다보며 머뭇거렸다.

"글렌, 너무 고마웠어요……. 여러 가지로요."

"뭘 그런 걸 가지고. 동행이 있어서 나도 즐거웠어."

"주소 좀 적어줄래요? 저녁 먹은 거랑 기름값이랑 보내드릴게요."

"정말 괜찮아."

"알았어요. 그래도 주소 적어줘요. 나중에 엽서 같은 거라도 보내게." 나는 할 수 없이 거짓말을 했다. 그는 내 앞으로 손을 뻗어 보관함를 열고 펜과 종이를 꺼냈다. 그리고 종이 한쪽 구석에 자기 이름과 주소를 적어 그 부분을 찢어서 건넸다.

"고마워요." 그의 주소를 넣어두려고 지갑을 끌어내는 순간, 바인랜드 지폐가 빠져나와 글렌과 나 사이에 있던 콘솔 위에 내려앉았다. 글렌이 그것을 집어들자 나는 가슴이 조마조마했다.

"이거 뭐야?"

"어…… 아무것도 아니에요." 그것을 와락 잡으며 내가 대답했다.

그는 손을 빼내더니 지폐를 뒤집어봤다.

"바인랜드 공화국?" 그가 나를 찬찬히 쳐다봤다. "이거 어디서 난 거야?"

"음…… 바인랜드겠죠."

나는 그 돈을 지갑에 넣으며 아무렇지도 않게 대답했다.

"언제 바인랜드에 갔는데? 그리고 그 돈은 있으면서 왜 미국돈은 없는 거야?"

나는 구부정하게 앉아 천장을 쳐다봤다. 아무 말 없이 얼른 사라져버리고 싶었다.

"그것도 얘기하자면 복잡해요. 저는 그러니까…… 바인랜드 출신이에요."

"농담 마. 그 나라 말투도 아닌데 뭐."

글렌의 파란 눈이 흥분하는 듯했다.

"그 나라 말투로 얘기할 수 있어요." 나는 평소의 내 말투로 대답했다. 원래의 나로 돌아온 것 같아 갑자기 마음이 편안해졌다. "이게 원래 제 말투예요."

글렌의 눈이 휘둥그레졌다.

"와, 너 정말 사연이 이만저만 복잡한 게 아니구나."

"맞아요. 전부 얘기해주고 싶지만, 지금은 그럴 시간이 없어요." 내가 얼른 문을 열자 글렌이 내 손을 잡았다.

"잠깐만. 나한테 한 가지만 약속해."

"뭘요?" 내 손을 감싼 그의 손을 내려다보며 내가 물었다.

"나한테 편지 보내면서 어떻게 된 사정인지 전부 얘기해줘."

"글렌……."

"이봐, 난 애리조나에서 LA까지 너를 태워다줬잖아. 그런데 네가 누군지도 말 못 하겠다는 거야?"

나는 그의 아름다운 눈을 들여다보며 빙그레 웃었다. "알았어요. 그렇게 할게요." 나는 그의 손에서 내 손을 빼내고 차에서 내렸다. 내가 무사히 안으로 들어서는 걸 본 후에야 글렌은 차를 출발시켰다. 역시 신사였다.

나는 심호흡을 하며 계단을 올려다봤다. 어처구니없는 여정을 방금 마쳤지만, 이제부터는 더 험난한 코스가 기다리고 있었다. 어떻게 저 아파트에 들어가서 줄리아 여권을 가지고 나오지? 줄리아 엄마가 집에 있으면 어떡해?

하지만 이 나라를 떠나려면 다른 방법이 없으니 어떻게든 안으로 들어가야 했다. 줄리아 엄마가 지금도 근무하고 있기를 바랄 뿐이었다. 나는 신용카드를 이용해 집 안으로 몰래 들어가는 영화 속 장면을 생각하며 계단을 오르기 시작했다. 불행히도 나에게는 신용카드도 없었다. 뭘 사든 돈을 안 내도 되는 공주가 치러야 할 대가였다. 어쩌면 줄리아와 그 애 엄마는 열쇠를 문 근처 어디에 숨겨놨을지도 모른다. 〈페리스의 해방〉에서처럼 말이다. 그럼 간단할 텐데. 물론 관리인에게 문을 열어달라고 할 수도 있다. 나는 지금 줄리아니까 열쇠를 안에 두고 문을 잠가버렸다고 하면 될 것이다. 줄리아네 아파트에 도착해서 문손잡이를 돌려봤지만 역시 잠겨 있었다.

혹시 문 앞의 깔개 아래에 열쇠를 넣어두었을지도 모른다는 생각에 몸을 굽히는데 문이 휙 열리며 줄리아 엄마가 나왔다. 부스스한 밤색 머리를 하나로 묶어 올리고 구겨진 화장지를 쥐고 있던 그녀는 한 가닥 희망으로 눈이 휘둥그레졌다.

나는 긴장으로 숨이 막힐 듯했으나 똑바로 섰다. 그녀는 혼란스러운 표정으로 입을 열지 못하다가 이윽고 입을 열었다.

"내 딸 어딨니? 네가 내 딸하고 조금 닮기는 했지만……."

"설명드릴게요."

내가 그녀를 지나 안으로 걸어 들어가자 그녀는 한 걸음 비켜서서 망연한 표정으로 있다가 나를 지켜봤다. 테이블은 이름과 전화번호가 적힌 쪽지들로 너저분했다. 바인랜드 대사관이라고 적힌 것도 있었고 FBI라고 적힌 것도 있었다. 나는 목구멍 안에서 점점 커지는 정체 모를 덩어리를 힘겹게 삼켰다. 줄리아 엄마는 정말로 줄리아를 걱정하고 있었다. 갑자기 줄리아의 고양이가 펄쩍 뛰어 내 무릎에 앉았고, 내가 내버려두자 거기에 웅크린 채 그르렁거렸다. 줄리아 엄마가 방으로 들어와 테이블 옆에 서서 나를 빤히 쳐다봤다.

"앉으시는 게 좋겠어요."

"서서 들으마."

그래서 나는 심호흡을 한 뒤 자초지종을 털어놨다. 일식집에서 만나 이 일을 제안한 일부터 서로 상대방의 모습으로 변신하기까지의 연습, 내가 버스를 타고 사막에서 헤매게 된 일까지 말이다. 줄리아가 바인랜드에 있다는 얘기를 듣자 그녀는 의자에 털썩 앉았다. 나는 줄리아의 여권을 가지러 왔으며, 그러면 나는 우리나라로 가고 줄리아는 LA로 돌아올 수 있다고 설명했다.

"정말 죄송해요."

얘기를 마치고 내가 말했다.

"일이 이렇게 될 줄 알았다면……." 나는 절대 시도하지 않았을 거라는 생각을 하며 말끝을 흐렸다. 이틀 전에 나는 한동안 공주의 신분에서 벗어나 리빗을 만나는 데 목숨을 걸었었다. 그런 경험을 위해서라면 무슨 일이든 할 것 같았다. 하지만 지금은 우리나라로 돌아가기만 한다면 무슨 일이든 할 것 같았다.

"그러니까…… 네가 공주라는 말이구나."

줄리아 엄마가 말했다.

"네."

"그리고 내 딸은 지금 바인랜드에서 네 행세를 하고 있는 거고?"

"네."

의자를 뒤로 밀며 일어선 그녀는 침실로 들어갔다. 나는 꼼짝않고 앉아 그녀가 몇 분 동안 혼잣말을 중얼거리며 요란하게 서랍을 여닫는 소리를 듣고 있었다. 얼마 후 방에서 나온 줄리아 엄마는 청바지와 스웨터 차림이었고 지저분했던 머리는 무척 아름다운 빨간 모자 안으로 감춰져 있었다. 손에는 여행가방을 들고 있었다.

"넌 줄리아 여권을 챙겨라."

그녀가 부엌 작업대에서 두툼한 지폐다발을 집어 들며 말했다.

"바인랜드로 가자."

chapter 30

나는 하얀 털북숭이 고양이를 무릎에 둔 채 인터넷 서핑을 하며 누군가가 나를 체포해가기만 기다렸다. 내가 국왕에게 대든 후로 몇 시간이 지났으니, 국왕은 카리나 공주가 한 번도 그렇게 대든 적이 없다는 사실을 진작 떠올렸을 것이다. 카리나 공주가 그런 식으로 반항했을 리가 없다. 누가 감히 그렇게 국왕에게 퍼붓는단 말인가? 어쨌든 지금쯤 국왕은 내가 카리나 공주가 아니라는 걸 눈치챘을 것이다. 그래야 정상이다. 나는 심각한 상황에 빠지겠지만 말이다.

갑자기 창문을 두드리는 소리가 들려 나는 화들짝 놀랐다. 돌아보니 잉그리드가 유리문 밖 발코니에서 미친 듯이 손을 흔들고 있었다. 나는 고양이를 내던지고 얼른 문을 열어줬다. 고양이는 신경질적으로 야옹, 하더니 침대 아래로 들어가버렸다.

"고마워!" 잉그리드가 방으로 잽싸게 들어오며 숨을 헐떡였다.

"경호원한테 뇌물을 써서 담은 넘었는데, 저기 조금만 더 있었으면 분명히 누군가에게 들켰을 거야."

"여기까지 어떻게 올라왔니?"

잉그리드가 침대에 앉자 내가 물었다.

"울타리를 타고 왔지. 항상 그랬어. 카리나는 밖으로 나갈 때 그걸 이용하고 나는 안으로 들어올 때 이용해."

"정문으로는 못 들어오니?"

"늦은 시간에는 안 돼. 게다가 오늘은 특히 더."

잉그리드가 숨을 고르며 말했다.

"오늘이 무슨 날인데?"

"오늘 고위인사들 만찬이 있거든. 우리 부모님들보다 더 높은 사람들. 아마 너랑 마르쿠스 일을 무마시키려고 급히 마련한 자리일 거야."

그러고는 미간을 찌푸리며 나를 위아래로 훑어봤다.

"왜 옷 안 갈아 입었어?"

"모…… 몰랐어." 내가 일어서며 말했다. "설마 나보고 그 대책회의에 참석하라는 건 아니겠지?"

"음…… 카리나가 아직 안 왔으니까……."

"거기 카리나 엄마도 오시잖아." 나는 절망적인 심정이었다. 긴장과 두려움과 죄의식으로 폭발할 것 같아 더이상 견딜 수가 없었다. 차라리 바인랜드 경찰이 개입해서 나를 체포해가기를 바랐다.

"그게 문제야." 잉그리드가 말했다. 그러고는 주머니에서 휴대폰을 꺼내 메시지를 확인했다. "카리나는 대체 어딨는 거지?"

"내가 알고 싶은 게 그거야." 내가 애가 타서 말했다.

노크소리가 들리자 나는 가슴이 철렁했다.

"누구……세요?" 내가 대답했다.

"어셔예요, 공주님. 참석할 준비 해드리려고 왔어요."

나는 다 틀렸다는 눈빛으로 잉그리드를 쳐다봤다.

"빨리 들어오라고 해." 잉그리드가 재촉했다.

"들어와!" 나는 의자에 푹 기대앉으며 말했다.

드레스를 가득 안은 어셔가 바삐 들어와서 그것들을 침대에 조심스럽게 놓았다. 얇은 자주색 드레스와 그보다 풍성한 분홍색 드레스, 제니퍼 가너가 시상식에나 입고 올 것 같은 파란색 드레스였다. 우리 둘은 아무 말 없이 어셔가 준비하는 모습을 지켜봤다. 어쩔 수 없는 두려움이 방 안에 가득 찼고 잉그리드와 나는 그 분위기에 짓눌렸다.

"만찬이 몇 시에 시작되니?" 잉그리드가 물었다.

"7시에 시작됩니다, 잉그리드 아가씨." 마지막으로 왼쪽에만 반짝이 줄무늬가 있고 어깨끈은 없는 빨간색 드레스를 반듯이 펴면서 그녀가 대답했다. "공주님, 어떤 걸로 입으시겠어요?"

'아무것도 입기 싫어.' 내가 속으로 생각했다. '내 청바지와 스니커즈 차림으로 빨리 집에 가고 싶단 말이야.'

잉그리드가 내 어깨를 쿡 찌르자 나는 한숨을 쉬며 일어섰다.

"빨간 거 입을게."

"잘 고르셨어요." 어셔가 빨간 드레스를 내 팔에 걸어주며 말했다. "저는 가서 빨간 구두랑 왕관을 가져올게요. 또 필요한 거 있으세요?"

"비상사다리 있어?" 내가 혼잣말처럼 중얼거렸다.

어셔가 살짝 웃었다. "찾아볼게요, 공주님." 그녀가 농담을 하고는 바삐 나갔다.

"실은 내가 예전에 비상사다리를 카리나한테 줬는데 뺏겼어." 잉그리드가 말했다.

나는 드레스를 든 채 잉그리드를 쳐다봤다.

"우리 어떡해?"

잉그리드는 양 손바닥을 위로 들어보였다.

"옷 갈아입고 기적이 생기기를 바라야지."

나는 생전 처음 보는 아름다운 드레스를 입고 거울 앞에 섰다. 머리에는 왕관이 씌어져 있었고 목에는 진짜 루비 목걸이가 걸려 있었다. 평소 같으면 흥분돼서 숨이 막혔겠지만 지금은 두려움으로 숨이 막혔다.

"7시 거의 다 됐어." 겁먹은 표정으로 전화 버튼을 누르며 잉그리드가 말했다. 그녀도 카리나 공주의 다른 드레스로 갈아입었다. 혹시 아래층에 내려가서…… 위험한 사태가 벌어지면 나서서 수습하기 위해서였다.

"또 이러네." 그녀가 전화기를 귀에 가져가며 말했다.

"어휴! 카리나가 통화불능 지역에 있다는 말만 나와. 우리 전화기는 둘 다 국제전화를 할 수 있는데 이상하단 말이야. 카리나가 LA에 있어도 통화가 되어야 정상이야!"

"무슨 소리야! 지금까지 LA에 있으면 어쩌라는 거야."

나는 속이 울렁거리기 시작했다.

다급한 노크소리가 들리더니 어셔가 머리를 디밀었다. "아래층에서 공주님을 기다리고 있습니다." 그러고는 곧 사라졌다.

"나 안 내려갈래." 내가 잉그리드에게 떼를 썼다.

"저 사람들이 어떻게 하든 난 안 가."

"안 가고는 못 배길걸?" 잉그리드가 얄밉게 말했다.

"한 번은 국왕이 경호원들을 올려보내서 카리나는 결국 국경일 정찬에 끌려 내려갔어. 당연히 그날 카리나는 심술 좀 부렸지. 새로 온 주방장이 맘에 안 들어서 그랬지, 아마."

"오, 하느님. 정말 토할 것 같아." 나는 배를 움켜쥐며 말했다. 갑자기 왕관이 500킬로그램의 무게로 내리누르며 머리를 옥죄는 것 같았다. 관자놀이가 욱신거리고 눈앞이 어질어질했다. 잉그리드가 다가오더니 나를 들어올릴 듯이 팔을 우악스럽게 잡았다.

"알았어, 일단 아래층으로 함께 내려가자. 내가 카리나 엄마에게…… 말씀드릴게. 이건 모두 내가 생각한 거니까. 내가…… 내가 말씀드려야지." 잉그리드가 말했다.

목으로 넘어오는 쓴물을 삼키며 나는 잉그리드를 쳐다봤다.

"정말? 이번에 또 나한테 거짓말하면 정말……."

"절대 거짓말 안 해." 잉그리드가 내 팔을 놓으며 말했다.

"줄리아, 여러 가지로 정말 미안해. 진심이야."

나는 신경을 누그러뜨리며 숨을 깊이 들이마셨다. "괜찮아." 나는 턱을 치켜들며 말했다. "너만 잘못한 게 아니잖아."

나도 카리나 공주 행세를 하는 데 동의했으니 말이다. 게다가 마르쿠스와 바람을 피웠고 잉그리드에게 상처를 줬다. 비행기가 뜨기 전에…… 뭐…… 거짓으로 발작을 일으키는 방법도 있었는데 그러지 않았다. 어쨌든 지금 우리는 한배에 탄 운명이다.

우리 둘은 몸을 돌려 지옥으로 가는 문이라도 되는 양 방문을 쳐다봤다. 잉그리드가 손을 뻗어 내 손을 꽉 잡았다. 나도 응답하듯 힘있게 맞잡았다.

"준비됐니?" 내가 물었다.

"가자." 잉그리드가 대답했다.

우리는 손을 잡고 복도 끝까지 걸어간 후 곡선으로 길게 휘어진 계단을 불안한 마음으로 내려갔다. 로비에 도착해보니 저 건너편 출입구에서 왕비가 참석자들을 안내하고 있었다. 나는 숨도 제대로 쉬지 못했다.

"한번 부딪쳐 보는 거야." 잉그리드가 결연한 표정으로 말했다.

왕비가 돌아서더니 눈길이 우리에게 와서 멈췄다. 그녀는 실망한 어머니의 표정으로 고개를 약간 기울이더니 미소를 지으며 머리를 좌우로 저었다. 카리나 공주와 마르쿠스와의 일이 언짢기는 하지만 그녀에게는 그다지 충격적인 일은 아닌 것 같았다.

왕비가 로비를 가로질러 우리를 향해 걸어오기 시작하자 몇 시간 전 국왕과 대면한 일이 뇌리를 스쳤다. 즉 그녀가 나를 카리나 공주로 착각할지도 모른다는 기대가 머리를 든 것이다. 하지만 10미터 정도로 가까워졌을 때 그녀의 안색이 돌변했다. 잉그리드의 손을 잡은 내 손에 힘이 들어갔고 잉그리드도 내 손을 부서져라 꽉 쥐었다.

내 눈을 응시하던 왕비는 파르르 떨며 손을 가슴으로 가져갔다. 그리고 그녀가 한 말은 우리 작전이 시작된 이후 내가 간절히 듣고 싶던 바로 그 말이었다.

"너, 누구니?"

Chapter 31

택시가 궁전 정문 앞에 멈췄다. 신경이 곤두서 있던 나는 운전사에게 문을 부수고 그대로 돌진하라고 말하고 싶었다. 바인랜드 국제공항에 내렸을 때부터 줄리아와 마르쿠스가 함께 있는 모습이 내 머릿속에서 어지럽게 소용돌이치고 있었다. 그것은 '이탈한 공주와 손가락을 핥고 있는 카리나'라는 표제를 달고 모든 신문의 머리기사에 실린 사진과 공항 TV에 나온 사진들이었다. 나는 어떻게 된 일인지 잉그리드에게 전화를 하려고 했지만 내 전화기는 배터리가 다 떨어진 상태였다. 줄리아와 마르쿠스가 무슨 짓을 했는지는 모르겠지만, 지금쯤 줄리아는 방에서 우리 부모님에게 엄청나게 야단맞을 준비를 하고 있거나 이미 정신 못 차리게 혼이 났을 것이다. 그런 상황이면 우리 둘 다 도저히 헤어날 수 없는 엄청난 곤경에 빠지게 된다.

왜 내가 스스로 내 무덤을 팠을까. 뭘 믿고 줄리아를 이 상황에 몰아넣은 걸까. 나는 일생 동안 공주로서 훈련을 받았지만 줄리아는 벼락치기로 며칠 배웠을 뿐인데 말이다. 경호원 중 어린 축에 드는 조슈아가 다가와 차창을 내리라는 손짓을 해보였다.

"죄송하지만 오늘 밤에 행사가 있어서 궁내 관광은 5시에 끝났습니다……."

"행사라고요? 무슨 행사요?" 나도 모르게 운전사 어깨 위로 고개를 내밀고 불쑥 물었다.

"고위급 만찬입니다. 7시에 시작되죠."

나는 뒷자리에서 펄쩍 뛰어내렸다. 심장이 두근두근 뛰고 있었다. 나는 조슈아를 잘 알았다. 잉그리드와 내가 궁전을 몰래 빠져나가거나 들어올 때마다 돈을 쥐어줬기 때문에 그는 올 봄에 BMW라도 살 수 있었을 것이다.

"조슈아, 우리를 안으로 들여보내줘!"

나는 차 문의 위쪽을 붙잡고 외쳤다.

"아가씨, 차로 들어가십시오."

멍하게 쳐다보던 그가 짐짓 위엄 있게 명령했다.

"조슈아, 나야. 카리나 공주라고!" 나는 필사적인 심정으로 그를 올려다봤다. 무슨 만찬인지 모르지만 7시에 시작한다면 5분밖에 안 남았다. 그 안에 내가 들어가지 않으면 줄리아는 무시무시한 재앙을 맞게 된다. 아직 발각되지 않았다면 말이다.

"카리나 공주님은 안에 계시는데요." 조슈아가 이죽거렸다.

"조슈아! 내 말 들어! 나를 봐!" 내가 다급하게 외쳤다. 이런 소동을 보고 다른 경호원들인 마셜, 리카르도, 모리스까지 작은 초소에서 나와 조슈아에게 다가왔다.

"무슨 일이야?" 모리스가 한 눈을 치켜뜨며 물었다. 그는 그런 표정이 특히 위협적이라고 생각하는 모양이었다.

"내 말 들어. 지금 당장 나를 들여보내지 않으면 전부 해고시킬 거야." 그러자 그들이 모두 웃음을 터뜨렸다.

"아가씨, 당장 차에 타지 않으면 강제로 여기서 쫓겨날 줄 알아요." 조슈아가 내 팔을 잡으려고 손을 내밀었다.

그러자 내 눈에서 불꽃이 일었다. "내 팔을 잡기만 해봐. 네가 나랑 잉그리드를 궁전 밖으로 나가게 해줬다는 걸 아버지께 말씀드릴 거야. 그리고 잉그리드를 몰래 안으로 들여보내준 것도. 내 신탁계정으로 네 차를 산 것도 모조리 이를 거야!"

그 말에 조슈아가 움찔하더니 자신을 수상쩍게 쳐다보는 다른 경호원들의 눈치를 살폈다. 나는 내 안의 독기를 끌어모아 매섭게 그를 쏘아봤다. 마침내 조슈아가 몸을 굽히고 내 얼굴을 조심히 살피더니 물었다. "카리나 공주님?"

나는 고개를 젖히며 물었다. "이제 안으로 들여보내줄 거지?"

조슈아가 화들짝 놀라서 몇 걸음 물러나자 나는 차 안으로 들어가 앉으며 문을 쾅 닫았다. 그는 모리스에게 정문을 열라는 손짓을 했고 택시는 드디어 진입로로 들어섰다. 잠시 후 궁전의 전경이 시야에 들어오자 눈에서 안도의 눈물이 솟구쳤다.

"와, 궁전 굉장하다." 줄리아 엄마가 감탄했다.

"그냥 집인걸요."

택시기사가 궁전 현관 앞에 차를 세울 때까지 나는 안절부절못하고 있었다. 속이 울렁거려서 진정이 안 됐다. 안에 들어가서 부모님을 만나고 줄리아를 구하려면 일분일초가 급했다. 우리를 만찬에 참석하는 고위인사로 알았는지 로날도가 다가와 택시 문을 열어줬다. 나는 튀어나가 차창을 통해 지폐뭉치를 택시기사에게 던져주고, 로날도가 줄리아 엄마의 가방을 들어주는 동안 부리나케 계단에 올라섰다.

줄리아 엄마도 급히 내 뒤를 따라 계단을 올라왔다. 그 문 안에서 어떤 광경이 우리를 기다리고 있을지 짐작할 수 없었지만, 나는 처음으로 내게 무슨 일이 일어나건 상관없다는 생각이 들었다. 내가 바라는 것은 오직 줄리아와 줄리아 엄마를 무사히 재회시키고 이 난리법석을 끝내는 것뿐이었다.

그리고 나도 빨리 엄마와 만나고 싶었다.

chapter 32

"내 말이 안 들리나 보구나." 왕비가 내게 몇 걸음 다가오며 말했다. 바로 그때 마르쿠스와 그의 아버지가 들어섰다. 이번에도 턱시도 차림이었다. 나를 본 마르쿠스는 얼굴이 환하게 밝아졌다.

"넌 누구냐. 내 딸의 드레스를 입고 내 딸의 왕관을 쓰고 여기서 뭐 하는 거냐?" 왕비의 목소리가 떨렸다.

"왕비마마, 무슨 말씀이십니까?" 마르쿠스가 성큼성큼 걸어와 물었다. "어디 편찮으십니까? 왕비마마의 따님인 카리나 공주 맞습니다."

그가 내 팔을 잡는 순간 나는 왕비의 호화로운 구두 위에 금방이라도 토할 것 같았다.

"실은……." 내 목소리가 귀에 들려왔다.

그때 로비의 문이 벌컥 열리고 카리나 공주가 들이닥쳤다. 그녀의 머리는 여태 밤색이었고 콘서트에 갈 때 입은 옷을 그대로 입고 있었다. 그녀는 모여 있는 우리들 표정을 보고 그 자리에 얼어붙

듯 멈춰섰다. 분명히 어떤 상황일지 머릿속으로 정리하고 있었을 것이다. 그녀가 5분만 더 일찍 왔더라면 우리가 그런 곤경에 빠지지 않았을 텐데.

"어…… 엄마." 카리나 공주가 한 손을 들어올리며 입을 열었다.

"카리나?" 왕비가 외쳤다.

"줄리아!?" 엄마였다. 그 목소리를 듣는 순간 나는 울음이 터질 것 같았다. 로비를 걸어들어와 나를 보는 순간, 엄마는 들고 있던 가방을 떨어뜨렸다. 엄마가 다가오기도 전에 나는 울음을 터뜨리고 말았다.

"줄리아! 괜찮니?"

엄마가 나를 숨이 막힐 정도로 세게 껴안았다.

"괜찮아요, 엄마." 나는 간신히 입을 열었다. "정말 죄송해요."

엄마는 포옹을 풀고 몸을 뒤로 젖히며 나를 바라봤다. 엄마 표정을 보니 화가 난 것 같지는 않았다. 지금은 엄마도 우리가 다시 만난 사실에 감격해하고 있을 뿐이었다. 잘잘못을 따지는 것은 나중에 할 일이었다. 우리 둘만 있을 때.

"카리나?" 마르쿠스의 목소리였다. 그는 우리한테서 몇 걸음 물러나 어리둥절한 표정으로 나와 카리나 공주를 번갈아 쳐다봤다.

"마르쿠스, 난……."

"내가 카리나야." 공주가 로비 가운데로 걸어 들어오며 말했다. "그 애는 LA에서 온 줄리아 존슨이야."

마르쿠스의 눈동자가 흔들리는 것이 보였다. 내 심장도 쥐어짜듯 아파왔다. 그런 고통스러운 감정을 느껴보기는 내 평생 처음이었다. 드디어 엄마 품에 안겼고 모든 것이 제자리로 돌아갔건만 전혀 도움이 되지 않았다.

“내가 일부러 그런 건…….”

마르쿠스가 몸을 돌려 밖으로 나갔다. 뒤에서 아버지가 자기 이름을 부르는 것도 무시하고 그의 팔을 붙잡는 카리나 공주의 손길도 뿌리쳤다.

나는 그를 뒤쫓아가고 싶다는 부질없는 생각을 하고 있는데 국왕이 로비로 성큼성큼 들어섰다.

“여기서 다들 뭣들 하고 있나? 손님들은 모두 만찬장에 모였는데 왕실 식구들은 로비에서 어정거리고 있다니!”

“레저널드, 문제가 좀 생겼어요.” 왕비가 다가가 국왕의 팔을 가볍게 잡으며 말했다. 그녀는 카리나 공주에게 눈길을 보냈다가 나를 쳐다봤고, 국왕도 왕비의 시선을 따라 카리나 공주와 나를 순서대로 쳐다봤다. 그의 입이 천천히 벌어지다가 탁 닫혔다.

“이게…… 대체 이게 무슨 일이란 말이냐!”

“폐하, 모두 제 잘못입니다.” 잉그리드가 재빨리 앞으로 나아가 국왕 내외 앞에서 고개를 숙였다.

“잉그리드, 그러지 마.” 카리나 공주가 나서서 잉그리드 옆에 섰다. “네가 책임질 필요 없어. 내 잘못이야.” 카리나 공주는 부모님 앞에서 틀림없이 떨렸겠지만 내색하지 않으려 기를 쓰고 있었다. 그녀는 고개를 똑바로 들고 의연하게 사태에 직면했다. 정말……

진정한 공주였다.

"엄마…… 아빠…… 이 애는 줄리아 존슨이에요."

카리나 공주가 나를 쳐다보며 말했다.

"제가 미국에 머물던 마지막 날 줄리아에게 돈을 주고 제 역할을 해달라고 부탁했어요. 제가 록 콘서트에 갈 수 있도록요."

왕비의 얼굴은 충격으로 일그러졌고 국왕의 얼굴은 분노의 표정에서 심히 근심스러운 표정으로 변해갔다. 카리나 공주는 뒤로 한 걸음 물러나 벼락이 떨어지길 기다렸다.

"그럼 이…… 애가 네 행세를 하면서 여기서 이틀 동안이나 살았단 말이냐?"

나를 바라보는 국왕의 얼굴에는 형언할 수 없는 혐오감이 담겨 있어서, 나는 왕이고 뭐고 그의 따귀를 갈기고 싶었다.

"그래요!"

나는 엄마에게서 떨어져 드레스 자락을 끌며 카리나 공주의 가족에게 다가갔다.

"그런데도 국왕께서는 그걸 알아보지도 못하시더군요!"

나는 그의 얼굴을 똑바로 바라보며 참고 있던 말을 쏟아냈다. 놀라서 입이 벌어진 카리나 공주가 나를 쳐다봤다. 눈에는 눈물이 가득 고여 있었다.

"아니, 여기가 어디라고 감히 그따위 말을 하느냐!"

국왕이 호통을 쳤다.

"잠깐만요, 아빠. 정말 줄리아가 제가 아니란 걸 모르신 거예요?"

카리나 공주가 눈물을 흘리며 물었다. 그러고는 자기 부모를 외계인 보듯 하며 물러섰다.

"엄마는요? 엄마는 알았어요?"

"카리나, 당연하지."

왕비가 카리나 공주에게 다가가 그녀를 끌어안으며 말했다.

"하지만 아빠는 못 알아봤잖아요."

카리나 공주가 자기 아버지를 쳐다보며 말했다. 국왕은 자신이 무엇을 잘못했는지 그때야 깨달은 듯 왕비와 딸에게서 시선을 돌렸다.

"카리나……."

"알았어요. 제 방으로 가라는 거죠?" 카리나 공주는 이제 참지 않고 울부짖었다. "아빠는 제가 눈앞에서 사라지길 바라시는 거예요. 항상 그랬듯이요!"

어머니 품에서 벗어난 카리나 공주는 나를 지나쳐 계단을 올라가 버렸다. 잉그리드가 돌아서서 따라가려 했지만 왕비가 잉그리드의 어깨에 손을 얹으며 부드럽게 말했다.

"카리나 아버지랑 내가 가보는 게 좋겠구나." 그리고 동의를 구하듯 국왕을 쳐다봤다. 그런 다음 왕비는 마르쿠스의 아버지를 돌아봤다. 나는 그가 거기 있다는 것도 잊고 있었다. 마르쿠스의 아버지는 출입문 옆에 서성거리고 있었는데, 아마 그 자리에서 사라져버리고 싶었을 것이다.

"모리스, 안으로 들어가서 저희 대신 참석자들에게 사죄의 말씀을 전해주시겠어요?" 왕비가 부탁했다. "모두 부디 만찬을 즐겨주시길 바라요. 하지만 저희는 아무래도 참석하기 힘들 것 같군요."

"네 알겠습니다." 마르쿠스 아버지가 고개를 숙이며 대답했다.

그런 다음 왕비는 내게 손을 내밀었다. "나는 바인랜드 공화국의 왕비 빅토리아란다." 나는 그녀의 손을 잡고 카리나 공주에게 배운 대로 예를 갖춰 인사했다. "줄리아 존슨입니다. 그리고 이분은 어머니 샤론 존슨입니다."

엄마는 국왕과 왕비와 악수를 했다. "이런…… 난처한 상황에서 만나게 되어 유감입니다." 왕비가 엄마에게 미소를 보내며 말했다. "10대 아이들을 키우다 보면 다 그렇지 않습니까?"

"정말 동감입니다." 엄마가 대답했다.

"만나뵙게 되어 영광입니다."

엄마를 향해 웃던 왕비의 시선이 위로 향하더니 엄마가 쓴 빨간 모자에 머물렀다. 잠깐 어색한 침묵이 흘렀고 엄마는 내게 '이분 왜 이러니?' 하는 눈빛을 보냈다. 잠시 후 여왕이 변명하듯 말했다.

"죄송합니다. 존슨 부인. 모자가 무척 아름답군요. 어디에서 사셨나요?" 엄마는 그 부드러운 펠트 모자를 만지작거리며 얼굴을 붉혔다.

"산 게 아니라…… 제가 만든 겁니다."

"정말이에요?" 왕비는 깜짝 놀란 표정이었다.

"정말 아름다워요. 그건 그렇고 일이 수습되는 동안 줄리아랑 함께 저희와 며칠 더 머무시는 건 어떨까요?"

"저희야 좋지요." 엄마가 나를 쳐다보며 대답했다. 나도 엄마를 보며 씩 웃었다.

"잉그리드." 국왕이 잉그리드를 돌아보며 말했다.

"네가 이 손님들을 동관의 침실로 모셔다 주었으면 좋겠구나. 우리는 가서 카리나와 얘기를 좀 해야겠다."

"네, 폐하." 잉그리드가 예를 갖추어 대답했다.

왕비는 국왕의 팔짱을 끼고 계단을 올라가며 뭐라고 속삭였다. 나는 아직도 발그레한 얼굴로 서 있는 엄마를 쳐다봤다. 하지만 곧 긴장하며 침을 꿀꺽 삼켰다.

"이제…… 저를 족칠 거죠?"

Chapter 33

침대에 얼굴을 묻고 펑펑 울고 있는데 부모님이 복도를 걸어오는 소리가 들렸다. 나는 부모님이 또 '성깔 부린다'고 할까 봐 우는 모습을 절대 보여주고 싶지 않았다. 로비에서는 울고불고했지만 지금은 의연한 모습으로 대하고 싶었다. 부모님에게 어린애로 취급받는 데는 정말 넌더리가 났기 때문이다.

나는 손으로 눈물을 닦고 침대 가에 다리를 내려뜨리고 앉았다. 그리고 침실문이 열리는 순간 일어서서 부모님을 맞았다.

엄마가 먼저 들어섰다. 엄마는 방을 곧장 가로질러와서 나를 감싸 안았다. 나는 엄마의 등에 팔을 돌리고 울음이 터지려는 것을 억지로 참았다. 하지만 아빠를 본 순간 나는 시선을 돌리고 말았다. 똑바로 바라볼 수가 없었다.

"카리나, 무슨 말부터 해야 할지 모르겠다." 엄마가 침대에 앉으며 나를 끌어당겼다. 엄마한테서 나는 라일락 향기를 맡자 이상하게 마음이 진정되었다. "괜찮니? 그런 도시에서 며칠 동안 너 혼자 지냈다니……."

"엄마, 난 괜찮아요." 나는 지겹다는 투로 말했다. "제 앞가림은 할 수 있다고요."

아빠를 힐끗 보니 손을 쥐었다 폈다 하면서 문 앞에서 서성거리고 있었다. 그러다 내 눈과 마주치자 입을 굳게 다물며 시선을 피했다. 아빠의 그런 소심한 태도는 생전 처음이었다.

"거기서 무슨 일이 있었니? 그렇게 도망쳐서 뭘 하려고 한 거야?" 엄마가 물었다.

역시 부모님은 그 얘기를 하고 싶은 것이다. 내가 얼마나 이기적이고 어리석고 무책임한지를 다시 확인시키려고 말이다. 하지만 태어날 때부터 옴짝달싹 못하게 정해져 있는 내 인생을 내가 얼마나 못 견뎌 하는지를 엄마는 잘 알고 있었다. 그러니 마르쿠스와의 일이 엄마에게는 별로 큰 충격은 아니었을 것이다. 다소 실망스럽기는 해도 말이다. 지금은 아빠 얘기를 해야 하는데 왜 그 얘기는 피하는 걸까. 줄리아가 내가 아니라는 걸 아빠가 몰랐다는 그 사실 말이다. 나는 아빠를 빤히 쳐다봤지만 아빠는 감히 나를 바로 보지 못했다. 오랫동안 말을 타거나 펜싱 수업을 받은 후의 다리처럼 가슴이 뻐근해졌다. 너무 무리하게 사용해서 더이상 버틸 수 없을 때처럼, 곧 부서질 것처럼 뻐근했다.

"엄마가 화나셨다는 거 알아요. 다 말씀드릴게요. 하지만 지금은 너무 피곤하니까…… 내일 아침에 말씀드리면 안 될까요?"

나는 그냥 혼자 있고 싶었다. 아빠가 나가야 내 비참한 심정이 조금이라도 누그러질 것 같았다. 엄마는 의견을 묻듯 아빠를 쳐다봤고 나는 내가 하자는 대로 두 분이 양보할 줄 알았다. 하지만 아빠는 내가 자신의 행동에 대해 밤새 되새기는 것을 원치 않았던 것 같다.

"지금 얘기하는 게 좋겠다." 아빠가 말했다.

갑자기 피곤함을 누르고 분노가 치솟았다. "좋아요!" 일어서며 내가 도전적으로 말했다. "그럼 먼저 바로 눈앞에서 엉뚱한 사람이 제 행세를 하는데도 못 알아보신 것부터 얘기해보세요! 어떻게 그 애가 나라고 생각하신 거예요?"

다시 눈물이 고였지만 이를 악물고 울음을 참았다.

"그 얘기를 하러 온 거다." 그제야 아빠는 내 얼굴을 정면으로 바라봤다. 나는 예기치 못한 반응에 놀라서 다시 주저앉았다.

아빠는 숨을 깊이 들이쉬고 코로 내뱉어 콧구멍이 벌름거렸다.

"카리나, 미안하구나. 난…… 내가 너한테 정말 씻을 수 없는 상처를 준 것 같구나. 정말 미안하다."

나는 놀라서 턱이 빠지는 것 같았다.

"네 엄마는 내게 항상 그랬다. 내 잦은 출타가 너한테 안 좋은 영향을 준다고 말이다. 하지만 난 네 엄마와…… 너에게…… 어쩔 수 없는 일이라고만 했지." 아빠가 평소의 어조를 회복해갔다. 문 쪽으로 걸어가던 아빠는 뒤로 돌아 나를 똑바로 바라봤다. 그것도 처음 있는 일이었다. 아빠가 대화 중에 나와 눈을 맞추는 것은 천지개벽에 비할 만한 대변화였다. "나는 할아버지를 뵌 적이 거의 없고, 할아버지는 증조할아버지를 뵌 적이 거의 없지. 그게 왕자와 공주들의 삶이었다. 항상 그래 왔지."

"하지만 그건 변명이 못 돼요." 나도 모르게 나온 말이었다.

아빠는 나와 엄마를 차례로 쳐다봤다. "그건 변명이 못 되지." 아빠가 내 말을 반복했다.

나는 내 귀를 의심하며 침을 삼켰다. 아빠는 정말 책임을 느끼시는 걸까? 정말 잘못했다고 생각하시는 걸까?

"며칠 아프리카를 순방할 예정이었지만 취소해야겠구나. 우리 셋이 할 얘기가 많을 것 같다."

'와, 근사하다. 할 얘기가 많대.' 그 생각이 먼저 들었다. 하지만 금세 그게 좋아할 일만은 아니라는 걸 깨달았다. 그때까지 아빠가 의무를 저버린 적이 한 번도 없다는 사실이 떠올랐다. 단 한 번도 없었다. 부모님이 마주보며 미소를 짓자 내 눈에서는 눈물이 한 방울 똑 떨어졌다.

"카리나, 그렇다고 해서 네가 잘못한 일을 칭찬할 생각은 없다." 엄마가 내 손을 잡으며 말했다. "대충 넘어갈 거라는 기대는 버려." 그 말에 나는 마음이 불안해졌다. 엄마는 내 손을 힘주어 잡으며 아빠를 올려다봤다. "하지만 이번 사건을 겪고 나니 앞으로 좋은 일이 생길 것 같구나."

엄마가 일어서서 나를 안아주고는 내 얼굴을 어루만졌다. 사랑 가득한 눈빛으로 나를 바라보는 엄마 품에 있으니 언제나처럼 내가 다섯 살짜리 어린아이처럼 느껴졌다. 하지만 처음으로 그런 느낌이 싫지 않았다. 내가 아빠에게 돌아서자 아빠는 두 팔로 나를 와락 끌어안았다. 공식행사 때마다 가슴에 다는 메달들 때문에 내 얼굴이 짓눌렸지만 그런 건 아무렇지도 않았다. 아빠가 나를 안아주고 있었으니까. 잉그리드에게 이런 일을 얘기하면 아마 믿지 못할 것이다.

'어쩌면 좋은 일은 이미 시작됐는지도 몰라.'

나는 엄마를 보며 웃었다. 엄마의 눈이 촉촉해진 걸 보니 엄마도 나와 똑같은 생각을 하고 있는 게 분명했다.

chapter 34

엄마와의 대화는 내가 각오했던 것보다 짧았다. 영화 〈싸이코〉의 샤워 장면보다 훨씬 짧았다. 나는 그동안 있었던 일을 엄마에게 모두 얘기했고, 엄마는 벌로 6주간의 외출금지를 명했다. 그리고 나머지는 아침에 얘기하자고 했다. 비행기를 타고 오느라 몹시 지친 모양이었다. 그래서 잉그리드가 엄마를 침실로 안내했고 나는 마르쿠스를 찾으러 나갔다(나는 6주간의 외출금지를 미국으로 돌아간 후부터 적용되는 것으로 간주했다).

어마어마하게 넓은 궁전에서 내가 찾아가볼 엄두를 낸 곳은 한 군데밖에 없었다. 마르쿠스가 거기 없다면 찾는 건 포기해야 했다. 그를 찾아봐야 할지 영영 만나지 말아야 할지 확신이 서지 않았지만 적어도 사과는 해야 할 것 같았다. 그에게 용서받을 일이 너무 많았다.

몇 번이나 길을 헤맨 끝에 간신히 도서관을 찾았다. 나는 최대한 조심스럽게 문을 열고 어둡고 조용한 도서관 안으로 발을 들여봤다. 공기가 싸늘해서 팔에 으스스 소름이 돋았다. 나는 두 팔로 몸을 감싸 안으며 발끝으로 걸어 들어갔다.

"마르쿠스?" 소리 죽여 불러봤다.

그러자 몇 미터 떨어진 곳의 책상에서 갑작스러운 움직임이 느껴져서 가슴이 두근대기 시작했다. 전등 하나가 켜지더니 책상에 앉아 나를 빤히 쳐다보는 마르쿠스가 눈에 들어왔다. 빛이 그의 얼굴을 반쪽만 비췄고 반쪽은 그림자에 가려져 있었다.

"너 누구니?" 그가 목쉰 소리로 물었다.

나는 그에게 다가가 맞은편 의자를 빼서 앉았다. 내가 드레스 자락을 가지런히 정돈하며 의자에 앉는 동안 그의 눈은 내 행동을 주시하고 있었다. 나는 머리에 쓴 왕관을 벗어 우리 둘 사이 책상 위에 놓았다. 마르쿠스는 그것을 물끄러미 바라봤다.

"나는 줄리아 존슨이야. 열여섯 살이고…… LA의 로즈우드 여고에 다니고 있어. 난 공주도 아니고 부자도 아니야."

마지막 말에 그는 눈을 가늘게 떴다. 부자건 말건 무슨 상관이냐는 듯이. 나는 헛기침을 한 다음 똑바로 앉았다.

"거짓말해서 미안해." 목소리가 떨려 나왔다.

"카리나 행세를 한 거 말이야. 난……."

"왜 그랬어?"

"카리나는…… 카리나는 공주 신분을 벗어나서…… 보통사람들 생활을 경험해보고 싶었던 거야." 나는 어깨를 으쓱하며 말했다.

"그럼 넌? 뭐에서 벗어나고 싶었는데?" 그가 다그쳐 물었다.

그 질문에는 정말 대답하기 싫었다. 나는 그의 화가 누그러졌기를 바라며 그를 힐끗 봤지만 굳은 표정 그대로였다. 마치 석상이 되어버린 것 같았다.

“어…… 카리나가…… 카리나가 돈을 줬어.”

나는 눈을 내리깔며 말했다.

“돈 때문에 그런 짓을 했단 말이야?” 마르쿠스가 벌떡 일어나는 바람에 의자가 넘어질 뻔했다.

“엄마랑 내가 아파트에서 쫓겨나기 직전이었단 말이야!” 나도 일어서며 대꾸했다. “마르쿠스, 사람들이 다들 너희처럼 사는 줄 아니? 너희처럼 비행기 타고 세계를 돌아다니면서 고급 차를 빌려 타고 엄청나게 넓은 땅을 사들이는 줄 아느냐고!”

마르쿠스는 손을 주머니에 넣고 바닥을 골똘히 내려다봤다. 그가 이를 악무는 모습을 보니 내 말이 효과를 발휘하는 것 같았다. 고개를 들어 내 눈과 마주쳤을 때 그의 눈에는 뭔가 묻고 싶은 말이 있는 듯했다.

“그날 밤에 네가 말한 게 하나라도…….” 그가 한숨을 쉬더니 시선을 돌렸다. “그날 밤에 말한 게 하나라도 진심인 게 있었니? 아니면 카리나가 나를 놀려먹으라고 시켜서 그런 거였니?”

“아냐!” 내가 그에게 한 걸음 다가갔다. 그가 뒤로 물러나지 않아서 다행이었다. “카리나는 너를 놀려먹으라고 하지 않았어. 나도 그럴 생각은 추호도 없었고.”

그는 정말이냐는 듯이 나를 쳐다봤다. 나는 왠지 그를 꼭 껴안아주고 싶었지만 그가 어떻게 생각할지 몰라 참았다. 바로 한 걸음 앞에 있는 그에게 손도 대지 못한 채 나는 사무치는 외로움을 실감하고 있었다.

"난 그냥…… 내가 설마…… 너를 그렇게 좋아하게 될 줄 몰랐을 뿐이야." 그의 눈을 들여다보며 내가 털어놨다. 미친 듯이 뛰는 심장 소리 때문에 내 말소리가 내 귀에도 잘 들리지 않았다.

"정말 어쩌다 내가 너를……."

"뭐라고?" 마르쿠스가 내 손을 잡으며 다그쳤다.

"뭘 몰랐다고?"

그 상황에 절망해 있던 나는 내 손만 내려다봤다. 마르쿠스, 이 순간, 우리를 둘러싼 풍경, 내가 무슨 말을 했건 오늘 밤이 지나면 우리가 영영 만나지 못한다는 사실에 가슴이 미어지는 듯했다. 그는 장래에 바인랜드의 수상이 될 몸이었고 나는 다시 고등학교로 돌아가 장학금을 받아야 하는 학생이었다.

'그러니 하고 싶은 말은 다 해버리는 거야. 어차피 잃을 것도 없잖아.' 갑자기 그런 생각이 들었다.

"너를 사랑하게 될 줄 몰랐다고." 나는 어느새 울먹이고 있었다.

"네가 그 말을 해주기를 얼마나 기다렸는 줄 아니."

마르쿠스가 웃으며 말했다. 그를 올려다보던 나는 숨이 턱 막혔다.

"나도 너를 사랑해. LA의 줄리아 존슨을 말이야."

그의 미소에 심장이 녹을 것 같았다. "그 어처구니없는 날 밤에

난 너를 사랑하게 돼버렸어."

내가 웃음을 터뜨리자 그는 바닥에서 나를 번쩍 안아 올렸다. 일순간 긴장이 풀려 온몸에 맥이 빠지고 어지러워졌다. 그가 나를 내려놨을 때는 털썩 주저앉을 것 같아 그의 팔에 매달렸다. 마르쿠스는 미소를 머금고 내 얼굴을 부드럽게 어루만지더니 고개를 숙여 내게 입을 맞췄다. 꿈결처럼 황홀한 키스였다. 그 키스는 잠깐이고 그날 밤이 지나면 나는 그를 두고 떠나야 하는 처지였지만 나는 돌아가서도 항상 그 꿈같은 키스를 영원히 간직하기로 했다.

그 순간만은 나는 정말 공주였다. 그리고 나의 왕자는 마르쿠스였다.

Chapter 35

다음날 나는 혼자서 외할머니 병문안을 갔다. 나를 보자마자 외할머니는 반색을 하며 내 손을 덥석 잡았다. 나는 한 시간 동안 침대 옆에 앉아 캘리포니아 친선여행, 리빗, 순회공연버스, 글렌—면티셔츠를 입은 나의 기사—에 대해 모두 얘기해줬다. 얘기를 듣는 동안 조용히 미소를 짓거나 웃음을 터뜨리던 외할머니는 자신이 열여섯 살 때는 구스타프라는 남자와 스키를 타러 알프스까지 도망간 적이 있다고 털어놨다.

나는 그 말을 듣고 의자에서 굴러 떨어질 뻔했다. 멋지다, 우리 외할머니!

의사가 외할머니에게 안정이 필요하다고 주의를 준 터라 나는 다음날 다시 오겠다고 하고 병원을 나섰다. 그 후 몇 주 동안 내가 갈 수 있는 곳은 병원뿐이었다. 궁전 밖으로 나가는 방법은 그것밖에 없었고 외할머니가 젊었을 때 저지른 모험 얘기도 계속 듣고 싶었기 때문에 나는 자주 병원에 갔다. 어쩌면 외할머니한테서 조언을 얻을 수도 있을 것 같았다.

내가 조만간 또 가출하겠다는 뜻은 아니다. 그날 아침 나는 우리 부모님과(줄리아와 줄리아 엄마도 함께) 진짜 아침식사를 했다. 줄리아는 내 행세를 하면서 느낀 점들을 얘기했고 아빠는 그걸 들으며 정말 호탕하게 웃었다. 분명히 아빠는 자신이 그 나이의 왕자였을 때 느꼈던 심정을 떠올렸을 것이다. 그날 아침에 감돌던 화목한 가족의 분위기는 정말 근사했다.

병원에서 집으로 돌아가는 길에 나는 더 물어뜯을 것도 없는 손톱을 계속 물어뜯고 있었다. 마르쿠스에게 2시에 궁전에서 보자고 했지만 그때까지도 나는 그에게 무슨 말을 해야 할지 몰랐다. 미국에서 줄리아를 나로 변장해서 보내고 그를 따돌린 것에 대해 사과해야 하는 것은 분명했다. 그 다음에는 내 외출금지가 끝나면 데이트하러 가자는 말을 하고 싶었다. 하지만 불안한 건 그가 뭐라고 대답할지 모른다는 것이었다.

그 전날 밤, 나는 피곤을 무릅쓰고 리빗과 글렌을 만나서 무슨 일이 있었는지를 잉그리드에게 몇 시간 동안 들려줬다. 그 다음에는 잉그리드가 줄리아와 마르쿠스 사이에 무슨 일이 있었는지를 토씨 하나 안 빼고 몇 시간 동안 얘기해줬다. 그 얘기를 다 듣고 나는 프랑스의 지중해 해변에서 선탠을 했을 때보다 얼굴이 더 벌게져 있었다.

잉그리드에 의하면 줄리아는 마르쿠스와 사랑에 빠진 게 분명했다. 내 마르쿠스랑 말이다! 마르쿠스와 말도 섞지 말라고 그렇게 일렀건만, 어떻게 그 말을 '내 남자친구랑 대사관에서 몰래 빠져나가 돌아다니며 사랑에 빠지라'는 말로 해석한 걸까. 물론 내가 마르쿠스를 싫어한다고 말하긴 했다. 하지만 LA에서 여러 가지 일을 겪은 후에 나는 마르쿠스를 잃으면 그와 함께 얼마나 많은 걸 잃게 되는지를 깨달았다. 그는 잘생겼고 예의 바르고 똑똑하고 운동도 잘하고 상냥하고 남의 얘기를 잘 들어준다. 이런 걸 다 갖춘 남자를 찾는 건 결코 쉬운 일이 아니다. 내가 이런 생각이 들 줄 누가 알았겠나?

마르쿠스는 우리가 아장아장 걸어다닐 때부터 나를 좋아했고, 줄리아가 아무리 착한 친구라 해도(나 같으면 줄리아를 곤경에서 구하기 위해 다른 나라로 가는 비행기를 타지는 않을 텐데, 그걸 보면 줄리아는 정말 착한 친구다) 마르쿠스를 그 애에게 넘겨줄 수는 없었다. 사랑과 전쟁에서는 모든 게 용납된다는 말도 있지 않은가?

빌이 궁전 바로 앞에 차를 댔고 나는 그가 문을 열어주기를 기다리지 않고 뛰쳐나왔다. 놀라서 바라보는 그를 휙 지나쳐 나는 안으로 달려 들어갔다. 남쪽 응접실에서 기다리던 마르쿠스는 내가 들어서는 걸 보고 일어섰다.

"카리나." 그가 미소를 띠며 반겼다. "어서 와."

"마르쿠스." 나는 그에게 다가가 양쪽 뺨에 키스를 했다. "미국에서 있었던 일은 정말 미안해."

"내가 미안하지." 마르쿠스가 대답했다. "전 세계 타블로이드판 신문에 네 사진을 실리게 했으니. 뭐…… 네 얼굴은 아니지만 그래도…….”

나는 소파에 앉아 속눈썹 사이로 그를 올려다봤다. “무슨 말인지 알아. 줄리아랑 그런 어처구니없는 계략을 꾸미다니, 내가 어떻게 됐었나 봐. 줄리아가 너를 화나게 하진 않았겠지?”

줄리아의 이름을 말하는 순간 마르쿠스한테서 미세한 변화를 감지한 나는 가슴이 덜컥 내려앉았다. 그의 얼굴에 은밀한 미소가 떠올랐던 것이다. 마치…… 짝사랑하는 사람을 생각할 때처럼 말이다. 잉그리드 말이 사실이었단 말인가?

“아냐, 전혀 그렇지 않았어.” 마르쿠스가 소파에 등을 기대며 대답했다. “줄리아는…….” 그는 말끝을 흐리며 사랑에 번민하는 강아지처럼 허공을 바라봤다.

“다행이다.” 나는 그의 옆에 구부정하게 앉으며 말했다.

“줄리아는 괜찮은 애야.”

“정말 그래.” 마르쿠스가 말했다.

“그래도, 줄리아가 네가 아니란 걸 내가 알아봤어야 했는데. 연회장 같은 데서 만나면 너는 나한테서 양파 냄새라도 나는 것처럼 나를 피했는데, 줄리아는…… 내 말을 관심 있게 들어주고 내 농담에 즐겁게 웃어주고 나한테 충고도 해줬거든. 그런데도 몰라보다니.”

“나도 네 말을 관심 있게 들어!” 내 목소리에는 힘이 없었다.

“카리나, 그러지 마. 난 항상 너를 지겨워 미치게 하잖아.”

"그렇지 않다니까!" 나는 똑바로 앉으며 화난 듯이 외쳤다. 그가 말없이 내 얼굴을 바라보자 나는 창피해서 얼굴이 화끈 달아올랐다. 그래서 내 손가락의 사파이어 반지만 내려다봤다.

"그래, 그렇다 쳐. 그럼 내가 그렇게 못되게 구는데 넌 왜 항상 내게 춤을 청했니?" 그렇게 묻는 내가 불쌍하게 느껴졌다. "뭐 하러 그렇게까지 배려했느냐고!"

"우린 오랜 친구잖아." 마르쿠스가 똑바로 앉으며 내 손을 잡았다. "그리고 내가 너한테 춤을 청하지 않으면 부모님들한테 싫은 소리를 들었을 테고."

나는 웃었지만 마음은 무거워졌다. "있잖아." 나는 곁눈질로 그를 보며 말했다. "내가 여기서 널 보자고 한 건 너한테 데이트 신청을 하기 위해서야."

"정말?" 그가 눈을 치켜떴다.

"말도 안 되지?"

"카리나, 솔직히 말해봐." 마르쿠스가 웃으며 말했다. "너는 나 같은 남자 별로 안 좋아하잖아. 너는 잉그리드처럼 궁전 안으로 몰래 들어오고…… 예고도 없이 너를 파리로 데려가고…… 그리고…… 뭐랄까…… 가죽옷을 입고 문신을 새기고 검은색 오토바이 같은 걸 타는 남자한테 끌리잖아."

다시 한 번 나는 얼굴을 붉히며 웃었다. 그의 판단은 정말이지 칼같이 정확했던 것이다.

"내가 너는 잘 알지." 그가 가볍게 덧붙였다. 나는 숨을 깊이 들이마시며 소파에 푹 파묻히듯 기대앉았다. 우리 엄마나 킬로이가 그걸 봤다면 나는 내 방에서 머리에 책을 얹고 똑바로 앉아 있는 벌을 받았을 것이다. 무슨 상관이람. 너무 맥이 빠져서 똑바로 앉아 있을 수도 없는데.

"난 네가 내 미국 쌍둥이랑 사랑에 빠질 줄은 상상도 못했어."

내가 그를 올려다보며 허심탄회하게 털어놨다.

그는 얼굴을 붉히며 한숨을 쉬었다. "나도 그래." 그 말에 둘이 푸하하 웃었다. 마르쿠스와 나는 등받이에 기대앉아 건너편 벽난로 위에 걸린 우리 외할머니 사진을 바라봤다. 나는 외할머니의 친구라던 구스타프가 어떻게 생겼을까 궁금해졌다. 그리고 그에게 손자가 있었는지도.

"참, 비스타나의 제럴드가 영국에서 2주 동안 열린 파티에 참석하고 막 돌아왔다던데. 그의 부모들은 그가 어디 있는지도 모른다더라. 그 친구한테 전화 좀 해보지그래?" 마르쿠스가 갑자기 다른 남자 얘기를 꺼냈다. "싫어. 제럴드라는 이름이 맘에 안 든단 말이야." 내가 머리칼을 움켜쥐며 무뚝뚝하게 말했다. 비스타나의 제럴드는 검은색 머리와 신비스러운 눈동자를 가진 정말 끝내주게 멋있는 남자였다. 정말 그보다 더 멋진 이름이 어울리는 남자였다.

"그 친구는 자기 비행기도 있어." 마르쿠스가 포기하지 않고 말했다. "그래? 그럼 그 사람 전화번호 좀 내 이메일로 보내줘." 나도 장단을 맞췄다.

마르쿠스가 씩 웃더니 몸을 기울여 내 뺨에 키스했다. 설렘도 두근거림도 숨막힘도 없었다. 마르쿠스는 정말 아까운 남자였지만 내 짝은 아니었다. 나의 왕자님은 저 멀리 어딘가에 있었다. 그를 찾아내기만 하면 정말 행복할 텐데.

chapter 36

"잠깐, 잠깐만." 엄마가 짐을 싸는 것을 보며 내가 물었다. "엄마, 정말 왕실 모자를 만드는 공식 디자이너가 되는 거예요?"

"응." 엄마가 씽긋 웃으며 대답했다. "그럼 앞으로 돈 걱정할 일은 없잖니."

"엄마, 정말 믿어지지가 않아요!" 흥분으로 심장이 끓어올라 온몸이 거품으로 덮이는 듯했다. 내가 엄마에게 달려들자 엄마도 들고 있던 청바지를 떨어뜨리고 나를 껴안았다.

"이 사실이 알려지면 우리나라에서 엄마 모자가 정말 불티나게 팔리겠죠?"

포옹을 풀며 엄마는 미간에 주름을 잡았다. "일할 사람을 좀 구해야 될지도 모르겠네." 그리고 입술을 깨물었다.

"회사를 세울 수도 있어요!" 내가 신나서 외쳤다.

엄마는 여행가방에 몇 가지 물건을 더 챙겨 넣으며 미소를 지었다. 엄마 얼굴이 그렇게 편안하고 행복해 보인 적이 있었던가 싶었다. 그렇게 오랫동안 미소가 사라지지 않은 적은 한 번도 없었다. 바인랜드로 온 건 내가 살아오면서 가장 잘한 일 같았다.

"미국으로 가면 시간 날 때마다 내 사업계획을 짜도록 도와줘야 한다." 엄마가 가방을 탁 닫으며 말했다.

일순간 나는 실망으로 일그러졌다. "외출금지도 모자라서 엄마가 벼락부자 되는 일을 도우라는 말이에요?"

"바로 그거야."

그때 문을 노크하는 소리가 들리자 엄마는 내 엉덩이를 툭 치며 나가보라고 밀었다.

"아얏!" 나는 과장되게 비명을 지르며 문 쪽으로 갔다. 안 그러면 엄마가 머리에 쓰고 있던 수건으로 맞을지도 모르기 때문이다. 문을 연 나는 입이 벌어졌다.

"마르쿠스!" 그를 보자 온몸이 달아오르는 것 같았다.

"오늘 떠난다면서?" 뒤에서 호기심 어린 눈으로 바라보는 엄마에게 눈길을 주며 마르쿠스가 물었다. "같이 산책을 좀 하면 어떨까 하고."

"그래, 좋아." 나는 두근거리는 가슴을 억누르며 대답했다. 그리고 뒤를 돌아보며 말했다. "엄마, 이 사람은 마르쿠스예요. 잠깐 산책하고 와도 되죠? 오래 안 걸릴 거예요."

'제발 제가 지금 외출금지라는 말은 하지 마세요.' 나는 속으로 애원했다. '그 말을 하면 전 죽어버릴 거예요.'

"안녕, 마르쿠스." 엄마가 내 옆으로 걸어오며 인사했다. "나는 샤론 존슨이야."

"존슨 부인, 만나뵙게 되어 반갑습니다."

마르쿠스가 손을 내밀었다.

엄마는 얼굴이 붉어졌다. 정말이었다. 엄마가 내 외출금지를 떠올릴까 봐 조마조마한 상황이 아니었다면 나는 엄마를 놀려먹었을 것이다.

악수를 끝내고 손을 놓을 때 내가 물었다.

"엄마, 나갔다 와도 되죠?"

"30분이야." 단호한 말투였다. "카리나 공주랑 국왕 내외분에게 작별인사를 해야 하잖아."

엄마는 그 말을 하고 깜짝 놀란 듯 눈을 크게 떴다.

"내가 이런 나라에 와 있다니 정말 실감이 안 난다."

"그대로 받아들이세요." 내가 미소를 보내며 말했다.

산책을 시작한 후 몇 분간 마르쿠스와 나는 아무 말이 없었다. 바깥 날씨는 아름다웠다. 햇살이 내리쬐었고 바람은 따뜻하고 부드러웠다. 스모그로 무거운 로스앤젤레스의 공기와는 비교할 수도 없이 쾌적했다. 나는 궁전 정원의 새파란 잔디밭을 바라봤다. 반은 기억에 담아두기 위해, 그리고 반은 긴장을 누그러뜨리기 위해서였다. 나는 마르쿠스가 먼저 입을 열기를 기다렸다. 나는 할 말이 너무 많아서 무슨 얘기부터 해야 할지 갈피를 잡을 수 없었던 것이다.

"무슨 생각 해?" 마르쿠스가 불쑥 물었다.

"네가 무슨 생각을 하고 있을까, 하는 생각." 내가 웃으며 말했다.

마르쿠스가 하하 웃더니 궁전 뒤쪽의 울창한 숲 속으로 이어지는 길로 들어섰다. 우리는 그 길을 걷다가 대리석 벤치로 둘러싸이고 나무그늘이 드리워진 분수대에서 멈췄다. 산들바람이 우리 머리 위의 나뭇가지를 가만가만 흔들었고 그 사이로 비쳐든 햇빛은 나뭇잎 그림자를 수면에 던졌다. 정말 아름다웠다. 이곳을 영원히 잊지 못할 것 같았다.

"여기 앉을까." 마르쿠스가 말했다.

그의 목소리에서 무엇을 감지했는지 모르지만 이상한 한기가 등줄기를 훑고 지나갔다. 만일 육감이란 게 있다면 내가 그때 느낀 게 바로 육감이었을 것이다.

나는 마르쿠스와 나란히 벤치에 앉았지만 왠지 불안해서 꼼짝할 수가 없었다. 진료실에서 주사를 맞기 위해 기다릴 때처럼 조마조마했다. 뭔가 불길한 일이 일어나려 하고 있었다.

"줄리아, 며칠 전 도서관에서 내가 한 말은 모두 사실이라는 걸 알아줬으면 좋겠어."

마르쿠스가 앞으로 몸을 숙이며 팔뚝을 그의 허벅지에 놓았다. 그리고 깍지를 끼더니 한숨을 내쉬었다.

"그런데……?" 나는 그를 뚫어지게 쳐다보며 입을 열었다.

"하지만…… 아무 소용 없는 일이겠지." 마르쿠스가 말했다. "우리…… 우리가 …… 아무리 그런 마음을 품고 있어도…… 어쩔 수 없는 일이야."

나는 속이 불편해졌다. 그 말이 맞다는 건 알지만 마르쿠스한테서 그런 말을 들으니 누군가가 나보고 졸업도 할 수 없고 대학도 갈 수 없다고 말하는 것 같았다. 내 미래도 내 꿈도 내가 어떻게 할 수 없다는 말처럼 암담하게 들렸다.

"우린 이제 다시 만나지 못하는 거구나, 그렇지?"

나는 진정하려고 애쓰며 말했다.

마르쿠스가 눈을 들어 나를 보자 그도 나만큼이나 가슴 아파하고 있다는 것을 알 수 있었다.

"줄리아, 아쉽지만 너는 캘리포니아로 돌아가야겠지. 그리고 난…… 난 여기 남아 아버지의 직위를 물려받겠지. 그럴 수밖에 없어."

"하지만 건축학교는 어떡하고?" 나도 모르게 괴로운 심정을 잊고 불쑥 물었다. "나는 네가 아버지에게 그 일에 대해 상의한 줄 알았어."

마르쿠스가 일어서더니 손을 주머니에 찔러넣었다. "나는 그냥 백일몽을 꾸고 있었던 거야." 그러고는 눈길을 돌려 내 머리 위의 나무를 올려다봤다. "이번 사건이 있은 후로…… 아버지와 오랫동안 얘기를 나눴는데…… 이제 내가 할 일을 분명히 알게 됐어. 아니 잊은 적이 없었던 것 같아."

나는 아무 말도 할 수가 없었다. 도저히 이해할 수가 없었다. 어떻게 자신이 원하지도 않는 삶에 순종하는 걸까? 어떻게 그렇게 쉽게 포기하는 걸까?

"네가 무슨 생각을 하는지 알아. 하지만 넌 우리 아버지가 어떤 사람인지 몰라." 마르쿠스가 얼굴을 붉히며 말했다. "논쟁에서 절대 지지 않는 분이지."

"그래서 네 아버지가 네 꿈을 버리게 한 거니?"

나는 지나치게 빈정거리고 있었다.

"꼭 그런 건 아냐. 아버지는 내 의무가 무엇인지 깨닫게 해주신 것뿐이야." 마르쿠스는 이를 악물었는지 턱의 근육이 드러났다.

"그래도 난 건축공부를 계속할 거야……. 취미로."

"그걸로 충분하겠어?"

"어쩔 수 없지." 마르쿠스가 머리를 뒤로 젖히고 숨을 내뱉었다. 왠지 그가 뭔가를 감추고 있다는 생각이 들었다. 나처럼 그도 머릿속에 수많은 생각이 얽히고설켜 있어 그것들을 정리하려 애쓰고 있는 듯했다. 그가 한참만에 입을 열었다.

"재밌는 건, 남들은 내가 특권을 타고났다고 생각한다는 거야. 우리 같은 사람은 원하는 건 뭐든지 할 수 있다고 생각하는 거지. 하지만 너 같은 사람들이 훨씬 더 자유로워. 자기 인생을 스스로 결정할 수 있잖아."

"마르쿠스, 너도 그럴 수 있어." 내가 일어서자 그는 나를 올려다봤다. "용기를 내서 아버지에게 맞서봐."

마르쿠스는 힘겹게 침을 삼키며 내 눈을 들여다봤다.

"난 못해. 이건 어쩔 수 없는 일이야. 나에겐 완수해야 할 의무가 있어. 그리고 너에겐…… 너만의 삶이 있고."

"마르쿠스……."

"줄리아, 이 얘기는 그만 하자. 이제……." 그는 손을 들어 시계를 봤다. "이제 시간이 15분밖에 안 남았어. 우리 아버지 얘기를 하면서 시간을 보내고 싶지 않아."

나는 한숨을 쉬며 그를 안으려고 팔을 내밀었다. 그가 나를 끌어안자 나는 그의 품에 안긴 채 시간이 멈췄으면 좋겠다고 생각했다. 나는 LA와 학교와 내 미래를 모두 잊어버렸다. 내가 바라는 미래는 마르쿠스와 함께하는 삶뿐이었다.

하지만 그가 팔을 푸는 순간 눈앞에는 엄연한 현실이 있었다. 마르쿠스의 삶은 이곳 바인랜드에 남아 자신에게 주어진 일을 해야 했고, 나는 미국으로 돌아가 내 꿈을 실현하기 위해 노력해야 했다. 대학, 직업, 내 인생을 위해서 말이다. 나는 그때까지 남자 때문에 내 꿈을 포기하지 않겠다고 다짐해온 터였다. 마르쿠스가 그저 그런 평범한 남자는 아니지만 이젠 그를 보내줘야 했다.

"네가 많이 보고 싶을 거야."

그의 아름다운 눈을 보며 내가 말했다.

"나도 네가 보고 싶을 거야." 마르쿠스가 흘러내린 내 머리카락을 귀 뒤로 넘겨주며 말했다. "줄리아 존슨, 넌 정말 세상에 하나밖에 없는 멋진 사람이야. 카리나랑 작당해서 여러 사람을 골탕먹이긴 했지만 말이야."

나는 웃으며 두 팔로 그의 목을 감았다.

"알아줘서 고마워."

그때 마르쿠스의 입술이 내 입술에 닿았고 우리는 작별의 키스를 나눴다. 달콤하고 쓰라리고 고통스럽고 숨이 막힐 것 같은 키스, 작별의 키스라는 이름에 부끄럽지 않은 키스였다.

"줄리아, 사랑해." 입을 떼면서 마르쿠스가 말했다.

"영원히."

그는 나를 엄마가 있는 방으로 데려다줬고 우리는 서로 작별인사를 나눴다. 영원히.

Chapter 37

"이제 다 끝났네." 줄리아가 내 침대 위에서 무릎을 세우고 앉아 말했다. 편안해 보이는 청바지와 모자 달린 티를 입고 있었다. 머리도 원래의 밤색으로 돌아와 있었다. 나도 마찬가지였다. 우리 둘 다 원래의 모습으로 돌아간 것이다.

"응." 내가 대답했다.

원래의 우리로 돌아왔지만 예전의 우리와 똑같은 건 아니었다. 우리는 마주보고 웃었다. 내가 할 말을 누가 대신 써줬으면 하는 생각이 든 건 그때가 처음이었다. 줄리아는 몇 분 후면 LA로 떠날 예정이었고 우리는 작별인사를 해야 했다. 문제는 내가 줄리아에게 하고 싶은 말이 너무나 많다는 것이다. 모두 중요한 말이었다. 하지만 시간이 없었다.

"어…… 너한테 줄 돈이 남아 있었지."

내가 침대 옆의 탁자 서랍에서 봉투를 꺼냈다. 그러다 우리 사이에 있는 침대 커버 위에 그것을 떨어뜨렸다.

"안 줘도 돼." 줄리아가 말했다. "내가 일을 제대로 못 했잖아. 그래도 나한테 고마워해야 해. 넌 이제 공주 카리나가 아니라 손가락을 핥아먹는 여자애가 됐으니까."

나는 어깨를 으쓱하며 웃어버렸다.

"다 잊힐 거야. 게다가 바인랜드에 납치당해 오는 건 우리 계약에도 없었던 일이잖아. 너는 계약한 것보다 더 많은 걸 해줬어."

줄리아가 웃으며 봉투를 열고 그 안에 든 현금을 엄지로 휘리릭 넘겼다.

"재밌네. 이젠 이 돈이 필요 없을 것 같은데. 너희 엄마가 우리 엄마한테 모자를 주문해주신 덕분이지."

"그럼 그 돈으로 최고급 구두를 사버려." 내가 말했다.

줄리아의 표정이 바뀌었다. "정말 5천 달러짜리 구두도 있니?"

"그럴 거야. 확실히는 모르겠지만."

"아, 사실이야. 나도 한 번 신어봤는걸."

갑자기 잉그리드의 목소리가 끼어들었다.

고개를 돌려보니 발코니로 나가는 문 앞에 잉그리드가 서 있었다. "여긴 어떻게 들어왔니?"

"조슈아가 그의 차바퀴 테두리를 새로 갈 거라는 것만 말해주지."

잉그리드가 침대로 뛰어오르며 말했다. 그녀는 우리 둘의 대화에서 사회를 보기라도 할 듯이 줄리아와 나 사이에 앉았다. 여태 우리 둘 사이를 중계해왔으니 적당한 자리 같았다.

"제2의 공주랑 작별인사를 하러 왔어." 그녀가 줄리아를 보며 웃었다.

나는 숨을 깊이 들이마시며 발목을 내 몸에 더 가깝게 끌어당겼다. 그리고 선언하듯 말했다.

"그런데, 나 마르쿠스에게 데이트 신청했어."

줄리아는 내가 마치 무서운 자기 고양이를 잃어버렸다고 말한 것처럼 놀랐다.

"그런데 마르쿠스가 나한테 퇴짜 놨어."

"정말?" 줄리아는 반색을 했다가 당황해서 얼른 입을 다물었다.

"맞아. 나한테도 그랬어." 잉그리드가 털어놨다.

"뭐? 무슨 소리야?" 내가 놀라서 날카롭게 외쳤다. 그런 말은 금시초문이었다.

"잉그리드 너도 마르쿠스한테 데이트 신청을 했다고?"

줄리아가 물었다.

"여자가 남자한테 데이트 신청하는 게 뭐 대수라고." 잉그리드는 새로 바른 매니큐어 색깔을 얘기하듯 심드렁한 표정으로 말했다.

"잉그리드, 넌 마르쿠스만 보면 따분해 죽겠다면서!"

나는 어리둥절해서 따졌다.

"카리나, 나의 친구여." 그녀가 내 무릎을 두드리며 말했다. "너 정말 너무너무 둔하다."

나는 몸을 뒤로 빼며 눈을 끔뻑였다.

"뭐라고 할 말이 없다."

"신경 쓸 거 없어. 마르쿠스의 마음은 온통 줄리아뿐이니까."

잉그리드가 말했다.

"그런 거 아냐." 줄리아가 한숨을 쉬며 말했다. "실은 우린 각자의 길을 가기로 했어."

잉그리드와 나는 놀라서 줄리아를 쳐다봤다. 나는 그런 흥미로운 뒷얘기에는 사족을 못 쓰기 때문에 평소대로라면 그녀를 볶아대서 자초지종을 알아냈을 것이다. 하지만 줄리아가 우리 눈을 피하는 걸 보며 왠지 그러고 싶지 않았다. 그랬다. 내가 정말 자제력을 발휘한 것이다.

"와, 마르쿠스가 일주일 동안 꽤 바빴겠구나." 내가 말했다.

"우리도 다들 바빴던 것 같은데?" 줄리아가 눈을 치켜뜨며 말했다.

"그래, LA로 돌아가면 뭐 할 거니?" 잉그리드가 내 베개에 기대며 큼직한 발을 줄리아와 나 사이로 뻗었다.

"글쎄…… 스님을 찾아뵙고…… 영화 시사회 몇 군데 참석하고…… 캐시미어 스웨터도 몇 벌 살까 봐. 항상 하는 일이지 뭐."

줄리아가 새침한 표정으로 말했다. 그러고는 나를 쳐다보며 씩 웃었다. "부럽지?"

"아니." 나는 손을 깍지 끼어서 뒤통수에 대고 뒤로 기댔다. "나는 이 청바지를 입고 밖에 돌아다닐 거야. 그럼 앞으로 몇 년 동안은 짜릿하겠지."

우리가 큰 소리로 웃고 있는데 어셔가 문을 열고 들어왔다.

"줄리아 아가씨, 공항으로 모셔갈 차가 대기하고 있습니다."

줄리아가 나를 쳐다보자 나는 갑자기 기분이 울적해졌다. 미국에서 공주가 갖춰야 할 언행을 가르치느라 줄리아와 며칠을 함께 보냈지만 오늘처럼 그녀가 친근하게 느껴진 적은 없었다. 정말 그녀와 헤어지고 싶지 않았다.

"내 이메일 주소 갖고 있지?"

줄리아가 침대에서 미끄러져 내려가며 말했다.

나도 그녀를 따라 내려가 마주보고 섰다.

"너도 내 것 갖고 있지?"

"카리나, 정말…… 여러 가지로 말썽 일으켜서 미안해. 그리고……."

"남자친구 뺏은 거?" 잉그리드가 끼어들었다.

"잉그리드!" 줄리아와 내가 동시에 소리쳤다.

"뭐, 나도 너희 엄마께 걱정 끼쳐드려서 미안해."

뒤꿈치로 바닥을 두드리며 내가 말했다.

"그리고, 어……."

"LA에서 사고치고 다닌 거?" 또 잉그리드였다.

"잉그리드!"

"미안. 차가 기다리고 있다잖아."

잉그리드가 씩 웃으며 변명했다.

줄리아와 나는 마주보며 웃었다. 줄리아가 나를 와락 껴안자 나도 그녀를 마주 안으며 눈을 꼭 감았다. 갑자기 울음이 터지려고 해서 당황하였다. 줄리아가 아니었다면 나는 잠깐이나마 보통사람으로 살아가는 경험을 하지 못했을 것이다. 그래서 유명한 록가수가 개구리처럼 추할 수도 있고, 평범한 남자가 왕자님처럼 멋질 수도 있다는 걸 깨닫지 못했을 것이다. 또한 변기를 청소하는 게 그렇게 대단한 일인지도 몰랐을 것이고, 미치광이 데이브라는 사람이 모는 차는 절대 타면 안 된다는 것도 몰랐을 것이다.

잉그리드가 훌쩍거리는 시늉을 하며 말했다. "이렇게 감동적인 광경은 처음이야. 나 금방 울음이 터질 것 같아."

나는 줄리아를 놓아주고 잉그리드를 쏘아봤다. "잉그리드, 우린 지금 근신 기간이야. 그렇게 농담할 때가 아니라고."

그러자 잉그리드는 두 손을 들고 눈알을 굴리더니 다시 베개로 푹 파묻혔다.

"자, 이제 다시 공주로 돌아갈 준비 됐니?" 줄리아가 물었다.

나는 웃으며 청바지 뒷주머니에 손을 찔러넣었다.

"뭐, 이제 잘 처신할 수 있을 것 같아. 그러는 넌? 평범한 소녀로 돌아갈 준비 됐니?"

"무슨 소리야." 줄리아가 짐짓 심각한 얼굴로 머리를 저었다.

"너 나를 잘 모르는구나. 난 한 번도 평범한 적 없었어."

그녀는 내게 한 눈을 찡긋 한 다음 잉그리드에게는 손가락을 나풀거리며 작별인사를 했다. 그러더니 내 걸음걸이를 과장스럽게 흉내 내며 방에서 나갔다.

"괴짜야!" 내가 뒤에 대고 소리쳤다.

"공주, 체통을 지키셔야지!" 그녀가 대꾸했다. 분명히 계단을 반쯤 내려가다 그랬을 것이다. 나는 웃으며 잉그리드를 쳐다봤다.

"정말 못 말려." 잉그리드가 한마디 했다.

"너 정말 마르쿠스를 좋아했단 말이지." 내가 위협조로 말했다.

"조금." 잉그리드가 주춤하며 대꾸했다.

"너 이제 죽었어!" 나는 침대 위로 뛰어올라 구슬장식이 달린 베개를 집어들어 잉그리드의 머리를 쳤다.

"악!" 잉그리드도 다른 베개를 들어 내 등을 후려쳤다.

우리가 괴성을 지르며 한바탕 전쟁을 치르고 있는데 엄마가 내 방에 들어섰다. 잉그리드와 나는 그대로 멈춘 채 얼어붙었다. 내 머리는 온통 흐트러져 얼굴을 덮었고 터진 베개에서 빠져나온 수백 개의 깃털이 방 안에 널려 있었다.

"두 사람, 이게 무슨 짓이니." 엄마가 엄한 목소리로 말했다. 나는 외출금지 기간이 늘어날까 봐 가슴이 조마조마했다. 엄마는 손을 뻗어 문손잡이를 잡더니 장난스러운 표정으로 웃었다.

"그러려면 문을 닫았어야지."

엄마가 나가고 문이 닫히는 순간 나는 씩 웃었고 그 틈에 잉그리드는 공격을 개시했다. 우리는 낄낄거리며 날쌔게 피하고 이리저리 도망 다니고 베개를 휘두르며 방을 뛰어다녔다. 숨이 차서 더이상 계속할 수 없을 때까지 말이다. 내가 전혀 공주라는 생각이 안 들었다. 그렇다고 해서 평범한 소녀가 된 것 같지도 않았다.

그냥 비로소 나 자신이 된 것 같았다.

epilogue

“줄리아, 점심 먹으러 갈래?” 같은 방을 쓰는 친구 애나가 재킷과 책가방을 집어들며 물었다. 나는 침대에 털썩 쓰러지며 〈피플〉 최근호를 가방에서 꺼냈다.

“아니. 읽어야 할 게 있어.” 나는 씩 웃으며 대답했다.

애나가 활짝 웃자 포스터로 도배된 좁은 방이 환해지는 듯했다.

“넌 너무 따분해.” 그녀가 농담조로 말했다. “저녁때 공부모임에서 보자.”

그녀가 나가자마자 나는 좁은 침대의 베개에 기대 가운데쯤의 네 쪽짜리 기사를 펼쳤다. 카리나 공주가 양키스팀 야구모자를 쓴 채 밝게 웃고 있는 사진을 보자 나도 모르게 미소가 떠올랐다.

〈캠퍼스의 공주〉라는 제목이 붙어 있었다. 책장을 넘기던 나는 카리나가 강의실에서 학구적인 모습으로 공책을 들여다볼 때 배경에 보이는 도시가 뉴욕이라는 것을 알고 눈을 휘둥그레 떴다. 그녀는 분명히 도수가 없을 검은 테 안경을 쓰고 머리를 뒤로 넘겨 올린 모습이었다.

카리나 공주의 옷은 모두 울 폴라와 청바지였다. 그녀가 콜롬비아의 자기 기숙사 방으로 실어왔을 한 트럭 분의 옷들이 눈에 선했다.

나는 잡지를 한쪽에 두고 지난여름 디즈니랜드에서 둘이 함께 찍은 사진을 집어들며 침대에서 돌아누웠다. 우리는 신데렐라 인형 양쪽에 서서 포즈를 취했는데 그걸 보면 킬킬 웃음이 났다. 우리 둘 다 좀 모자란 사람 같았다.

한숨을 쉬며 나는 가방에서 공책을 몇 권 꺼내 억지로 책상 앞으로 갔다. 작년에 내가 코넬대학에 지원했을 때 모든 사람이 가장 어려운 관문은 입학이라고 했지만 일단 들어오고 나니 그것은 식은 죽 먹기였다. 사람들 말은 완전히 허풍이었다. 하지만 나는 공부하는 게 좋았고, 그 학교에 다니는 것이 정말 좋았다. 게다가 학자금 융자를 받지 않아도 돼서 천만다행이었다. 엄마의 모자사업이 성공한 덕택에 내 장학금으로 부족한 액수를 엄마가 쉽게 채워줬다. 하지만 나는 엄마에게만 손을 벌리지 않고 도서관에서 근로장학생 자리를 구해 내 생활비를 충당했다. 이제 도서관에 일하러 갈 때까지 벼락치기 할 시간이 한 시간 정도 남았다. 나는 책상 앞에 앉아 세계사 책을 펼쳤다. 바인랜드 부분은 웃으며 휙휙 넘겼다. 펠로폰네소스 전쟁 부분을 막 읽으려고 하는데 문에서 노크소리가 들렸다.

"하필 이 시간에." 내가 투덜거렸다.

나는 기숙사의 게시판을 꾸미는 일을 맡았는데 아직 끝내지 못한 상태였다. 그래서 사감인 재스퍼가 그 일을 재촉하러 왔겠거니 생각하며 일어나 문을 홱 열었다. 하지만 눈앞에는 내가 영영 못 볼 줄 알았던 사람이 서 있었다. 소스라치게 놀란 나는 쓰러지지 않으려고 문손잡이를 꽉 잡았다.

"마르쿠스?" 내 기억 속에서처럼 그의 미소는 멋졌다. 나도 모르게 그의 목을 두 팔로 감았다. "여긴 웬일이야?" 내가 그를 내 방으로 이끌며 물었다.

"학교를 둘러보는 중이야." 그러더니 주머니에서 크림색 종이를 펴서 내게 건네줬다. "건축학과에 다니기로 했어."

나는 말문이 막혔다. 지난 2년 동안 이따금 이메일을 주고받았지만 그런 소식은 처음이었던 것이다. 나는 침대 가장자리에 앉다가 미끄러질 뻔했다.

"그럼…… 그럼 미국에 오는 거야?"

"봄에." 마르쿠스가 옆에 있는 애나의 침대에 걸터앉더니 두 손을 비비며 웃었다. "놀랐니?"

"응. 놀랐어. 당연하지." 심장이 주체할 수 없이 뛰었다.

"그럼 이 말 듣고 기절하지 마. 너를 스토킹하는 게 아니라, 이 학교 건축학과가 세계에서 가장 훌륭하다잖아."

"그래, 맞아." 나는 씩 웃으며 말했다. 나는 마르쿠스가 건넨 종이를 접어서 돌려줬다.

"축하해. 어떻게…… 그러니까…… 너희 아버지는……."

속이 울렁거리고 머리가 어질어질했다. 마르쿠스가 내 방에 앉아 있다니! 머리가 예전보다 짧아졌고 청바지와 검은색 면 티를 입어서인지 내 기억 속의 모습보다 훨씬 멋져 보였다.

"지난 몇 달간 정치인 수업을 받으면서 내가 얼마나 지겹고 비참했던 줄 아니? 어쨌든 나는 속마음을 감추는 데 재주가 없나 봐. 우리 아버지까지 눈치채실 정도였으니까." 마르쿠스가 웃으며 얘기했다. "결국 아버지는 내가 금방이라도 자살할 것 같다면서 입학지원서 보내는 걸 허락해주신 거야. 너한테 얘기 안 한 건 왠지 미리 말하면 일을 망칠 것 같아서 그랬어." 마르쿠스는 웃으며 머리를 흔들었다.

"여러 군데에서 입학 허가서를 받았지만……."

"우리 학교로 오기로 했구나." 내가 얼굴을 붉히며 말했다.

"응." 마르쿠스가 내 눈을 바라보며 대답했다.

"그래, 왜…… 우리 학교로 오는 건데?" 내가 놀리듯 물었다.

"그건…… 내가 말했듯…… 너하고는 상관없는 일이야." 마르쿠스가 여전히 웃고 있었다. 그는 일어나서 내 옆에 앉더니 내 손을 끌어갔다. "물론 네가 싫다면……."

내가 그의 손과 내 손을 깍지 끼자 손을 타고 뜨거운 기운이 번졌다.

"이봐, 마르쿠스, 사랑 때문에 네 삶을 포기하지 마." 나는 짐짓 엄한 표정으로 말했다. "내가 항상 가슴에 새기고 다니는 말이 뭔지 알아? 인간관계 때문에 자기 꿈을 포기하지 말라는 거야."

마르쿠스는 다른 손으로 내 얼굴을 자기 쪽으로 돌렸다.

"하지만 꿈이 두 가지 있는데 그 둘을 우연히 같은 장소와 같은 시간에 얻을 수 있다면 어떻게 하겠니?"

희망에 가득 찬 파란 눈을 보며 내 심장이 두근두근 뛰고 있었다. "흠, 그럼 넌 정말 억세게 운이 좋은 거지."

"그럼 더이상 고민할 필요가 없겠군."

마르쿠스가 한 손으로 내 얼굴을 어루만지며 내게 다가왔다. 우리는 미소를 짓고 천천히 입을 맞췄다. 누가 뭐래도 마르쿠스와 나는 세상에서 제일 운 좋은 사람들이었다. 우리 꿈은 이미 이루어진 거나 마찬가지였고, 우리는 이제 그 꿈을 향한 출발점에 서 있었다.

초판 1쇄 2007년 7월 15일

지은이 케이트 브라이언
옮긴이 한진영

책임편집 박선주
디자인 문보경
표지그림 이영운

ISBN 978-89-92524-03-2 03840

* 책값은 뒤표지에 있습니다.
* 잘못 만들어진 책은 바꾸어 드립니다.
* 독자의 편의를 위하여 가볍고 덜 비치는 고급 재생지인 '이라이트'지를 사용하였습니다.

펴낸이 탁연상 | **펴낸곳** 도서출판 두드림
편집팀 이혜윤, 박선주, 박은정 | **디자인팀** 문보경
출판등록 2003년 12월 20일
주소 서울시 마포구 서교동 395-13 서원빌딩 202호
전화 0505-707-0050 **팩스** 0505-707-0051